# 孤城閉

GU
CHENG
BI

上

米蘭Lady——作

# 目錄

# 自序

二〇〇四年，我的前同事嚴明從上海出差歸來，帶給我一套上海古籍出版社的《宋朝諸臣奏議》。這是個意料之外的禮物，我與他是君子之交，似乎並沒有每次旅行必贈手信的親厚，然而他在逛書店時發現這套書，立即想起了愛讀宋代史料的我，便迅速決定購書贈我。

此後多年，每當我憶及此事，都很感激他彼時的心意。一個不在計畫內的禮物，讓我發現了一個隱藏在故紙堆中的天家故事，通過仁宗朝諸臣奏議中流露的資訊，我感知到了一位並非眾所周知的北宋公主，如何在千夫所指中與命運抗爭。

故事從兗國公主與夫家爭執，深夜回大內，導致宮門夜開，引發言官論列開始。在宋代公主中，如此率性而為的兗國公主無疑是個異類。宋開國以來，皇帝一向注重對宗室外戚的約束和防範，公主及其夫家也在其中。宋朝無太平、安樂之禍，公主們通常都被教育成仁孝謙恭、備盡婦道、愛重其夫，無妒忌之行的淑女，以為天下女德楷模。

兗國公主與夫家的矛盾傳出後，司馬光請仁宗對公主嚴加管束，並以太宗之女、真宗之妹獻穆公主為例，盛讚其婦德。這位獻穆公主確實賢慧愛夫，以至於到這種程度：駙馬李遵勗與公主乳母私通，事發後真宗十分憤怒，有誅殺李遵勗之意，但又顧及獻穆公主心情，便召她面談，試探道：「我有一事欲語汝而未敢。」獻穆公主立即意識到他語意所指，警覺道：「李遵勗無恙乎？」旋即痛哭流涕，乃至暈倒在地。真宗無奈，只好放過了李遵勗。

無獨有偶，英宗之女、神宗之妹寶安公主也有士大夫們推崇的賢慧人設。駙馬王詵有才氣，雅善書畫，是位藝術家和收藏家，但是他喜愛的藏品中也有許多美女。王詵不矜細行，好色無度，宣淫不避公主，還縱容妾室抵戾公主。而公主「性不妒忌」，竟然一一容忍，最後鬱鬱而亡。臨終時，神宗前去看望她，問她還想要什麼，她始終心繫駙馬，這時也只是向神宗表達了對恢復王詵官職的感謝。她去世後，獲得了一個舉世公認能概括她一生的謚號——賢慧。

與拙作《柔福帝姬》描述的兩宋之交的亂世不同，被言官論列的兗國公主生活在堪稱海晏河清、國泰民安的「仁宗盛治」時期，公主在很長一段時間內作為皇帝的獨生女一直備受父親鍾愛，她擁有帝女的尊榮，鐘鳴鼎食之家的顯貴，父母無微不至的呵護，甚至還有丈夫恭謹奉上的忠誠，而公主卻在這令人稱羨的境遇中，一步步淪為宛如被扼住咽喉的困獸，漸趨瘋狂，繼而早亡。

所以這是個奇怪的現象：公主的悲劇與亂世無關，與奸惡之人無關，也不涉及夫家淩虐，看起來倒是與愛有關……帶著關於因果的疑問，我從《宋朝諸臣奏議》中提到的線索開始，翻閱了大量相關史料，一個各種細節補充描繪的仁宗朝越來越清晰地呈現在腦海中：四海雍熙，八荒平靜，士農樂業，文武忠良，皇帝恭儉愛民，克己復禮，士大夫所受禮遇空前絕後。

這個時代江山如畫，才子如雲，以致我閱讀史書，看見晏殊、范仲淹、歐陽修、蘇軾等語文課本中的「熟人」出現於其中時，常常會感到莫名的喜悅。在這過程中，我開始構思《孤城閉》，並於次年動筆寫作。

《孤城閉》的故事始於兗國公主，但並不侷限於她的婚姻悲劇，我花大量筆墨描述仁宗朝的君臣典故、文人軼事，乃至坊間風物、世情民俗，是希望盡自己所能，表現出些許最能代表北宋的仁宗朝風貌，而自然地，讀懂了這個時代，就會讀懂兗國公主的故事。

與童話中公主的遭遇不同，她沒有面對任何惡人，故事中暫時的「反派」，從他們各自立場看所作所為都合情合理，她只是身處一個格外強調謹守道德倫理、祖宗法度的時代。《宋史》中說仁宗在位時「國未嘗無弊幸，而不足以累治世之體；朝未嘗無小人，而不足以勝善類之氣」，仁宗一生恭己寬仁，從諫如流，願意接受言官監督，後人以「日月無私天地春」來盛讚他治下達到的清明境界，但這個時代也對位尊者私德提出了更高的要求，人情在禮法面前不堪一擊，因此率性而為的公主，不可避免地會被時代誤傷。

故事中的公主時時感覺到困頓於孤城，無法脫身。而書中幾乎每個人，包括看似安排了她悲劇命運的父親皆是如此，都身處宿命的孤城，身無雙翼，飛不出困住自己的領域。

仁宗的克己復禮，一部分是性格使然，一部分是章獻明肅皇后劉氏為他制訂的嚴苛教育的結果。仁宗愛食水產，尤其是螃蟹，劉太后認為螃蟹傷身，很少允許他吃，所以仁宗只能偶爾去另一疼愛他的養母章惠楊太后那裡悄悄地吃。劉太后擔心仁宗過早近女色損及健康，在仁宗少年時，一直讓他臥於自己寢閣近處，處於自己監護下。在這種教育下長大的仁宗非常自律，但在婚姻情感方面表現出了對劉太后的牴觸。他喜歡嬌俏可人的美女，對有劉太后部分性格特徵的曹皇后保持警惕。

他厭惡政治因素侵入後宮，希望獲得單純寧和的家庭生活。他為珍愛的女兒選擇了李瑋這樣看似最溫良無害的駙馬，除了補償生母娘家的心理以及平衡外戚勢力的考慮，大概也是太明白男人的弱點，不信任有才情的英俊少年，而認為「貌陋性朴」（司馬光語）的李瑋能給女兒最完整的愛。

但是他忽略了自己與女兒的性格差異。他遇見喜歡的人，但如果尊長或大臣說不合適，他多半會放棄；也有渴望縱情任性的時候，卻往往會在身邊人的反對聲中選擇與世界和解。而兗國公主卻是「不喜歡就是不喜歡，強塞給我也還是不喜歡」，她始終拒絕和解，寧願在抗爭中拚得頭破血流。所以這也是一場愛的誤傷。

《孤城閉》完稿至今已將近十一年，很高興又能以繁體版的形式與大家見面。遊筆至此，窗外蟬鳴夕曛，樓闕向晚，不由得想起了故事的講述者懷吉飄游於宮牆之間的頎長影子。

感謝撥冗翻開書頁的您，在生活節奏已被數碼急劇加速的今天，仍然有心情與書安靜相對，聽懷吉講述這段幾乎已湮沒於史書中的故事。

二〇一九年八月一日　米蘭記於北京

## 【序】莫怨東風當自嗟

文／素履無咎

宋仁宗嘉祐辛丑年，畫家崔白完成了他的傳世傑作〈雙喜圖〉，數年後它被收入祕閣，隨之是千年世代更替，滄桑興廢，斗轉星移。今天，它沉靜地躺在臺北故宮博物院的藏品庫中，是鎮館瑰寶之一，並且出現在幾乎任何一部談及中國宋代花鳥繪畫的美術史著作之中。小說《孤城閉》的尾聲，正是〈雙喜圖〉第一次收入內庫的時刻。

那日翰林畫院內侍梁懷吉將〈雙喜圖〉存入內庫，似乎是一個普通不過的內侍黃門，在履行一項普通不過的書畫入庫的工作。宮牆內桃花盛開，這是神宗熙寧四年的一個寧靜春天。梁懷吉沉默地離開，宮門在他身後掩上，深鎖住芳菲深院、繾綣紅塵，寂然的背影沒入歷史的深潭，從此無人相問。

小說《孤城閉》正是把今日享譽於華人世界的傳世名畫，與湮沒在歷史中的故國往事聯繫起來，宛若一條貫穿時光的長廊，逕自叩響千年前的那道宮門的門環，帶著我們重溫那時的晝夜與春秋，目睹那座宮城內外，人們的起居和生平，朝堂上下，他們的抑鬱和釋懷。

《孤城閉》上半部，始於兗國公主夜叩宮門入訴，為全書設置了懸念，而這個懸念的解開，則主要在下半部：公主與夫婿如何「積不相能」，〈雙喜圖〉又如何描述了公主的悲劇，而這看似瑣碎的兒女家事，又如何能折射出北宋仁宗時代的政局。

公主拒絕與夫婿同席，卻依戀一個內侍，站在歷史的彼岸望去，以這一千年以來中國歷史的多災多變，宋仁宗御宇的時代可謂四海升平，他女兒的婚姻實在是無關宏旨的小事，從來為歷史學家所忽略，可以安全地歸為茶餘飯後的閒話。何況這情節在今日無疑也是坊間流傳的有趣緋聞，以此題材發展為暢銷小說，可以繪聲繪色地寫畸戀，可以纏綿悱惻地寫苦戀，可以諷刺、可以獵奇、可以煽情，然而《孤城閉》卻沒有走這些容易的途徑。

小說的真正關注點並不在於公主的婚戀本身，也並不在於當時朝堂上下沸沸揚揚的議論，它宛如把一滴水珠放在陽光之下，折射出陽光中的七彩，而在這七彩的襯托之下，那滴水珠才格外晶瑩。

王安石曾稱，宋仁宗為君，「仰畏天，俯畏人」，正是這種謹慎保守的風格，使他左右權衡，為當時唯一的女兒設計了一場看似安全的姻緣——作為帝王，他不希望公主的婚姻破壞他苦心經營的政治勢力平衡；作為父親，則希望愛女能擁有忠心不貳的丈夫。這兩個目的他都達到了，然而他的女兒在這場婚姻中奮力掙扎，朝野皆知，幾近於醜聞。

但這醜聞並不僅僅是醜聞，它轉而變成了對皇室的壓力，這依然是宋仁宗時代的特色：強勢的臺諫制度，使得君主無法像一個普通的父親一樣憐愛女兒，更不可能像一個有權有勢的父親一樣，將女兒救出苦悶的婚姻。為著臣子期望的清平盛世的皇家威儀和道德標本，他被困在自己設下的棋局中一籌莫展。

但這僵局並不僅僅是僵局，它轉而成為福康公主的生命哀歌。身為帝王的骨血，她幸運地享受著平民女兒一般的家庭天倫之愛，她自然地成長，卻突然發現公主這一頭銜宛如高牆，將她困在榮耀的孤城中，竟然無法逃脫。縱然錦衣玉食，也無非行屍走肉，尊貴的孤城中唯有梁懷吉安慰她的寂寥，她對他的依戀也終於被公主頭銜的尊嚴所不容。她無法像國人期望的那樣成為一個心如止水的賢媛邦姬，一切悲劇最終乃是性格的悲劇，她激烈地抗爭、呼救，而竟然無法獲救，乃至過早凋零。

正如王安石也不得不承認，在仁宗那個朝代，一時所謂的天下才士，罕有不見被拔舉任用的；而這樣一個面面俱到的局面，難免不以某些個體的犧牲為代價。亦如小說結尾，歐陽修對梁懷吉所言，「我們都曾被時代誤傷」，但是歐陽修依舊欣然於生逢斯世。

我把《孤城閉》看作一種含著眼淚的微笑，或者一種心境清明的飲泣，而最能代表這一意境的，應該是小說貫穿全文的敘述者梁懷吉。他特殊的宦官身分，他正直淡泊的天性，註定了他一生與人世間的輝煌和甜蜜絕緣；他謙卑而安靜地旁觀著朝堂和宮廷的風雨，專注而深情地陪伴公主。公主在歲月蹉跎中困頓孤城，少女天真爛漫的心事落空，眾裡尋他千百度，驀然回首，那人卻在，燈火闌珊處。命運促成了愛情，由於他們兩人的特殊身分，這愛情沉重到難以為繼，最終化為孤獨而綿長的守望，室邇人遠，人去樓空。

這是一個清平的時代，但和理想永遠有一步之遙，而這不可抵達似乎早已命中註定。《孤城閉》中沒有徹底奸惡的人物，沒有不可饒恕的罪行，哪怕是李瑋之母也並未被一味地刻畫為一個粗俗的惡婆婆。人人都情有可原，卻又互不相讓，他們似乎都通情明理，卻又顧慮重重；他們良好的初衷、各自的努力，卻常常造成南轅北轍的尷尬。李瑋始終得不到公主的青眼，楊氏始終沒有得到一個真正的兒媳。無論家庭細故，還是朝政大事，皆是如此。一個過於精密的平衡局面，往往令局中人舉步維艱。

「莫怨東風當自嗟」，《孤城閉》寫的是那樣一個時代，人文昌盛，言路開明，春風撲面，卻難以釋懷。作者寫那千年前的故事，不取巧、不獵奇，沉靜而又不乏同情，宛若清茶，耐人尋味。

# 楔子

我為她親馭車輦，疾行於東京的夜雨中。

「到了嗎？」她間或在車中問。她的慟哭聲迤邐全程，這是夾雜在其間我唯一能辨出的模糊語音。

「快了，快了……」我這樣答，揚鞭朝駕車的獨牛揮下。那步態一向從容的畜生捨棄了牠一步三嘆的習慣，驚恐地奮蹄前奔，車下軸貫兩挾朱輪，轆轆地穿行於杳無人影的巷道。

日間繁華的街市驀然褪色成暗青殘垣，於我眼角隨風飄遠，我們應是行了不少路。無邊的雨和著她的悲傷打在我身上，浸透我衣裳，那潮溼蔓延而入，連帶著心底也是一片冰涼。

在她的哭聲中我漸趨焦灼，而我不敢回顧，只頻頻加鞭，冀望於速度可以引我們瞬間穿越眼下困境。

曾經往返多次的路途何時變得如此幽長？彷彿抵過我半生所行的路。

她一直哭。

「還沒到嗎？」她又嚶嚶泣問。

我張了張口，卻沒發出任何聲音。剎那間我只覺自己前所未有的虛弱無力，且悲哀地發現其實我並無把握帶她度到這暗夜的彼端。

又轉過幾重街市，好不容易，我們才駛上西華門外的大道。撥過層層霧雨，那巍峨皇城逐漸變得清晰，琉璃瓦所覆的簷下掛著數列宮燈，磚石間甃的高牆上鐫鏤有龍鳳飛雲，這是我們此行的目的地。

西華門早已關閉，守門的禁衛見我有驅車而近的趨勢，立即遠遠朝我喝斥：「何人如此大膽，居然駕車行近皇城門！」

我猶豫了一下，便將車停住。才一回首，欲請她稍候，容我先去通報，卻見她已自己掀簾而出，下了車便朝皇城門疾奔而去。

極度的悲傷使她適才毫無整理妝容的心情，還如我們離開宅第時一般，她披散著長髮，衣襟微亂，不著霞帔與披帛，連那一件不合時宜的外衣都還是我那時倉促間給她披上去的。

她就這樣隨興哭著奔向西華門，尚未靠近便被迎上來的兩位禁衛攔住，一人抓住她一隻手臂，怒喝著要將她趕走，而她也越發癲狂，不知何以她竟有如此大的力量，硬生生地從兩人的挾持中掙脫開來，加快步伐跑至西華門前。

她伸出纖細的雙手，拚命拍打著緊閉的宮門，和著哭聲揚聲高呼：「爹爹，孃孃，開開門！讓我回去……」

兩側禁衛一片譁然，紛紛趕來驅逐她。她被另兩名高大禁衛拖離，而她的手仍盡力向前伸去，想觸及那金釘朱漆的冰冷宮門。她不停地喚著父母，有響雷碾過，風雨聲顯得混濁，她的哭音在其中幽幽透出，無比悽厲。

禁衛把她拖了數十步後停下，把她猛地拋在地上，見她還想站起跑回，其中一位便怒了，一壁斥道：「哪兒來的瘋婦敢在此撒野！」一壁倒轉所持的戟，將杆高高揚起，眼見就要打落在她身上。

他沒有揮下，因我從後握住了他手腕。

禁衛回看，隨即怒問：「你是何人？」

我沒有回答，目光越過禁衛的肩顧向地上的她。

她半躺著，那麼無助地飲泣。面色蒼白，瘦弱的身軀躲在寬大的淡色外袍下，像一抹隨時會隱去的月光。

更加惱火的禁衛抽手出來就要轉而擊我，這回卻被他同伴喝止。

「且慢！我認得他。」另一位禁衛說，又再上下打量了我幾番，才肯定地低聲對持戟人說：「他是中貴人（註1）梁懷吉，以前也曾數次經這裡出入禁中的。」

持戟人愣了愣，然後轉頭看被他們推倒的女子，吶吶地再問：「那這位小娘子是……」

我走去將她扶起來，確認她不曾受傷後才轉視禁衛，回答了他的問題。

「兗國公主。」我說。

註1　宋代宦官的稱謂。

# 第一章

# 秋浦蓉賓雙雁飛

【壹】禁門

宮門夜開後果異常嚴重，這點我初入宮時就已知道。

那年我八歲，被族人設法送進了皇宮做小黃門。之前我父親亡故，母親改適他人，族中也無人有意收養我，所以這於我，是沒有辦法的事。

我與其他二、三十名同時入宮的孩子一起接受宮廷禮儀規章的教育，涉及重要之處，負責教導我們的內侍殿頭梁全一會請兩省內侍諸司主管勾當官來為我們具體講解。

「皇城諸門一待天黑必須關閉，日出之前絕不可擅開。」說這話的人是內東門司勾當官張茂則。出入內宮多要經由內東門，勾當內東門掌宮禁、人物出入，對宦官來說，是相當重要的官職。他那時才二十多歲，以此年齡出任此職的人不多，而他神情淡泊、略無矜色，說話的語氣亦很溫和。我另留意到，那天前來授課的內臣中，他穿的衣服顏色最為暗舊，像是穿了多年的，然而卻洗得很乾淨。

「若確有要事，必須夜開宮門者，皆應有墨敕魚符。」張茂則繼續解釋其下程序：「受敕人要先寫下時間、詳細事由、需要開啟的門名稱，及出入的人數、身分，送至中書門下。自監門大將軍以下，守門的相關人等閱後要詣閤覆奏，得官家御批，才可請掌管宮門鑰匙的內臣屆時前來開門。」

入內內侍省副都知任守忠在宮中位高權重，本無須來授課，但適時途經此地，便進來看看。聽見張茂則這段話後點了點頭，掃視我們一眼，道：「你們都聽仔細了，開門時還有講究呢。」

我凝神屏息，聽張茂則講下去：「開門前諸門守臣要與掌鑰匙的內臣對驗銅契魚符。」張茂則揚起一對魚符向面前分列坐著的我們示意。「銅契上刻有魚狀圖案及城門名，每個銅魚符分為左右兩個，諸門守臣與掌鑰匙的內臣各持其一。待開門之時，監門官司要先準備好禁衛門仗，在所開之門內外各列兩隊，燃炬火，守臣、內臣仔細驗明魚符，確保無誤後才能將門打開。魚符雖合，監門守臣不驗便開門，或驗出不合仍開，又或未承墨敕而擅開者，皆要受刑律嚴懲。」

「都記得了嗎？」任守忠插言問。我們均欠身稱是，他一指前列離他最近的小黃門，命道：「你，重述一遍。」

那小孩卻略顯遲鈍，站著想了許久，才結結巴巴地說出兩、三句，且中有錯誤。

任守忠一敲他頭，怒道：「就這幾句話都記不住如何在宮裡做事？將來你們中難免會出幾個掌管宮門鑰匙的，若出了錯，那可是要掉腦袋的！」

張茂則從旁補充道：「若不依式律放人出入，輕者徒流，重者處絞。」

小黃門們大多聞之驚駭，左右相顧，暗暗咂舌。

「你出去，在院內跪下思過，今晚的膳食就免了。」任守忠宣布了對那小孩的處罰決定，再環顧其他人，最後選中了我。「你可都記下了？」

我站起躬身，給他肯定的回答，按張茂則原話一一說來：「皇城諸門一待天黑必須關閉，日出之前絕不可擅開。若確有要事，必須夜開宮門者，皆應有墨敕魚符……若不依式律放人出入，輕者徒流，重者處絞。」

一字不差，自張茂則以下，諸司內臣均頷首微笑。

任守忠也頗滿意，和顏問我：「你叫什麼？」

「梁元亨。」我答，又加了一句：「元亨利貞的元亨。」

顯然這是畫蛇添足了。此言一出，人皆色變。任守忠兩步走至我面前，劈頭就給了我一耳光：「膽大妄為的小崽子，你不知道避諱嗎？」

我這才依稀想起，當初爹跟我解釋我的名字時也曾經囑咐過，不要當著別人說其中的「貞」字，因為今上仁宗皇帝諱「禎」，所以「貞」也是要避諱的。

我頓時怔住，不知該如何應對，只默然垂目而立。

任守忠吩咐左右：「把他拉下去鎖起來，待我請示官家後再做處置。」

我在一間漆黑的小屋裡待了兩、三天，呆呆地躺著，幾乎沒有進食，好幾次昏昏沉沉地睡去時，我以為自己快要死了。

終於有人打開門，久違的光亮如潮水般湧進，刺痛了我的眼睛。

再次睜目，我看見老師梁全一和善的臉。大概是因我與他同姓的緣故，他對我一向很好。

「走吧。」他說。見我無力行走，他竟然蹲下，親自把我背了出去。

我無法抑制的眼淚滴落在他頸中，他若無其事地繼續走，也沒安慰我，但說：「以後可要小心了。犯諱這種事，若是在外頭也許大多能被遮掩過去，但在宮裡就不一樣，微有差池都可能危及性命。是張先生懇請皇后在官家面前為你說情的，這你應該記住……」

我當然會記住。在張茂則再來授課後，我尾隨他出去，奔至他面前跪下，叩謝救命之恩。

他微微笑了笑，說：「你這孩子，名字太容易引出犯諱的字，還是改一個為好。」

我同意，恭請他為我改名。

他略一沉吟，道：「懷吉，你以後就叫梁懷吉吧。」

我認真謝過他。他又問：「你是不是唸過書？」

我答：「以前在家跟爹爹學著識了幾個字。」

他頷首，又著意看看我，才轉身離去。

【貳】內侍

過了半年，熟識了宮中禮儀後，我們被分散到兩省內侍諸司學習新的內容。大宋內臣分兩省：入內內侍省和內侍省。入內內侍省通侍禁中，掌後宮事務，又稱後省、北司；內侍省管內朝供奉及宮內灑掃雜役之事，又稱前省、南班。

我被歸入內侍省管轄的翰林書藝局。因為日後要掌書藝之事，所以有博學多聞且精於翰墨的內臣向我們授課。除了小黃門們必須要做的灑掃之類的雜役，我所餘的時間便在閱讀詩書和研習篆、隸、行、草、章草、飛白中度過。我喜歡書院中寧和的氣氛與這種平靜的生活，但張承照則不然，平日多有怨言。

張承照是我在翰林書藝局的夥伴，他比我小兩月，但早一年入宮，愛在新入宮者面前以前輩自居，常以教導的口吻主動跟我們細談宮中諸事。其他人很反感他這模樣，唯我不多話，每次皆默默聆聽，故此我們後來倒成了好友。

他一心想轉至入內內侍省，也是由他口中，我才知道了內侍兩省的地位原來並不相同。

一日我們兩人承命將書藝局謄錄的文卷送往中書門下，因相公索要得急，我們一路小跑，經一轉角處不慎與從另一側走來的兩名內侍相撞。那兩人個頭比我們高，只踉蹌了兩下，而我們則都倒在地上，文卷也散落下來。

「小兔崽子們，沒長眼睛呀？」兩人朝我們怒罵。

我沒有理他們，只急著去拾文卷，查看是否有汙損。張承照聞聲頗惱火，爬起來準備回罵，豈料一看清他們服色，立即就氣餒了，反倒賠笑道：「是我們不小心，擋了兩位哥哥的道，請哥哥恕罪。該打該打！」

他言罷自摑一巴掌，又連連笑著躬身道歉，那兩人又白我們兩眼，才施施然離去。

我不解，問：「你為何對他們如此謙卑？」

張承照衝著兩人背影作拳打腳踢狀，又狠狠暗唾一口，方才答道：「第一，他們是有品階的內侍黃門；第二，他們是入內內侍省的內侍黃門。」

我知道我們現在只是尚無品秩的小黃門，內侍黃門要比我們高一階，但不明白何以入內內侍省的內侍黃門值得特別尊重。

「他們是服侍官家、娘娘、公主的人呀！隨便在主子跟前煽煽風，我們可就有好果子吃了。」張承照鬱悶地說：「我當年犯懶，沒留心學習禮儀，才沒被分往入內內侍省。」

從中書門下回來後，張承照向我逐一解釋入內內侍省諸司的重要之處：「那些直接入官家寢殿或皇后、諸娘子及公主位伺候的不用說，全是自後省選出。

另外後省所轄諸司也都不簡單哪：御藥院，掌按驗醫藥方書，修合藥劑，以待進御及供奉禁中之用，是最受宮中人尊重的，非有功之內臣不能任『領御藥院』。」

「內東門司，掌宮禁人物出入，不但可以限制出行之事，若發現有人攜帶可疑物品，還可以直接提交皇城司處理或稟告中書門下，有他們監管，連官家都不敢隨意賞人財物。」

「合同憑由司，掌禁中宣索之物，給其憑據，凡特旨賜予，則開列賜物名稱數量，交付掌御庫之司取出，官家賞賜的東西要經由他們兌現，誰敢得罪？龍圖、天章、寶文閣，掌藏祖宗文章、圖籍及符瑞寶玩，都是極貴重之物，在那兒任職的內臣自然身分也另有不同。」

「內侍省不也是為官家辦事的嗎？何以定要分兩省高下？」我問他。

「大不同，有高下！」張承照迭聲說：「看看前省諸司幹的都是些什麼事，管勾往來國信所，掌契丹使臣交聘之事，雖平日倒清閒，但與宮中人無關，也就無人巴結；後苑勾當官，掌宮中苑囿、池沼、臺殿園藝雜飾，以備官家、娘娘遊幸，在其下任職的人其實也就是一批工匠園丁；造作所，掌製造禁中及皇屬婚娶的物器，都是幹粗活的。」

「軍頭引見司，掌供奉便殿禁衛諸軍入見之事，相當於帶路的；我們所屬的翰林院下轄天文、書藝、圖畫、醫官四局，掌觀測天象、翰墨、繪畫、醫藥等事，雖說略好一些，但我們書法再好，至多也就是在書院待詔們手下幹些謄錄的活兒，連內宮的邊都沾不到……」

我默然，又聽他重重地嘆了口氣：「而且，兩省中人的俸祿也不一樣呢。就拿兩省都有的供奉官來說，我們前省的供奉官月俸是十千，春、冬絹各五匹，冬加綿二十兩，而後省的就有十二千，春絹五匹，冬七匹，綿三十兩……若後省的官出了缺，拿前省的補上，那就是升遷了，獲補的人通常都會笑得合不攏嘴……你看後省的官兒們穿得一個比一個光鮮……」

「也不是。」我想起一人。「內東門勾當的張先生就穿得很樸素。」

張承照一時也無語，撓頭想想，道：「可能是他想攢錢，所以節儉度日。」

經我一提，忽然他又好奇起來，問我：「你知道嗎？聽說你來翰林院是張先生建議的。真奇怪，他對你不是挺好的嗎？你的名字還是他取的，他為何不讓你去後省？」

我略一笑，道：「大概是覺得這裡更適合我。我也這樣想。」

他鄙夷地搖搖頭，瞧我的眼神分明是說「孺子不可教」。

又一年過去後，我們同時經恩遷補為內侍黃門。作為內侍，張承照對力求晉升一事相當有誠意，天天都在扳著指頭數從現下到內侍極品要經歷的官階：「內侍黃門、內侍高班、內侍高品、內侍殿頭、內西頭供奉官、內東頭供奉官、押班、副都知、都知、都都知……兩省都都知……」每次說起「兩省都都知」

時他都會情不自禁地微笑，彷彿看見了這個內臣極品官職已在向他招手，常看得我也笑起來。

有次我問他：「你為何如此想做兩省都都知？」

「有很多很多的錢呀！」他脫口答道：「兩省都都知的月俸至少有五十千，是我們的五十倍。」

我不明白何以他對錢這般執著。「我們要那麼多錢幹什麼呢？既不能買田地也不能娶媳婦，更沒有後人可交付。」

這倒把他問住了，過了半晌他才道：「且不說錢，做了兩省都都知，除了官家、娘娘，就沒人敢打我罵我了，只有我去打罵別人……我們在宮裡辛苦做事，總要圖點什麼吧？你若不想晉升，又是在圖什麼呢？」

這次是我默不作聲。那時的我每日似乎也只是平淡漠然地過，沒有目標，沒有希望。

## 【參】崔白

十二歲時，我被調入翰林圖畫院供職。品階無變化，只是主要工作改為伺候畫院待詔們作畫和聽候畫院勾當官差遣。但書藝局的內侍們都很同情我，說這其實是一次降職，畫院原是低書院一等的。

我也知道，書、畫院的人本來地位就不高，雖然其中四品、五品的官員也能如普通文官們一般服緋服紫，卻不得佩魚符。在世人眼中，書、畫院的待詔們都屬於「以藝進者」，所給予的尊重也有限。而畫院中人相較書院的又要遜一籌，諸待詔每次立班，均以書院為首，畫院排於其後，只比琴、棋、玉、百工稍好一些。

正經的待詔都這樣，其中的內侍自然也就隨之被眾人眼色分出了新的等級。同樣是內侍黃門，但琴院的不如畫院的，畫院的也就不如書院的。

當時的翰林圖畫院總勾當官是入內副都知任守忠，張承照遂向我建議：「你去求求張先生，請他跟皇后說說，讓皇后命令任都知，將你留在書院吧。」

我不置可否。他又朝我眨眨眼，笑道：「去說，沒事兒，張先生是皇后跟前的紅人，但凡有他一句話，你就不必去畫院了。」

我朝他搖頭，否決了這個提議。我並不懷疑張先生深受皇后賞識與信任的事實，但也清楚地知道，擅用皇后對他的重視提出分外要求不是他的作風，上次出言救我只是極偶然的情況，我不想令他再次破例。我從來不敢奢望，亦不欲看到，有人會因我的緣故而向別人懇求什麼。

畫院畫師分畫學正、待詔、藝學、祇侯、供奉等五等，未獲品階者為畫學生，所作的畫供宮廷御用，或奉旨前往寺院、道觀等特定處作畫。這是個更清淨的地方。每旬日要取祕閣藏畫供畫師們品鑑臨摹，這天會略有些累，但平日事務不多，大多時候我只須侍立在側，聽畫院官員講學或看畫師們作畫。

在眾畫師中，我尤其愛觀畫學生崔白作畫。他是濠梁人，彼時二十餘歲，稟資秀拔，性情灑脫疏逸，行事狂放不羈，常獨來獨往，引畫院官員側目，但他的畫中有一縷尋常院體畫中少見的靈氣，卻是我極為欣賞的。

深秋某日，畫院庭中落木蕭蕭，他獨自一人就著樹上兩隻寒鴉寫生，我立於他身後悄然看，他擱筆小憩間無意回首發現我，便笑了笑，問：「中貴人亦愛丹青？」

我退後一步，欠身道：「懷吉唐突，擾了崔公子雅興。」

「那倒沒有。」崔白笑吟吟地說：「我只是好奇，為何中貴人不去看畫院諸位待詔作畫，卻每每如此關注拙作。」

我想想，說：「記得懷吉初入畫院那天，見眾畫學生都在隨畫學正臨摹黃居寀的花鳥圖，唯獨公子例外，只側首看窗外，畫的是庭中枝上飛禽。」

崔白擺手一哂：「黃氏花鳥工致富麗，我這輩子是學不好的了，索性自己信筆塗鴉。」

我亦含笑道：「崔公子落筆運思即成，不假於繩尺，而曲直方圓，皆中法度，懷吉一向深感佩服。」

「中貴人謬讚。」言罷崔白又徐徐提筆，落筆之前忽然再問我：「難道這畫院中還有人曲直方圓尚在法度之外？」

自然有的。但我只淡然一笑，沒有回答。

許是自己也有了答案，崔白未再追問，銜著一縷清傲笑意轉身繼續作畫，前額有幾綹永遠梳不妥貼的髮絲依舊垂下，隨著他運筆動作不時飄拂於他臉側，而他目光始終專注地落於畫上，毫不理會。

由此我們逐漸變得熟稔，不時相聚聊些書畫話題。他看出我對丹青的興趣，主動提出教我，我自是十分樂意，在我們都有閒時便跟他學習畫藝。

一日他教我以沒骨法畫春林山鷓，畫院畫學正途經我們所處畫室，見揮毫作畫的居然是我，大感訝異，遂入內探看。我當即收筆，如常向他施禮。他未應答，直直走至我身旁，凝神細看我所作的畫。

自祖宗以來，國朝翰林圖畫院一直獨尊黃筌、黃居寀父子所創的黃氏院體畫風，畫花竹翎毛先以炭筆起稿，再以極細墨線勾勒出輪廓，繼而反覆填彩，畫面工致富麗，旨趣濃豔。而此刻畫學正見我的畫設色清雅，其中山鷓未完全用墨線勾勒，片羽細部多以不同深淺的墨與赭點染而成，大異於被視為畫院標準的黃氏院體畫，立時臉一沉，朝崔白冷道：「是你教他這樣畫的？」

崔白頷首，悠悠道：「畫禽鳥未必總要勾勒堆彩，偶爾混以沒骨淡墨點染，也頗有野趣。」

畫學正忽然拍案，揚高了聲音：「你這是誤人子弟！」

崔白不懼不惱，只一本正經地朝他欠身，垂目而立。

畫學正強壓了壓火氣，轉而向我道：「中貴人若要學畫，畫院中自有待詔、藝學可請教，初學時要慎擇良師，切莫被不學無術者引入歧途。」

我亦躬身作恭謹受教狀。畫學正又狠狠地瞪了崔白一眼才拂袖出門。待他走遠，崔白側首視我，故意正色道：「中貴人請另擇良師，勿隨我這不學無術者誤入歧途。」

我的回答是：「若崔公子引我走上的是歧途，那我此生不願再行正道。」

我們相視一笑，此後更顯親近。在他建議下，我們彼此稱呼不再那麼客氣，他喚我的名字，我亦以他的字「子西」稱他。

畫學正越發厭惡崔白，屢次向同僚論及他畫藝、品行，有諸多貶意，崔白也就頻遭畫院打壓，每次較藝，他的畫均被評為劣等，從來沒有被呈上以供御覽的機會。

崔白倒不以為意，依然我行我素地按自己風格寫生作畫，對畫院官員的教授並不上心。每逢講學之時，他不是缺席便是遲到，即使坐在廳中也不仔細聽講，常透窗觀景神遊於外，或乾脆伏案而眠，待畫院官員講完才舒臂打個哈欠，悠然起身，在官員的怒視下揚長而去。

某次恰逢畫學正講學，主題是水墨畫藝，待理論講畢，畫學正取出事先備好的雙鉤底本，當場揮毫填染，作了幅水墨秋荷圖，墨跡稍乾後即掛於壁上，供畫學生們品評。

確也是幅佳作，畫中秋荷風姿雅逸，雖是水墨所作，卻畫出了蓮蓬與葉返照迎潮、行雲帶雨的意態。畫學生們自是讚不絕口，隨即紛紛提筆，開始臨摹。

畫學正以手捋鬚，掃視眾人，怡然自得。不想轉眸間發現崔白竟絲毫未理會，坐在最後一列的角落裡，又是伏案酣然沉睡的模樣。

畫學正當下笑意隱去，黑面喚道：「崔白！」

崔白似睡得正熟，沒有一點兒將醒的意思。畫學正又厲聲再喚，他仍無反應，我見場面漸趨尷尬，便走近他，俯身輕喚：「子西。」

他才蹙了蹙眉，緩緩睜開惺忪的雙目，先看看我，再迷糊地盯著畫學正看了半晌，方展顏笑道：「大人授課結束了？」

「是結束了。」畫學正含怒冷道：「但想必講得枯燥，難入尊耳，竟有催眠的作用。」

崔白微笑道：「哪裡。大人授課時我一直聽著呢，只是後來大人作畫，眾學生都趨上旁觀，我離得遠，眼見著擠不進去了，所以才決定小寐片刻，等大人畫完了再細細欣賞。」

「是嗎？」畫學正瞥他一眼，再不正眼瞧他，負手而立，望向窗外碧空，說：「那依你之見，鄙人此畫作得如何？」

崔白仍坐著，懶懶地往椅背上一靠，側頭審視對面壁上的秋荷圖片刻，然後頷首道：「甚好甚好……只是某處略欠一筆。」

畫學正不免好奇，當即問：「那是何處？」

崔白脣角上揚：「這裡。」同時手拈起案上蘸了墨的筆，忽地朝畫上擲去，待他話音一落，那筆已觸及畫面，在一葉秋荷下畫了一抹斜斜的墨跡。

此舉太過突兀，眾畫學生失聲驚呼，回視崔白一眼，旋即又都轉看畫學正，細探他臉色。

畫學正氣得難發一言，手指崔白，微微顫抖：「你，你……」

「啊！學生一時不慎，誤拈了帶墨的筆，大人恕罪。」崔白一壁告罪，一壁展袖站起，邁步走至畫學正面前，再次優雅地欠身致歉。

畫學正面色青白，怒而轉身，抬手就要去扯壁上的畫，想是欲撕碎洩憤。

崔白卻出手阻止，笑道：「大人息怒。此畫是佳作，因此一筆就撕毀未免可惜。學生既犯了錯，自會設法補救。」

便有一位畫學生插言問：「畫已被墨跡所汙，如何補救？」

崔白將畫掛穩，又細看一番，道：「既然畫沾染汙跡，大人已不想要，大概也不會介意我再加幾筆吧？」

也不待畫學正許可，崔白便從容選取他案上的筆，蘸了蘸硯上水墨，左手負於身後，右手運筆，自那抹墨跡始，或點、曳、斫、拂，或轉、側、偏、拖，間以調墨，少頃，一隻正曲項低首梳理羽毛的白鵝便栩栩如生地出現在荷葉下，那筆多添的墨跡被他畫成了鵝喙，筆法自然，看不出刻意修飾的痕跡。

畫完，崔白擱筆退後，含笑請畫學正指正。眾人著意看去，但見他雖僅畫一鵝，卻已兼含焦、濃、重、淡、清等水墨五彩，且和諧交融，活而不亂，用墨技法似尚在畫學正之上。那鵝姿態閒雅輕靈，有將破卷而出之感，與之相較，適才畫學正所畫的秋荷頓失神采，倒顯得呆滯枯澀了。

而且他之前未作底本，乃是信筆畫來，自然又勝畫學正一籌。有人不禁開口叫好，待叫出了聲才顧及畫學正，匆忙禁口，但仍目露欽佩之色。

畫學正亦上前細看，默不作聲地木然捋鬚良久，才側目看崔白，評道：「用墨尚可，但在此處添這鵝，令畫面上方頓顯逼仄，而其下留白過多，有失章法。」

「不錯不錯。」崔白當即附和，漫視畫學正，笑道：「我也覺這呆鵝所處之位過高，倒是拉下來些為好。」

瞧他這般神情，眾人皆知他此語旨在揶揄畫學正，都是一副忍俊不禁的樣子。畫學正胸口不住起伏，彷彿隨時可能厥過去，許是當著眾畫學生的面又不好肆意發作，最後唯重重地拂袖，一指門外，對崔白道：「出去！」

不失禮數地朝畫學正欠身略施一禮後，崔白啟步出門，脣際雲淡風輕的笑意不減，他走得瀟灑自若。

我微微移步，目送他遠去。他疏狂行為帶來的暢快抵不過心下的遺憾，我隱約感到，他離開畫院的日子將很快來臨。

## 【肆】中宮

約莫一月後，畫院忽然接到皇后教旨，命選送一批畫院官員及畫學生所作人物寫真入柔儀殿上呈皇后。時近黃昏，待詔、畫學正等人不敢怠慢，忙選取出最滿意的畫作，準備送往皇后寢殿。

那日本無事，畫院的其餘內侍都已歸居處休息，唯我留下值班，教旨來得突兀，於是在畫院任職一年多後，我首次接到送畫軸入後宮的任務。若在平日，這事尚輪不到我做。

這也是我入宮數年來，初次有自外皇城進入帝后、嬪妃所居內宮的機會。翰林圖畫院位於皇城西南端的右掖門外，在傳旨的柔儀殿入內內侍帶領下，我捧著畫軸，自此地始，穿右掖門、右長慶門、右嘉肅門、右銀臺門，依次經過門下省、樞密院、國史院，再過皇儀門，經垂拱門入內宮，繞過垂拱殿和福寧殿，才抵達皇后所居的柔儀殿。

彼時已暮色四合，而皇后不在殿中。據柔儀殿侍女說，皇后去福寧殿見官家去了，不知何時歸來。我請入內內侍將畫軸送入殿內，因要當面向皇后覆命，故也不敢擅離，便立在殿外等待。

一等便是兩個時辰。終於皇后歸來，我跪下行禮，看見面生的我，她略停了停，侍女向她介紹，她才想起，點了點頭，在入殿不久後，命人傳我進去。

皇后曹氏穿著真紅大袖的國朝中宮常服正襟危坐於殿中，袖口與生色領內微露一層黃紅紗中單衣緣，紅羅長裙下垂的線條平緩柔順，無一絲多餘的褶皺，白底黃紋的紗質披帛無聲地曳曳於地，襯得她姿態越發嫻靜寧和。

在再次朝她行禮後，我趁著直身的那一瞬間，目光掠過她的臉。這僭越的行為源自我對國母真容的好奇，同時也謹慎地把時間控制到短促得不會令人察覺的程度。

她膚色玉曜，眉色淡遠，氣品高雅，此刻半垂雙睫，若有所思，眉宇間也隱有憂色。

殿中內臣將寫真畫軸一卷卷掛好，皇后從容起身，徐徐移步逐一細看。良久，看畢所有圖卷，她對此不置一詞，但轉身問我：「近來畫院寫真佳作都在其中？」

我稱是。她又看了看，似忽然想起，她再問：「這裡有畫學生崔白所作的嗎？」

我答說沒有，她便微微笑了。「我想也不會有。據說他畫藝拙劣，不思進取，且又狂傲自大，甚至不把畫院官員們放在眼裡……但這卻有些怪了，如此一無是處之人又是如何考進翰林圖畫院的？」

我略一踟躕，還是向她道出實情：「自國朝開設畫院以來，人莫不推崇黃筌、黃居寀父子畫風，每逢較藝，皆視黃氏體制為優劣去取。崔白功底極好，若論雙鉤工細，絕難不倒他，故此考入畫院較順利。但他性情疏逸，似不甚欣賞黃家富貴，倒對徐熙野逸多有讚譽，平時極愛寫生，每遇景輒留，能傳寫物態，有徐熙遺風。」

「入畫院後所作花竹翎毛未必總用雙鉤填彩，也常借鑑徐熙落墨法或徐崇嗣沒骨法，一圖之中往往工謹、粗放筆意共存，且設色清雅，孤標高致，頗有野趣。但較藝時，這種畫風不能得畫院官員認可，崔公子之作每每被漠視，極難獲好評。」

皇后頷首，又道：「他明知畫風不為人所喜，卻還依然堅持如此作畫？」

我應道：「是。他認定之事不會輕易受人影響而改變。」

皇后淺笑道：「也是個拗人。可他考入畫院也不容易，如此張狂，難道不怕被逐出去嗎？」

我心知必然已有人在皇后面前對崔白有所攻訐，遲疑著是否與她提及崔白的心態，而皇后溫和的語氣令我對她很有好感，且她一直和顏悅色地看著我，等待我的回答，這給了我直言回答的勇氣：「考入畫院是崔公子父親的遺願，所以他遵命而行，但閉於畫院中單學黃氏畫風有悖他志向……他的性情也與畫院作風格格不入，被逐出畫院也就不是他所懼怕的。」
皇后沉吟，須臾，命道：「兩日後，送一些崔白的畫作到這裡來。」
我立即領旨。她再端詳我，又問：「你幾歲了，也學過畫嗎？」
我欠身答：「臣今年十三。並未學過畫，只在崔公子指點下塗鴉過幾次。」
「你……叫什麼？」她繼續問。
「梁懷吉。」我答，這次不再就名字加任何解釋。
「哦，我記得你。」皇后薄露笑意。「你原名叫梁元亨吧？如今的名字是平甫改的。」
平甫是內東門勾當張茂則先生的字。皇后對他如此稱呼讓我有些訝異，隨即又覺出一絲莫名的欣喜。我視張先生如師如父，雖然這些年我們見面的機會並不多，但我對他始終懷有無盡的感念敬愛之情。皇后重提改名之事也讓我即刻想起她曾對我施予的恩澤，於是鄭重跪下，叩謝她當年的救命之恩。
她和言讓我平身，還賞了些鼠鬚栗尾筆和新安香墨給我。我近乎受寵若驚，因她賞我的並不是尋常賜內侍的綾羅絹棉，而是可用於書畫的上等筆墨。
她又重新審視那批寫真畫軸，點出幾幅問我作者，命人一一記下後讓我攜其餘的畫回去。我遵命退下，在入內內侍的引導下出了柔儀殿，入內內侍向我指指回居處的路，便閉門而歸。
他和我都高估了我認路的能力，我又一直想著適才之事，心不在焉地走了許久才驀然驚覺，身處之地全然陌生，我已迷失在這午夜的九重宮闕裡。

我停下來茫然四顧，周圍寂寥無聲，不見人影，唯面前一池清水在月下泛著清淡的波光，岸邊堤柳樹影婆娑，在風中如絲髮飄舞，看得我心底漸起涼意。我依稀想到這應是位處皇城西北的後苑，於是仰首望天，依照星辰方位辨出方向，找到南行的門，匆匆朝那裡走去。

剛走至南門廊下，忽覺身側有影子自門外入內，一閃而過，我悚然一驚，回首看去，但見那身影嬌小纖柔，像是個不大的女孩，在清冷夜風中朝後苑瑤津池畔跑去，身上僅著一襲素白中單與同色長裙，長髮披散著直垂腰際，與月色相觸，有幽藍的光澤。

她提著長裙奔跑，裙袂飄揚間可以看出她未著鞋襪，竟是跣足奔來的。這個細節讓我意識到她是人而非鬼魅，起初的恐懼由此淡去，我悄然折回，隱身於池畔的樹林中，看她意欲為何。

她在池畔一塊大石邊跪下，對著月亮三拜九叩。從我的角度可以看到她的側面，但見她七、八歲光景，面容姣好，五官精緻。

跪拜既畢，她朝天仰首，蹙眉而泣，臉上淚珠清如朝露。「爹爹病了，徽柔無計使爹爹稍解痛楚，但乞上天垂憐，讓徽柔能以身代父，患爹爹之疾，加倍承受爹爹所有病痛。唯望神靈允我所請，若令爹爹康健如初，徽柔雖捨卻性命亦在所不惜……」

她且泣且訴，再三吁天表達願以身代父的決心，我靜默旁觀，也漸感惻然。這情景讓我憶起以前的一些事。

我父親身體一直較弱，後來更罹患重疾，常常整日整夜地咳嗽，我每晚睡時總能聽見從隔壁傳來他的咳嗽聲。當時年幼不懂事，總覺得這噪音很討厭，每次被吵得無法安睡了便模糊地想，若有一日他可以安靜下來該多好。

竟也有這麼一晚，我終於沒再聽到他的咳聲，那夜我睡得無比安恬。次日醒來，一睜眼就看見母親蒼白呆滯的臉，她凝視著我，平靜地告訴我：「小元，你爹爹走了。」

原來天塌下來就是這樣，一切都變了。

從那之後到如今，我常對自己當時對父親病情的漠視感到無比悔恨，若時光可以倒流，我必也會如眼前的小姑娘一般，跣足吁天，誠心祈禱，希望自己能以身代父。

我想得出神。頭上有樹葉因風而落，拂及我面，我微微一驚，手一顫，一卷畫軸滾落在地。

聽見響動，小姑娘警覺回首。我拾起畫軸，在她注視下現身，與她對視著，一時都無言。

我不知道她是誰。宮中妃嬪有收養良家子為養女的傳統，也會讓入內內侍找牙人買寒門幼女入宮做幫傭的私身，何況還有尚書內省從小培養的宮女，像她這般大的小姑娘，宮裡並不少。除了聽出她名叫徽柔，我不知她身分，只覺無從與她攀談，雖然我很想告訴她，我衷心祝願她父親早日痊癒。

「你是誰？」她問。

我正要回答，卻見後苑南門外有人提著燈籠進來。徽柔看見，立時轉身朝另一門跑去，想是不欲來人發現她。

她這一跑動倒驚動了那人。那是一名內人模樣的年輕女子，也隨即提燈籠追去，口中高聲喚：「誰？站住！」

樹下的陰影蔽住了我，故此未被她留意到。我看著兩人的身影消失在後苑東端，才又循著星辰指引的方向重拾回居處的路。

## 【伍】徽柔

兩日後，我遵皇后吩咐，送數卷崔白的畫入柔儀殿請她過目。皇后正在與入內內侍省都知張惟吉閒談，見我將畫送到，便命人展開，與張惟吉一起品評。

那些畫是我精心挑選的，主題各異，既有花竹羽毛、芰荷鳧雁，也有道釋鬼神、山林飛走之類，皆為崔白所長。張惟吉見了目露笑意，似很欣賞，皇后問他意見，他謹慎答道：「此人畫作頗有新意。」

皇后暫時未語，又再細細看了一遍，目光最後落在一幅〈荷花雙鷺圖〉

上，脣角微揚，對我道：「懷吉，你沒說錯，崔白長於寫生，若論傳寫物態，畫院確無幾人能勝他。」

我含笑垂目低首。張惟吉見皇后久久矚目於雙鷺圖，遂也走近再看，欲知其妙處。

皇后側首問他：「都知以為此畫如何？」

這圖畫的是荷塘之上雙鷺戲水，一隻自右向左游，欲捕前面紅蝦；另一隻自空中飛翔而下，長頸曲縮，兩足直伸向後。

張惟吉凝神細品，然後說：「畫中白鷺形姿靈動，翎羽柔密，似可觸可摸……的確是難得的佳作。」

「不僅於此。」皇后目示上方白鷺頸部，道：「白鷺飛行，必會曲頸勁縮，乃至下半頸部呈袋狀。此前我亦見過他人所作白鷺圖，常誤畫為白鶴飛翔姿勢，頭頸與雙足分別向前後伸直。而今崔白無誤，可知他觀物寫生確是花了些心思的。」

我與張惟吉聞言都再觀此畫，果然見上面飛行中的白鷺頸部曲縮，幾成袋狀，不覺駭服。

張惟吉當即讚道：「娘娘聖明。崔白能獲娘娘賞識，何其幸也！」

皇后卻又搖頭，嘆道：「但以他如此才思、如此性情，繼續留在畫院中倒是束縛了他……有些人，天生就不應步入皇城。」

「把畫收好，將來藏於祕閣。」她命我道：「至於崔白，我會讓勾當官應畫院所請，准他離去。」

她對崔白的讚賞，曾讓我有一刻的錯覺，以為她會因此留下他，故她突然轉折的結語讓我略感訝異，但隨即又不得不承認，這確是個能讓畫院官員與崔白都覺舒心的決定。我佩服她。

宮人們將畫軸逐一捲，準備交予我帶回。我肅立等待間，忽聽殿外傳來喧譁聲，有女子在外哭喊：「皇后，我母女受人所害，妳不願作主懲治奸人也就罷了，何以連官家都不讓我見？」

張惟吉蹙了蹙眉，欲疾步出去查看，卻被皇后止住，命宮人道：「讓她進來。」

極快的，一名雲髻散亂的女子奔入殿內，跪倒在皇后面前，將懷抱的孩子給皇后看，泣道：「幼悟都病成這樣了，皇后就不能讓官家見見嗎？」

想是心憂那孩子之病，此女雙目哭得紅腫，面目甚憔悴，但仍可看出她容貌豔美，若妝容修飾妥當，應屬絕色。她所抱的是名三、四歲女童，此刻緊閉雙目沉重地呼吸著，小臉上一片病態的潮紅，像是高熱不退。

皇后和顏道：「我已命太醫仔細為幼悟診治，張美人不應帶她出來，再著了涼就不好了。官家這幾日宜靜養，之前已下過令，不見嬪御。」

張美人卻擺首。「皇后並非不知，這孩子的病是遭人詛咒所致，太醫治標難治本，若要幼悟痊癒，定得處罰害她的小人。妾知皇后不屑理這等小事，不敢以此相煩，但為何妾求見官家一面皇后都不許？」

我曾聽人提過，今上最寵的娘子是美人張氏，想必就是眼前這位了。現下她言辭囂張，咄咄逼人，果然是恃寵而驕的模樣，而皇后居然也未動怒，淡然應道：「美人多慮了。而今天氣變幻無常，幼悟不過是偶感風寒，服幾劑藥便會好，與人無關。」

「與人無關？」張美人冷笑，揚手將一物拋在地上。「這東西是昨日自後苑石下搜出來的，妾已命人向皇后稟報過，皇后竟還說與人無關？」

一個布做的小人，身上寫有字跡，幾枚閃亮的針深深地插入它頭胸之間。

這是宮廷中向來嚴禁的巫蠱之術。見張美人陡然拋出這人偶，殿內宮人都有驚惶之色。

皇后側目視人偶，沒說什麼，神色如常。但聽張美人又道：「前日夜間，內人馮氏目睹徽柔在後苑湖畔對月禱告，偏又這麼巧，昨日就有人在湖畔大石下搜出這物事。馮氏已向皇后奏明，皇后為何不理？適才我親去詢問徽柔，她可是對前晚去後苑之事供認不諱呢！」

徽柔？這名字給我帶來的驚訝尤甚於那插針的人偶。我重思張美人的話，迅速明白，她意指徽柔——那個月下禱告的女孩——前夜去後苑是行巫蠱之術，以詛咒她的女兒幼悟。

我猶豫著，不知以我卑賤的身分，是否應該在此時擅自介入這兩位尊貴宮眷的交談，道出我看到的景象。

皇后沉吟，並不表態，宮人們亦屏息靜氣，唯張美人要求嚴懲徽柔的含怒哀聲在殿中迴響：「人證、物證俱在，皇后為何還不下令懲治，以肅宮禁？」

終於，對「徽柔」面臨禍事的擔憂大過對我自身狀況的考慮，那小姑娘單薄的身影和含淚說出的隻言片語竟給了我別樣的勇氣。我略略出列，向皇后躬身：「娘娘，臣有一事，想求證於張娘子。」

我的陡然插言令皇后及殿內諸人都有些訝異，然而皇后還是頷首，允許我說。

我側身朝向張美人，行禮後低首道：「敢問張娘子，妳所指的那位姑娘是名叫徽柔嗎？」

張美人尚未回答，張惟吉便已出聲喝斥：「放肆……」

皇后揚手阻止他說下去，但和顏示意我繼續。

張美人冷眼瞧著我，脣際古怪的笑似別有意味：「不錯，這丫頭是叫徽柔。」

我再問她：「馮內人看見她在後苑湖畔對月禱告，可是在前夜子時？」

張美人想了想，說是。

我再轉身，對皇后說：「前夜臣送畫入柔儀殿，離開時夜已深，因不熟識內宮路，誤行至後苑，無意中看見一白衣跣足的小女孩正對月禱告，自稱徽柔……此前臣隱約聽見更聲，應是子時。」

「哦？」皇后問：「她禱告時說的是什麼？」

我道出實情：「她說父親病了，為此再三吁天，願以身代父。」

皇后薄露笑意：「並無行巫詛咒他人吧？」

我搖頭，肯定地答：「沒有。因被人窺見，徽柔祈禱後即刻離開後苑，臣並未聽見她詛咒他人。」再顧張美人拋在地上的人偶，補充道：「也未見她帶此物去，應該不是她放在後苑石下的。」

「一派胡言！」張美人適才稍稍抑止的怒氣又被我這一番話激起。「不是她能是誰？誰還會像她那樣擔心幼悟分去官家寵愛？」

我的思維被她問句擾亂，這才隱隱感覺到，徽柔的身分應不像我此前想得那麼簡單。

「你分明是受人指使，才罔顧天威，敢作假證！」張美人朝我步步逼近，一抬手，纖長指尖幾欲直戳我面，卻又暗銜冷笑，目光有意無意地掃過皇后。「說，指使你的是誰？是徽柔，還是另有他人？」

她的盛勢令我略顯侷促，退後兩步，但仍堅持道：「臣不敢妄言。句句屬實。」

一記耳光閃電般落在我頰上，那一瞬間的聲響有如她聲音的銳利。她收回手，摟緊女兒，朝我高傲地揚起下頜，輕蔑地笑：「現在呢？還是句句屬實？」

我漠然垂首。類似的折辱在我數年宮中生涯中並不鮮見，如何悄無痕跡地將此時的羞恥與惱怒化去，是我們所受教育的一部分。就忍辱而言，我尚不是最佳修練者，做不到主子打左臉，再微笑著把右臉奉上，但至少可以保持平靜的表情、沉默的姿態。

「夠了。」皇后這時開口：「跟內臣動手，有失身分。」

張美人一勾嘴角，狀甚不屑。

皇后一顧我，轉告張美人：「他是前省內臣梁懷吉，前日首次入內宮，連徽柔是福康公主閨名都不知道，又能受何人指使？」

福康公主。今上長女，宮中除皇后外最尊貴的女子。

那點疑惑因此消去，心下卻又是一片茫然。皇后一語如風，把那人間小女孩的白色身影忽然從我記憶中吹起，讓她悠悠飄至了雲霄九重外。

回過神來，我伏拜在地，請皇后恕我不知避諱之罪。

張美人在旁依然不帶溫度地笑，幽幽切齒道：「好一場唱作俱佳的戲！」

皇后說不知者不為過，命我平身，再吩咐張惟吉：「把福康公主請到這裡來。」

少頃，但聞環珮聲起，殿外有兩位成年女子疾步走進。她們皆梳高冠髻，著小袖對襟旋襖，用料精緻，一為譙郡青緺紗，一為相州暗花牡丹花紗，有別於尋常女官內人，應屬嬪御中人。

她們匆匆向皇后施禮，旋即齊聲為福康公主辯白，皆說此事不會是公主所為。其中著青綃紗旋襖者神情尤為焦慮哀戚，施禮後長跪不起，含淚反覆說：「徽柔年紀小，哪裡會懂這些巫蠱之術！何況她一向疼惜幼妹，絕不會做出這等事。萬望皇后作主，還她個清白。」

皇后命內人攙她起身，溫言勸她：「苗昭容既相信徽柔，便無須擔心。」目示左右：「賜張美人、苗昭容、俞婕妤座。」

後兩位娘子亦屬今上寵妃，又都曾生過皇子、皇女，故其名號我也曾聽過。苗昭容是今上乳保之女，福康公主生母，與俞婕妤私交甚篤。可惜俞婕妤和苗昭容所生的皇子先後夭折，今上一直未有後嗣，就連小公主們也接連薨逝，如今官家膝下只有二女：長女福康公主和張美人所生的第八女保慈崇祐大師幼悟。

苗昭容戚容稍減，與俞婕妤先後坐下。張美人在內人勸導下亦勉強入座，但仍是一副不甘妥協的模樣，眼瞅著苗昭容只是冷笑。

這時內侍入報，福康公主到。隨後公主緩步入內，雙目微紅，猶帶淚痕，但衣飾整潔，垂髫辮髮梳得一絲不亂。在眾人注目下走近，微垂兩睫，頭卻並未低下，尤其在經過張美人面前時，她甚至小臉微仰，下頷與脖頸勾出上揚的角度，目不斜視，神情冷漠。

走至皇后跟前，公主鄭重地舉手加額齊眉，朝皇后下拜行大禮，又向母親苗昭容及俞婕妤欠身道萬福，隨後竟垂手而立，對張美人無任何表示，完全視若無睹。

皇后微笑對她說：「徽柔，見過張美人。」

公主口中輕輕稱是，卻一動不動，毫無行禮之意。張美人剜她一眼，冷道：「罷了，這也不是第一次了……我這卑賤之人原受不起公主這一禮。」

公主聽了張美人之話仍無反應，皇后出言問她：「徽柔，妳前日夜裡去過後苑嗎？」

她頷首承認：「去過。」

「去做什麼？」

公主猶豫，一時不答。皇后再問，她沉默片刻，才又出聲，卻是輕問：「爹爹……好些了嗎？」

皇后轉視張惟吉，目露寬慰神色。張惟吉含笑欠身，想必是表示公主所言暗合我的證詞，可以證實她是清白的。

於是皇后和顏再問公主：「妳是去後苑對月祝禱，為爹爹祈福吧？」

公主訝然，脫口問：「孃孃怎麼知道？」

國朝皇子、皇女稱父皇亦如士庶人家，為「爹爹」，稱嫡母為「孃孃」，位為嬪御的生母則為「姊姊」。

除張美人外，殿內聽到我適才所言的人皆面露微笑。張惟吉遂將此前緣由解釋一遍，苗昭容聞後轉顧我，眼中頗有感激之意；俞婕妤亦舒了口氣，與苗昭容相視而笑。

張美人按捺不住，復又起身，指著地上人偶厲聲問公主：「這個針扎的人偶又怎麼說？為何會正好出現在妳去後苑之後？」

公主蹙了蹙眉，微微側過臉去，毫不理睬。

張美人卻不收聲，索性拾起人偶，直送到公主眼前：「素聞公主敢作敢當，怎的如今卻又一聲不吭了？」

公主雙唇緊抿，始終當她是透明的。張美人繼續緊逼追問，皇后見狀勸公主道：「若此事與妳無關，妳就與張美人解釋一下吧。」

公主咬脣垂目，良久，才吐出四字：「我不會做。」

「不會做？」皇后語氣溫柔，意在誘導她多做解釋。「不會做什麼？」

這次公主卻不肯再說了。苗昭容看得心急，從旁連連勸她回答，公主仍一言不發。

皇后無語，張美人一臉怒色，苗昭容勸了一會兒，見殿中人皆不說話，顯得自己勸導之言尤為清晰，連忙收聲。殿內又淪入一陣難堪的沉默。

最後打破這沉默的，竟然是我。

「娘娘，公主已經回答了。」當這聲音響起的時候，其實我與其餘所有人一樣驚訝。一個微不足道的小內侍，竟然兩次擅自插言討論後宮疑案，哪來的膽量？

可是既然已經開口，我只能硬著頭皮說下去：「昔日趙飛燕狀告班婕妤祝詛，漢成帝考問婕妤，婕妤回答說：『妾聞死生有命，富貴在天。修善尚不蒙福，為邪欲以何望？若鬼神有知，不受邪佞之訴；若其無知，訴之何益？故不為也。』臣斗膽，猜適才公主所說『我不會做』，與班婕妤『故不為也』之意是一樣的。」

我說完，但覺公主側首凝視我，我與她目光有一瞬相觸，但覺她眸光閃亮，淺淺浮出一層笑意，我霎時兩頰一熱，深垂首。

眾人一時皆無言。須臾，才聽俞婕妤笑而讚道：「好個伶俐的小黃門，說得真有理呢，必是這樣的。」

皇后頷首微笑，苗昭容與張惟吉也和顏悅色地看我，唯張美人越發惱怒，直視我斥道：「你把我比作趙飛燕？」

我一愣。起初只想為福康公主辯解，所以引用班婕妤之事，本無將張美人比作趙飛燕之意，但如今看來，很難解釋清楚了。

好在此時外間內臣傳來的一個消息拯救了我。

「官家醒了，要見福康公主！」

殿中宮眷紛紛起立，皇后攜福康公主手，說：「走，去見妳爹爹。」兩人當即離殿，苗昭容與俞婕妤緊隨其後。張美人怔了怔，也連忙摟著女兒趕去。

殿內其餘人等也逐漸散去，我呆立原地許久，見無人再管我，才走出殿外，循原路回畫院。

## 【陸】秋和

往後數日，畫院的生活波瀾不驚，還是一樣的過，也沒見內宮傳來什麼重大消息。我忍不住向調入了入內內侍省的幼年同伴打聽，他們告訴我，官家龍體逐漸痊癒，因聽說福康公主在他不豫時拜月祝禱，願以身代父，頗為動容，從此越發鍾愛公主。張美人在人前雖囂張，面對官家，卻甚知察言觀色，如今見他視公主為掌珠，便不好再提巫蠱一說，而且女兒病情已稍微好轉，她也就暫時沒再為難公主。

崔白離開畫院那日，我送他至宮門。臨行前，他引我至僻靜處，取出一幅卷軸雙手遞給我，問：「懷吉可否替我將這幅〈秋浦蓉賓圖〉贈予一位友人？」

我想也沒想即應承，接過畫後才覺得詫異，原來子西在這宮中還另有友人。

展開一看，但見他畫的是秋浦水濱，菡萏半折，芙蓉展豔，三兩鶺鴒掠水棲於花葉間，其上有秋雁儷影成雙，一隻引頸向右，一隻展翅朝左，相繼迴旋翩飛。景物意態靈動，設色清淡雋雅。

我不禁讚嘆，問他想贈予何人。

他朗然一笑，道：「年前官家曾命畫院中人共繪一卷行樂圖，底本作好後官家卻不滿意，說：『房樣子倒是不錯，但裡面宮人服飾不是時興樣式。』於是命尚服局司飾司的女官內人為我們講解宮中服飾特點，並演示髮式、梳法給我們看。梳頭的內人兩人為一組，一人為另一人盤髮加冠。其中有一個十二、三歲的小姑娘，模樣玲瓏可愛，不知為何，一壁梳髮一壁垂淚。

「我見了覺得奇怪，問她緣由，她說：『今晨我養的點水雀兒死了。』語音輕軟，當真我見猶憐。我遂向她承諾，翌日送她一隻不會死的雀兒。當晚便畫了隻鶺鴒，第二天送給她。她很是驚喜，連連道謝。她膚色細白，那時雙頰微紅，連帶著鼻梁中段也帶了一抹稚氣的胭脂色，若秋曉芙蓉，甚是好看。」

「我便笑問她：『姑娘用的是什麼胭脂？化的妝叫什麼名字？』她卻害羞不答，我也不再追問，但請她以後再保持這種顏色的妝容，我想將她畫入行樂圖中。以後幾日，她果然都著這種妝，直到我畫完。」

我頷首道：「尚服局司飾司掌膏沐巾櫛服玩之事，描畫新妝容應也是其職責的一部分。」

崔白笑道：「可是我後來才知道，她那妝容可不是描畫出來的……尚服局內人來畫院的最後一天，她缺席了。我問其同伴，她們告訴我，她雖膚色白皙，異於常人，但也異常敏感，天氣變化或飲食不妥都會引起面紅現象。我問她妝容那天，她先是去給苗昭容梳頭，苗昭容順手賞了她一個剝開的石榴。她原不能吃這燥火味酸之物，但礙於昭容面子，只好吃了下去，隨後便雙頰泛紅，宛如施了胭脂。」

我有些明白了：「那她隨後幾天，是刻意吃燥火之物以保持妝容供你描繪的？」

崔白點頭，嘆道：「結果火氣鬱結，令她全身不適，最後終於病倒。自那以後我再也沒見過她。對此事，我一直好生過意不去，故如今新繪此圖，想送給她，聊表歉意。」

我遂問這姑娘的姓名，崔白說：「她姓董，我聽其他內人喚她『秋和』。」

我再次承諾一定將畫送到。因與他十分相熟，故順口說笑道：「適才見你取出圖軸，原以為，這畫是送我的。」

崔白大笑：「我豈敢不顧中貴人！本想挑幅佳作奉上，無奈看來看去，都沒見有不辱清賞的。但此事我一定留心，他日必畫一幅好的給你。」

崔白走後，我當即前往尚服局尋董內人，但她此時不在其中。尚服局與尚藥、尚醞、尚輦、尚食諸局一樣，位於宮城東北，離內侍省不遠，我隨後又去了幾次，卻都沒找到她。據其他內人說，董內人心思纖細，技藝甚好，故宮中嬪御都愛請她梳頭，往往遷延至天黑才回來。

來。

縱然我身為內侍，於夜間去尋一位宮女仍是不好的，替宮外人傳遞畫卷又有私相授受之嫌，也不便留下圖軸請別的內人轉交，因此這事就暫且耽擱了下來。

一日，畫院服役畢，我返回內侍省居處，走至連接內侍省、尚書內省和官家閱事之所的通掖門時，見前方有個年紀和我差不多的小黃門，一手攬一錦盒，另一手緊按腹部，彎著腰慢慢倚牆蹲下，臉上表情似不勝痛楚。

我忙走過去，問他有何不適，他說腹痛如絞，恐是腸疾發作。我要扶他去尚藥局，他卻連連擺手，說：「新任的大理評事、國子監直講司馬光有賢名，所以官家命他越次入對，今日在邇英閣聽他講讀後龍顏大悅，便賜他一個琉璃盞。賜物憑據交給合同憑由司審核耗了好一陣子，我剛才才從御庫中取出琉璃盞。」

「現在官家已回福寧殿，司馬先生還在邇英閣等候，我本想快步過去給他，怎奈突然犯病……這位哥哥，可否代我把琉璃盞送過去？尚藥局就在附近，我自己慢慢走去就行了。」

我有些猶豫，他便不住催我，模樣很是焦急，終於我答應，接過錦盒，折向邇英閣。

閣中有一位形容枯瘦的先生端坐著等候。面容甚年輕，應該未至而立之年，但神情嚴肅、老成持重。見我進來，他抬眼看我，雙目炯炯有神。

我遲疑著輕喚一聲「司馬先生」，見他頷首，才放心走近，躬身將錦盒呈給他。

他轉朝福寧殿方向，拜謝如儀，這才接過，徐徐打開錦盒。

盒蓋開啟那一瞬，他忽然怔了怔。我見他神色有異，遂引首朝盒內看，旋即如遭雷殛，呆立在原地，手足無措。

裡面的琉璃盞釉色明淨、光豔晶瑩，但，已經裂為兩半。

腦中短暫的空白過後是紛繁雜亂的念頭：不是我，不是我，我一直穩捧錦盒，未曾跌落過……剛才竟然忘了問那位小黃門的名字……找到他也無用，我根本無法證明琉璃盞在交給我之前便已碎了……

此時閣門霍然大開，一下子湧進數名內侍，最後進來的，是入內內侍省副都知任守忠。

任守忠雙手負於身後，慢慢踱至我身邊。

「好小子，打碎了官家御賜的寶物……」他陰沉著臉說，忽地側首，目示左右內侍，立即有人上前將我押跪在地上。

任守忠再朝司馬光欠身，道：「宮中舊例，內侍損壞御賜大臣之物，聽任大臣區處。這小子是打是逐，先生只管吩咐。」

我完全無力辯解。感覺又回到了幼時，被鎖進黑屋的那次。視線模糊，思緒淡去，呼吸的空氣中充滿死亡的氣息，我低首呆呆地凝視窺窗而入的夕陽餘暉，不確定是否還能看見明天光亮的日頭。

漫長的等待，終於，有聲音響起。

「放了他。」司馬光說。

「什麼？」任守忠一愣，只疑聽錯。

「放了他。」司馬光重複，聲音更加清晰，語氣異常平靜。

任守忠皺眉，仍難以置信：「就這樣放了他？損壞御賜之物，判個死罪也不為過。」

「玩賞之物豈能貴過人命。」司馬光淡淡說：「這位中貴人年紀尚小，無意中跌碎琉璃盞，不為大過。」

任守忠作為難狀：「可是，官家……」

「官家若問起，請以兩句話答之。」司馬光略頓了頓，道：「玉爵弗揮，典禮雖聞於往記；彩雲易散，過差宜恕於斯人。」

大理評事屬京城初等職官，才正八品，對見慣了宰執大臣的入內內侍省副都知任守忠來說，也許根本微不足道。司馬先生語調平和，容止溫雅，並不以勢凌人，但寥寥數語，竟有奇異的力量，聽上去感覺是一言既出，不容抗拒。

任守忠反覆打量司馬光，幾番欲言又止，最後終於悻悻退去。

閣中只剩我與司馬先生，我含淚下拜：「司馬先生救命之恩，懷吉感激不盡，將永世銘記。」

他雙手攙起我，微笑道：「不必如此……只是日後要更謹慎些了。」

我頷首：「懷吉謹記先生教誨。」

「懷吉？」他沉吟，隨即問：「你可是翰林書藝局的中貴人梁懷吉？」

「是，我曾在書藝局做過幾年事，後來被調到了翰林圖畫院。」我回答，又詫異道：「先生怎知……」

「我聽孫之翰先生說起過。」他說，看我的神情越發和善。

前年冬我尚在翰林書藝局供職，其中一項工作就是謄寫往日諸臣奏議，以供祕閣編輯入庫存檔。諫官孫甫因天降赤雪，國中又有地震之災，曾向今上上疏，直指張美人寵恣市恩，禍漸以蔭，不顧嫡庶貴賤之別，用物過僭，導致天變示警。

他在文中引用《唐書》中宰相張行成勸諫唐高宗遠女色小人的詞句「恐女謁用事，大臣陰謀，宜制於未蔭。」一時筆誤，把其中「謁」字寫成了「遏」，我在謄錄時發現，私下把此字改正，後來祕書省複審原文與謄錄稿時見此改動，問孫先生意見，孫先生連稱「慚愧」，承認是自己筆誤，對我擅作主張修改他文字不僅不以為忤，還大為誇讚，向不少人提起過。

「中貴人讀過《唐書》？」司馬先生問我，語氣隱含讚賞之意。

我略微躊躇，之後低首答：「賈相公編修資善堂書籍時，向翰林院內侍講讀經史子集，我去旁聽過，借閱了一、兩部諸臣奏議中提得多的書……」

資善堂是國朝皇子讀書處，宰相賈昌朝曾在編修資善堂書籍時召集一些文臣為翰林院內侍講課，想讓其參與修書工作。但後來諫官吳育進奏反對，說此舉是「教授內侍」，容易招致閹宦干政之禍，於是今上罷止內侍課程。

自那時起，是把內侍培養成好儒學、喜讀書的文人，還是讓他們保持無知無識的天家家奴狀態，一直是朝中兩派爭論的一個話題。

聽我提及這一舊事，司馬先生笑容微滯，沉默片刻，才道：「書不必多讀。宦者要務是侍奉天家，字略識得幾個，能供內廷所用也就夠了。」

我點頭稱是。他注視著我，又問：「你多大了？」

「今年十四。」我回答。

他頗感慨，輕輕搖頭，嘆道：「可惜。」

我自然明白這「可惜」的意思。若我不是已然淨身的內侍，他必會勸我多讀書，日後做國家棟梁，可惜我一入宮門，人生就此註定，於國於家無望了。

我想任守忠應該是上奏官家了的，但未見官家下令對我施以刑罰，內侍省只扣了我三月俸祿略作懲戒，這對我來說幾乎毫無影響，因為我長年居於宮中，基本沒有需要用錢之處。數年的月俸積攢下來也有不少，有時候我會枯坐著對著滿匣銀錢發愣，回想以前和將來的生涯，覺得自己根本一無所有，窮得只剩下錢了。

琉璃盞的事我告訴了好友張承照。張承照一直在書藝局供職，耳聞目睹之下對眾大臣秉性、脾氣相當了解，聽後嘖嘖嘆道：「好在你遇到的是司馬光，這個小時候就知道砸甕救人、出了名的大好人，若是遇見了吳育那樣的刺兒頭，不死也得掉層皮。上次他又和賈相公在朝堂上爭執，兩人吵得那叫一個厲害，只差沒挽袖子動手了。急得官家幾次三番想走下御座勸解，後來被任都知攔住……」

說到這裡，他眉頭一皺，忽然意識到一個問題：「聽你剛才說，司馬先生剛打開盒子，任都知就帶人進來了？」

我說是，也隱隱感到這裡有什麼不對。

「哪有這麼巧的事！他任都知又不是邇英閣的押班，整天都候在那裡，卻為何你們剛發現琉璃盞碎了他就領人來把你拿下？這事，分明是有人給你下套。」

我默然不語，張承照又問：「是不是你最近得罪什麼人了？」

有嗎？想來想去，能稱上得罪的，也只有張美人。

我把福康公主之事一說，張承照便驚得兩目圓睜。「你拆張美人的臺，還拿她比作趙飛燕？宮裡人誰不知道她是個睚眥必報的主兒呀！」

我說：「我既看見了當時情形，不說出實情，難道任由張美人冤枉公主嗎？」

張承照嘆氣：「公主是官家愛女，別說事不是她做的，即便她真害了張美人，你道官家又會把她怎樣嗎？主子鬥來鬥去，吃虧的總是底下人，這種情況你就不該說話。」

我垂目受教，並不反駁，只說：「我沒想那麼多。」

張承照無奈地看著我，做出憐憫的表情：「怪不得你在宮裡越混越糟。」他是指我從書院被「降職」到畫院的事，並斷言我還會被排擠，但後來的結果令他大吃一驚。一月後，我被調到樞密院內侍班，做文書整理和傳遞工作。

樞密院位於宮城西南，與中書、門下及三司一樣，是最重要的中央機構。中書主民，樞密院主兵，三司主財，在這幾處為朝廷重臣幹文字活幾乎是所有識字的翰林院內侍的願望，所以我這次調職，無異於一次高升。

後來我得知，是司馬先生向與他相熟的樞密副使龐籍推薦我的，說樞密院主軍機要務，文字越發錯不得，而我功底不錯，足以勝任相關工作。

由是我對司馬先生更加滿懷感念，對他的崇敬與感激之心一直保持了很多年，儘管後來有一天，他在今上面前以「罪惡山積，當伏重誅」為我作評，我對他亦了無恨意。

## 【柒】和親

再次聽人提及福康公主，竟是在樞密院中。

這年春末，契丹重兵壓境，國主遣宣徽南院使蕭英及翰林學士劉六符來朝致書，向大宋索求「關南地」瀛、莫二州。

瀛、莫二州是燕雲十六州的一部分，當年被「兒皇帝」石敬瑭割讓給契丹，周世宗時期收復，大宋接管至今。多年來契丹一直欲令大宋「歸還」二州，澶淵之盟真宗皇帝許以歲幣，契丹遂放棄索地，但如今舊事重提，度其使臣語氣，有必得之勢。

諸臣廷議，不許割地，決定藉和親與契丹言和，許大宋宗室女與契丹皇長子梁王耶律洪基，以化解索地之事。

選定的宗室女是信安僖簡王允寧之女。

官家派知制誥富弼為接伴使，賈昌朝為館伴使，將契丹使臣迎至使館相與斡旋。

契丹使臣本也有和親之意，但一聽今上將晉封宗室女為公主嫁梁王，蕭英即面露不悅之色：「大宋皇帝不是有親生女嗎？聽說那福康公主美得很哪，我國臣民十分仰慕。」

富弼解釋說帝女尚幼（註2），成婚須在十餘年後。劉六符笑道：「梁王也才十歲，倒與福康公主年紀相當，就等上十年也不算什麼。既是和親，自然要以兩國皇帝親生子女成婚才顯親厚。梁王是吾皇長子，貴國皇帝僅許以宗室女，莫非是嫌鄙國國小民弱，配不上嗎？」

富弼與賈昌朝於朝上奏明此事，今上當即拒絕，無論如何不肯以福康公主和親。遂命富弼出使契丹，與其國主面談，許增歲幣，但一定要推卻公主和親之事。富弼也答應，說：「主憂臣辱。臣此去除歲幣外，絕不妄許一事。」

啟程前，今上授富弼為禮部員外郎、樞密直學士，他卻而不受。散朝後，富弼再往樞密院中與諸臣商議出使細節與和談內容。議事畢，眾人出宮，他還留在院內，冥思苦索應對之計。

忽有後省內侍至，帶來一批筆墨寶玩之物，皆御庫珍品，說是官家特意賞賜給富弼的。

適逢我在院內值班，富弼拜謝後命我接過御賜物，復又悶悶坐下，鎖眉沉思。

我從侍奉諸樞密大臣時聽來的隻言片語和謄寫的部分文書中，已明白富弼所憂何事。此時看手中珍品，心念一動，遂把其中御賜之墨選出，擱在最醒目

註2　史實上，與契丹和親之事時，福康公主年僅四歲，本文根據情節有所改動。

的地方，才端過去置於富弼身邊几上。

近年宮中例賞諸臣之墨，乃歙州李墨。歙州李氏是製墨世家，其墨堅如玉，紋如犀，豐肌膩理，光澤如漆，故天下聞名，被列為貢品。賞賜大臣的李墨皆置於紫檀匣中，匣上雕工精美，有御庫紋章。但如今賜給富弼的卻非李墨，而是置於豹皮囊中的西洛王迪墨。

物品擱置，略有些動靜，富弼側首看，亦覺出此異處，便拈起一塊王迪墨細看。

「如今李墨不作貢品了嗎？」他問我。

我知此中緣由，遂一一道來：「李墨還是貢品，但因今年紫檀斷貨，無以為匣，李氏請易以桂匣，官家不許，說例賞大臣的李墨皆以紫檀盛之，若易以桂匣，恐群臣有恩遇衰減之疑慮，故索性不取。西洛王迪墨只用遠煙、鹿膠，有龍麝氣，也是難得的好墨，且以千金豹囊盛之，頗有野趣，官家遂命今年御賞換王迪墨。」

富弼道：「世人多愛李墨，若因匣捨之，豈非與買櫝還珠是一個道理？」

我應道：「懷吉斗膽，請問學士，歙州李墨是你最愛的墨嗎？」

富弼笑道：「那倒不是！我獨愛柴珣東瑤墨。」

「正是這樣。」我繼續說：「李墨雖好，但並非無可取代，也有人更愛西洛王迪墨、柴珣東瑤墨、宣州盛氏墨，或東山陳氏墨。玩物喜好，因人而異，但有御賞御賜一說，世人便喜求李墨，那紫檀的匣子，更被人格外看重，略一亮出，人便知是御賜物，若賜李墨不予紫檀匣，勢必有人無端猜疑，倒不如另易別家名墨了。」

「不錯，不錯，朝中同僚雖喜求李墨，但多有不用者，倒是那紫檀的盒子，沒有人不喜歡的。」富弼連連點頭，很是贊同。「還曾有人玩笑說，不如請官家只賜紫檀匣給我們，另賜銀錢若干，讓我們自買喜歡的名墨放進去吧……」

他開顏笑，心情轉好，我亦淺笑，不再說話。

須臾，他笑容消退，似陡然想到什麼，拍案道：「是了，是了，以前怎沒想到？」

他起身，朝我鄭重一揖：「多謝中貴人提醒。」

此後他出使契丹，對其國主說，皇子、公主性情未必相合，結婚易以生釁，夫婦情好難必，人命修短或異，公主和親所託不堅，以後易生變數，不若增金帛之便。況且，據南朝嫁長公主故事，資送不過才十萬緡，即便陛下嫁其親生女，亦不會超此數額，遠不及歲幣大利。

契丹國主本也意在多得金帛，聽說公主資送不過十萬，遂同意接受歲增銀十萬兩、絹十萬匹的建議。於是兩國相互遣使再致誓書，不再提和親及割地之事。

富弼出使歸來月餘，有位三十餘歲的婦人自內宮來，自稱是福康公主乳母韓氏，溫言對我說：「富學士不辱使命，官家很高興，著意嘉獎他，他卻向官家提起受你啟發之事。官家又告訴了皇后和苗昭容，皇后也稱讚你，但又說：『這孩子聰明，若留在樞密院久了，怕是臺諫又有話說，不如調到後省吧。』苗昭容便請她讓你來服侍福康公主，說你兩次助公主離困境，也是緣分。皇后便讓我先問你意見，若你願意，即可調去……好孩子，你願意嗎？」

我答應了，沒有太多猶豫。

不久後，我正式調往入內內侍省，升一階，成為高班內侍，入苗昭容位，服侍福康公主。

我的居處也從前省搬到了內宮。搬家那天，張承照來送我，握著我的手依依惜別，叮嚀復叮嚀：「苟富貴，勿相忘。」

第二章

# 恁時相見已留心

【壹】簸錢

福康公主隨苗昭容居於儀鳳閣中。我初次進去時，公主正與三位與她年齡相仿的女孩圍坐於廳中瑤席上簸錢為戲，拋散開來的銅錢叮噹作響，小姑娘們目光隨其起伏，笑語不斷。

領我進去的韓氏見她們玩得正在興頭上，便示意我不可打擾，輕輕帶我至一側站定，再目示公主身邊那三位衣飾不俗的女孩，低聲說明：「公主對面，年紀稍長那位，是皇后的養女范姑娘。其餘兩位是張美人的養女，左邊是周姑娘，右邊是徐姑娘。她們都是公主的玩伴。」

我留意記下，再看公主，此刻簸錢正輪到她抓子，她喜孜孜地雙手把銅錢聚攏，握在手心裡，再朝玩伴笑說：「這輪我們加到三個籌碼吧！」

旁觀的苗昭容聽得笑起來：「這裡輸得最多的就是妳了，還敢加籌碼。」

「這次一定不會輸了。」公主似信心滿滿，連聲催促玩伴下注。

范姑娘笑道：「好，三個就三個吧，只是公主輸了別哭成這樣。」

她隨即擱下三個銅錢在席上，周姑娘與徐姑娘相繼下注，也都笑道：「又要贏公主這許多，教人怎麼好意思呢？」

簸錢是大宋女孩兒閨中常玩的遊戲。遊戲者每輪握四、五枚銅錢於手中，手心向上，拇指和食指拈起一枚錢，其餘幾枚擱在手心中簸一簸，以調整其位置、角度，然後拋起所拈那枚，再翻轉手背將餘錢撒下，接住落下的銅錢後，再度高高拋起，這次手在落子的間隙迅速撥弄翻轉地上數子。

這種調整銅錢正負面的程序可重複，其間要把銅錢聚攏到一手可覆蓋的位置。最後一拋，手要立即向上翻轉，壓下拋出的子，讓所有銅錢皆被覆於手掌下，然後請同伴猜銅錢正負數量，以結果對錯定勝負。關鍵在於手指動作須靈活，撥弄銅錢的速度要快，令同伴眼花撩亂而做出錯誤判斷。

在四人中，公主看起來最小，聽旁人語氣，像是輸慣了的，但這時面對母親與玩伴質疑既不生氣也不反駁，只笑吟吟地說了聲「等著瞧」，便簸了簸手中錢，開始遊戲。

眾人凝眸看，但見她拋子、撥子的動作都稀鬆平常，速度也不快，便又逐漸笑開來：「原以為公主有何絕招……」

「好了！」公主忽然一聲輕呼，最後一拋，壓下子後竟雙手一起覆在銅錢上，因動作過猛，連帶著上身也向前傾，像是一下子撲過去，完全破壞了剛才的雅坐姿勢。

眾人忍俊不禁，廳中一片笑聲。公主並不著惱，仍是緊按銅錢，環顧玩伴，認真地催促：「快猜呀！」

「哎呀，適才光顧著笑去了，最後一著沒細看。」范姑娘笑道：「像是二正三負。」

周姑娘接著猜：「是三正二負吧。」

徐姑娘另有想法：「一定有四個正的，只有一個子兒我沒看清楚。」

「那到底是什麼？」公主追問。

徐姑娘想想，道：「那我就猜四正一負吧。」

公主雙眸閃亮，脣角微抿，帶出一抹有所克制的得意笑容，仍不揭曉結果，轉首看廳中諸人：「你們呢？猜對了有賞。」

眾人也笑著順勢去猜，有與三位姑娘答案一致的，也有說四負一正或全正全負的，幾乎把所有可能出現的結果都猜了。

我一直未說話，但最後她的目光落定在我身上。

「哦，懷吉！」她竟然一下子喚出我的名字，且語氣那麼自然，像我與她是相識很久的。「你來了！」

我走近幾步，拜見公主，兼向三位姑娘問安。

「平身平身。」公主含笑說，我第一次聽到宮中貴人把如此矜持的兩個字說得這樣歡快。「懷吉，你也猜猜。」

我並沒有細看她最後撥錢的動作，所以對她手下的銅錢正負沒有清晰的概念，但注意到此時她壓住銅錢的雙手不是並列平放的，而是一手交疊在另一手上，且上面那隻手的手背微微拱起。

於是我有了一個與眾不同的答案：「臣不知具體正負數，但知其中一枚錢應是非正非負。」

「啊。」她愕然問：「你怎麼知道？」

她手鬆開，下面那隻手的虎口間夾了一枚豎著的銅錢，正是非正非負。

我微笑作答：「臣也是猜的。」

她也不再追問，開心地笑著對姑娘們伸手：「妳們都猜錯了，拿錢來！」

苗昭容故意責備她：「哪有用雙手夾錢的理！妳壞了規矩不說，還好意思問姑娘們要錢。」

范姑娘也笑說：「正是呢，這錢不能給妳。」

她言罷作勢要收回做籌碼的銅錢，公主一急，撲過去伸出雙手又是抓又是掃，一壁搶錢一壁笑：「放下放下！都是我的！」

大家也只是逗她玩，最後都讓她把錢搶到手。

公主把錢撥攏到自己面前，十分滿意地看著點點頭，然後轉而對我說：「懷吉，這些錢賞你了。」

我垂目道：「臣剛才只猜中一枚，並未全中，不該得賞錢。」

她想了想，說：「也是。」把錢往同伴處一推，笑道：「那妳們分吧，我不玩了。」隨即站起，蹦蹦跳跳地靠近我。「你跟我來，我有話要問你。」

她說完自己先朝外走，我尚未移步，已有四、五位內侍、內人欲跟上，公主止步回首，命令他們：「都不許動！只准懷吉跟著我。」

宮人們面面相覷，公主毫不在意，轉身過來一拉我的手：「走吧。」

我頗尷尬，欲縮回手，又恐對她來說這是失禮的行為。尚在猶豫間，已被她拉著出了閤門。

她拉我到後苑瑤津池畔才停下，雙眸清亮，好奇地問我：「班婕妤是誰？」

這突兀的問題令我一怔，才意識到這問題跟我為她作的辯詞有關，不禁笑了笑：「公主聽過的賢媛故事裡沒有她嗎？」

「沒有。」她搖搖頭。「我後來問過姊姊，她不曉得。再問孃孃，孃孃卻又說我這一輩子都不會遇到班婕妤那樣的事，所以沒必要知道。最後我問爹爹，爹爹倒反問我：『昨兒說給妳聽的荊國大長公主事蹟記住沒有？先寫一遍給爹爹看看。』」

荊國大長公主是太宗皇帝女、今上姑母、福康公主祖姑，又稱之為太主，其賢良淑德，無可指摘，是諸文臣反覆讚頌的國朝女子典範，那些描述她如何孝順、賢慧、明理、仁慈的故事自然是很多的。

「那公主寫了嗎？」我問。

她居然肯定地答：「寫了。」

看見答案顯然在我意料，她得意地笑：「我寫了幾個字而已：荊國大長公主好，甚好，非常好。」

我無語，艱難地把想笑的欲望抑制在大內禮儀下。

她跑到池畔白玉橋的臺階上坐下，讓目光可以與我平視，再吩咐我：「快說班婕妤的故事給我聽。」

我遲疑片刻，最後還是慢慢向她講述了一些班婕妤的事，關於她的才德、避輦、秋扇，《怨歌行》和《長信宮怨》，也略提到一點兒趙飛燕。

「原來是這樣。」聽完後她若有所思地點點頭，忽又似恍然大悟。「你說張娘子是趙飛燕沒錯啊！」

我一驚，卻又不知該對她如何解釋此中不妥處，只得低聲說：「公主慎言。」

她笑，沒有掩口，露出幾顆珠貝一般的細牙，整整齊齊，很是可愛。

跟我偶爾接觸到的小宮女們真是大不一樣，禮儀教化似乎並沒在她身上留下太多痕跡，安然坐在太液芙蓉未央柳中，她享受著喜怒哀樂形於色的自由。

「懷吉，你剛才講了半天故事，渴不渴？」公主忽然問。

「臣不渴……公主想喝水嗎？」我立即站直，準備回去取水。

「別走別走！」她忙制止我。「犯不著咱們親自去。」

我左右看看，見周圍並無他人。

她朝我眨眨眼，依然是脣弧彎彎，別有意味。

我還在琢磨她的意思，她卻已站起轉身朝橋中跑去。跑到中央，竟做出要翻越石橋欄杆的姿勢。

我立即過去想攔住她，不料只那麼一瞬，已有三、四個人像平地冒出似的，搶在我之前衝過去拉她離欄杆。其後還不斷有人趕到，有拿衣物的、有拿巾櫛的、有拿點心的、有拿時鮮果品的……自然也少不了拿水壺茶杯的鏇子。

原來這就是公主出行的排場。之前他們隱藏在公主看不見的地方。公主站定，施施然轉身，挑眉目指掌茶點的鏇子，又對我笑笑。這次神情卻有些無奈寂寥。

## 【貳】今上

次日我在儀鳳閣見到了司飾司內人董秋和。她來為苗昭容理妝。那時天剛破曉，苗昭容尚未晨起，她便已在閣內院中等待。閣中老宮人喚她名字，請她進來，她只是淺笑，輕聲說：「再等等吧。」

身著圓領青衫、足穿彎頭鞋、腰繫紅鞓帶，頭上戴著未鋪翠的黑色漆紗軟翅女巾冠子，秋和做最尋常的女官打扮，白皙的臉上也素淨無妝，唯在雙鬢邊貼了一對月牙狀的白色珠鈿。

她身形纖柔細瘦，手托奩盒立在院內紫竹旁。霜枝雪幹，煙薄景曛，初冬的晨光又抹掉這畫面一層顏色，使這景象宛若一幅淡墨揮掃的寫意畫。

待苗昭容與公主起身，我接秋和入內，因有旁人在側，我未及與她提崔白之事。

她為苗昭容梳好頭，取出一個青心玉板冠子加上，苗昭容對鏡細看，面露喜色，問她：「這個冠子可有名嗎？」

秋和頷首，說：「名為掬香瓊。」

「好名字。」苗昭容道：「這冠子顏色素淨，也不大，簡潔精緻。不像張娘子常戴的那些，動輒長寬兩、三尺，也虧她頂著不嫌累。」

秋和微笑，但不接話，端詳鏡中苗昭容面容，說：「今日苗娘子衣裙和冠子顏色都素淡，可在眉心加個豔色花鈿。」

苗昭容說好，她便從奩盒中取出薄薄一片薔薇狀面花，輕輕貼在昭容兩眉之間，再取出妝筆，在其上填彩描金。

奩盒一開，滿室生香。公主聞見，跑過去拈起一片玩：「這面花兒好香。」

苗昭容也道：「這味兒挺好，是用什麼做的？」

秋和答說：「用甘松、檀香、零陵、丁香各一兩，藿香葉、黃丹、白芷、香墨、茴香各一錢，碾為細末，用蜜調和，灌到薔薇花模子裡，待乾後脫出，再在花片上抹一層腦麝便成了。」

公主插言問：「秋和，這是妳新近調出來的嗎？」

「是。」秋和回答，又補充道：「我已試過，不損肌膚的。」

公主走到她身邊，牽起她袖子就往裡看，羞得秋和縮手，問：「公主看什麼？」

公主道：「妳每次給娘子們用妝品之前都要自己先試，偏偏妳皮膚又細薄易敏，上次為俞娘子試香脂，弄得手腕上紅腫一塊，好幾天才消掉，我要看看這次又腫了沒有。」

苗昭容聽了也關切地問：「可又傷了妳皮膚？」

「沒有，沒有。」秋和牽袖掩好手腕，說：「真的沒有。這次一試就好了，並無紅腫現象。」

剛才那一瞬想必公主已看清，便也不再追問，親暱地拉起秋和的手，說：「一會兒妳留下來，等我讀完書，咱們一起簸錢玩。」

苗昭容見她猶豫，便也勸道：「這兩日俞娘子身上不大好，想是沒心思怎麼裝扮的了，回頭我讓人去向她告個假，妳今兒就留在這裡吧。」

秋和最後答應，苗昭容便遣了人去俞婕好處。須臾，為公主授課的尚宮至，公主往書齋，又命我和秋和隨侍。

尚宮這日教授的是《女則》和《國史》，公主有些心不在焉，秋和神情卻很專注，顯然內容她是聽得明白的。

課程結束，公主立即牽了秋和跑回廳中，又開始簸錢玩，但才坐下片刻，便聽內侍進來報說官家駕臨，已至閣門外。

閣中諸人皆起立，分列左右迎接官家。

這是我首次於近處見到今上，以前只在大祭與朔朝冊命等典禮上見過他處於高遠御座上的一點身影，著絳紗袍，戴通天冠，加白羅方心曲領，正襟危坐、不苟言笑，像所有皇帝肖像一樣讓我印象模糊。

他此時約三十四、五歲，這日衣著隨意，穿的是白色大袖襴衫，領、袖、裾飾以黑色緣邊，足著烏靴，頭束軟紗唐巾，腰繫五色呂公條，外披鶴氅，眉目清和，容止雅致秀逸如文人名士。

今上從後苑信步來，甫進閣中，讓人平身後即連稱口渴，命速進熟水。苗昭容親自進水，今上接過，連飲數杯。

公主見狀奇道：「爹爹剛才在外何不取水喝？以至現在這樣渴。」

今上說：「我回頭看了幾次，都不見隨侍鐐子。當時任都知在，若我追問，他必小題大做，即刻拿人抵罪，所以我索性忍渴而歸。」

隨今上同來的入內供奉官王昭明忙自責：「臣見官家屢次回顧，都未明白官家之意，實在該死，請官家責罰。」

今上笑而擺手：「你又不是我，我不說，你怎知道？這事別提了，以後也別告訴任都知，以免鐐子受罰。」

苗昭容聞言笑道：「官家一向如此。昭明跟妾說過，有天早晨官家告訴他，晚上睡不著，覺得餓，很想吃燒羊。昭明問何不降旨取索，官家卻道：『聽說禁內之人索要什麼，傳到宮外去，人們都競相模仿，便成一時風氣。我擔心如果開口要燒羊，從此後國人每夜都會屠宰大量羊來做宵夜，那就大大害物了。』唉，寬厚待人，兼憐蒼生固然是好，但竟然為此甘願忍渴挨餓，做皇帝做到這分上，也算奇了。」

今上微笑道：「身處帝王家，一舉一動都有率示天下的作用，凡事要三思，萬不可因一時之欲即恣意而為。有時一點兒看似不傷大雅的小事，常人做了便做了，但若我們去做，結果往往會弄得難以收拾。」

今上言罷問公主：「徽柔，這話可記下了？」

公主猛點頭，今上遂笑而轉視苗昭容，留意到她眉間花鈿，便隨口稱讚：「今日這面花兒不錯，畫得細緻，香味也不俗。」

苗昭容笑道：「妾也這樣說呢……是秋和新做的。」

「哦，秋和……」今上朝一旁侍立的秋和看去，淡淡笑著略一端詳，再問公主：「徽柔，秋和手腕上有無新紅印？」

公主回答：「看過了，沒有。」

「再去看看她耳後。」今上凝視秋和，目色溫柔。「這次她一定是抹在那裡試的。」

公主果然過去查看，隨即笑道：「爹爹說對了，秋和右耳後有塊指甲大的紅印。」

秋和已是大窘，略略退後深垂首，吶吶道：「官家，秋和非有意……」

「不必解釋，我明白。」今上說：「這些香料用得多的東西，少有一次便能調好的，妳總會反覆試……只是如今妳手下也有幾個女孩子了吧，何以現在還是在自己身上試？」

秋和輕聲答道：「她們年紀尚幼，用香料總是不好的。」

今上聞言又笑了：「妳自己也才多大呢……滿十四了嗎？」

秋和略顯猶豫，卻也只能如實答：「還差兩月。」

今上頷首，道：「回頭我告訴楚尚服，讓她調兩個十六、七歲的內人給妳使喚，試香藥之類的事就命她們做吧。」

秋和拜謝，卻未順勢接受：「秋和謝官家恩典。只是秋和膚質不好，對香藥敏感，故最適宜充當試藥者。香藥若秋和都可用，便不會有損諸位娘子肌膚。如果換別人試藥，她們膚質若強過娘子，香藥的些微毒性沒在她們身上顯現出來，給娘子們用了豈非大大不妥？還望官家收回成命，試藥之事還是交給秋和做吧。」

今上嘆嘆氣，轉首對苗昭容笑道：「這可如何是好？咱們想幫她也幫不上。」

苗昭容笑而看秋和：「這孩子，看來非得請官家把妳調離尚服局才行了。」

秋和忙擺首：「不，不，我不是這個意思……」

今上與苗昭容相視而笑，亦不就此話題談下去，轉言道：「快起來。我見席上有銅錢，妳與徽柔剛才是在簸錢嗎？繼續玩吧。」

秋和再次謝過官家，起身還席，公主也過去，又開始與她簸錢。

秋和手異常靈巧，動作優美輕柔。公主撒子時總是嘩啦啦地弄出很大聲響，而她則不，每次拋撒接子聲音都清脆而不刺耳，纖手翻飛如蝴蝶，那沉甸甸的銅錢在她的挑撥下竟也有了落葉般的輕盈，隨她手勢起伏，上下飄遊旋舞，把一串單調重複的動作演繹得很是好看。

今上坐在一旁抬眼漫看，間或與苗昭容閒聊三五句，眸光卻總會悠悠回轉到那兩個簸錢的女孩身上，脣角含笑，目中脈脈，盡是愛憐。

這日他也注意到面生的我，經苗昭容介紹，他很快記起富弼一事。

「懷吉，這名字不錯。」他微笑著問我：「是你原名還是入宮後改的？」

「入宮後改的。」我回答，又補充說：「這名是張平甫先生給我取的。」

「茂則？」今上語氣有些異樣，然後是一陣短促但足以令我察覺的沉默。

我心下忐忑，不知哪裡答錯，但今上旋即神色如常，溫言道：「既來了這裡，旁的事不必再管，少結交苗娘子閣分外的人，只服侍好公主便好。」

我答應，他遂讓我退下，未再說什麼。

晌午過後，秋和欲告辭，卻又被苗昭容的幾名侍女挽住，紛紛要向她學新髮式，秋和少不得一一教她們，半日時光又這樣消磨過去。苗昭容留她在閣內用晚膳，待她終於可以回居處時，天已盡黑。

我主動請命送她出門，迅速回房取了崔白的〈秋浦蓉賓圖〉藏在袖中，再提了燈籠帶她離開。

走出嬪妃宮院門，見四下無人，我才取出畫軸，告訴她崔白離畫院時所託之事。她接過畫軸，面呈淺笑，目中卻有淚盈眶。

「崔公子……還會回來嗎？」她低聲問我。

我從她略帶顫音的話語裡聞到憂傷的味道，這令我有些不知所措，為了不致她失望，我只能答：「也許……以後會吧。」

她勉強笑笑，謝過我，然後匆匆道別，緊摟著畫軸離開，一轉身，右臂即微微一抬，應是在拭淚。

此後秋和仍是經常來儀鳳閣，亦常去俞婕妤處，皇后偶爾也會叫她過去。她終日這樣忙碌，破曉前便入內宮，往往又要到天黑才歸，難怪以前總尋她不到。

某日又在儀鳳閣待到很晚，依然是我送她出內宮。她那時顯得十分疲憊，面色青白，走路也略有些搖晃，我問她要不要歇歇再走，她說不礙事，連催我回去。我最後雖停步，終究有些擔心，一直目送她。

她走到皇儀門前，終於支撐不住，身子一軟，倒在地上。

我飛奔過去，見她意識模糊，左右又無內人經過，我便抱起她，欲送她去尚藥局。

那是一段較遠的路程。其間經過內東門司，恰逢張茂則先生自內走出。他看見我們，頗驚訝，問了緣故，然後以兩指探秋和脈搏，須臾，道：「倒無大礙。你這樣抱她去尚藥局太辛苦，不如進來，我給她施以針灸，應該很快會好。」

帶我們到內東門司廂房內，他取出一盒金針，略施幾針於秋和頭、頸處，不過片刻，秋和神色便已緩和。張先生溫言囑她勿緊張，繼續施針，待一炷香燃盡，才拔出金針。

秋和面色好了許多，屈膝施禮道謝，張先生道：「董內人無須多禮。妳只是勞累過度，睡眠不足，才有如此症狀。往後要注意休息，多保重。」

秋和低首答應。張先生又道：「聽楚尚服說，妳夜間回尚服局後還要調製妝品，教導小宮人，這樣歇息時間便沒多少了。我明日向皇后說明，請她只讓妳在後宮做半日事吧。」

秋和含淚拜謝，張先生避而不受，讓我送她至居處。

送秋和歸來，我再入內東門司，張先生尚在洗針消毒，未曾離去。我向他道謝，他微笑道：「舉手之勞而已，況且又不是為你施針，何必謝我。」

我赧然低頭笑，問他：「先生學過醫術？」

「我年少時在御藥院做過事。」他輕描淡寫地說。打量我服色，又含笑道：「不錯，進階了。恭喜。和你一起進宮的那些小孩子，很多沒你有出息。」

我謝過他，踟躕半晌，再問他：「可是，對我們來說，進階升職就是有出息嗎？」

他微微蹙眉：「你這孩子，在想什麼？」

但他語氣中並沒有斥責的意思，更接近溫和的詢問，故此我有了勇氣問他我思索多年的問題：「進階升職就是我們入宮後的目標嗎？那麼升職又是為了什麼？」

他一怔，暫時沒回答。我便再問：「先生你現在是內西頭供奉官，勾當內東門，掌宮禁人物出入和機密案牘的內外傳遞，是宦者中的高官了，但你依然衣著簡素，食不重味，待人也和藹寬厚，並不像別的位高權重者一樣以打罵下屬為樂，那你的樂趣在哪裡？你有願望嗎？你最大的願望是什麼？」

他沉吟良久，最後說：「你的問題，或許將來有一天，我會給你答案。但現在，你只須做好官家和苗娘子讓你做的事，別的，不必想太多。」

「哥哥。」

清眸不染半點塵埃，公主滿含期待地這樣喚我。我猝不及防，丟盔棄甲。

她是在央求我為她捉刀代筆，寫她父親命題的文章，論「君子所性，仁義禮智根於心」。

她是我見過最聰明的小姑娘，卻無耐心讀那些儒家經書，而今上對她學業頗關注，常過來查看督促，往往留下一堆作業命她完成。初時不過是抄寫經書兼練字，到後來便要求吟詩作文了。

有次我見她要抄寫的內容太多，她寫得辛苦，遂趁旁人不在，悄悄為她寫了幾頁。模仿他人筆跡謄寫的工作於我來說輕而易舉，公主見了大喜，從此一旦作業稍多，她便來求我為她代筆。

我為她寫了兩、三次便不肯再寫，反覆向她解釋翰墨之妙與文章精義非自己鑽研領悟不可得。她連稱知道，卻又說只此一次，下不為例，磨我答應了，但很快又會有下一次。

這次竟是純粹的捉刀。終於我下定決心，冷對她請求，無論如何不再答應。

她雙目一瞬，命侍兒取茶去，書齋中只剩我與她兩人，她挨過來，兩手一牽我袖子，輕聲喚：「哥哥。」

我的心，猶如被她手指輕輕撓了一下，驟然收縮。

她滿意地欣賞我幾近怔忡的表情，然後垂下眼睫抿去笑意，拉著我衣袖搖了搖，又作哀求狀：「哥哥，就幫我寫這一次好不好？我保證這真的是最後一次了。如果晚膳前再不寫完，又要被爹爹罵。」

我能說什麼？此情此景，哪怕是她叫我去死，我亦會欣然領命。

我默默坐下，她歡笑著如一隻小雀兒般撲騰著跳來跳去，為我鋪好歙州澄心堂紙，在端溪龍香硯中磨好廷珪四和墨，再親手遞給我一枝宣城諸葛三副筆，最後自己搬來個紫花墩，爬上去跪坐在上面，雙肘支在書案上，笑吟吟地側首看我寫字，且不時稱讚。

這聲「哥哥」就此成為我無法擺脫的魔咒。公主喜歡用它令我俯首遵命，但有時也會莫名地這樣喚我，不帶任何目的。

偶爾當著旁人面她也會叫我「哥哥」，起初諸宮人大驚失色，說尊卑有別，要她改口，但苗昭容倒不以為意，說：「當年官家在春宮，也愛喚服侍他的內侍周懷政為哥哥呢。無他，對臣下略表親近而已。」

「公主無兄長，官家的養子十三團練也已出宮外居，她多少是有點寂寞吧。」韓氏私下對我說。

今上無子，曾將汝南郡王允讓第十三子鞠育於宮中，賜名宗實，授岳州團練使，故宮中人常稱其「十三團練」。後來因苗昭容生下皇子豫王昕，今上遂命宗實歸藩邸，之後皇子夭折，今上亦未再召宗實回宮。

「十三團練在宮中時，公主便稱他為哥哥。你與十三團練差不多大，她見了備感親切，才這樣叫你吧。」韓氏說，但又道：「不過，我們身分卑賤，受貴人尊稱是要折福的。官家做皇太子時，周懷政是主管東宮事務的入內副都知，常侍官家左右，官家便戲稱他為哥哥。」

「有一次，周懷政見官家在練字，便上前請官家賜他一幅御書，官家一時興起，寫了幾個大字給他——『周家哥哥斬斬』。本來是一句戲言，未承想數年後周懷政與人密議，欲謀殺相公丁謂，請寇準為相，奉真宗皇帝為太上皇，傳位於太子，也就是如今的官家。此計未成，周懷政終被斬首。官家可謂一語成讖。也有人說，周懷政受官家尊稱而不知避忌，遲早會遭天譴。」

我明白她言下之意，後來也曾向公主表達過希望她不再這樣稱我的意思，她卻不管不顧，依然是想喚就喚。我亦不再多言，甚至有點慶幸於她的我行我素，因為每次聽她喚我哥哥，我會感覺到一種隱密的溫暖。

公主聽尚宮授課，總要我旁聽，課後如有不明白的便會問我，我的學業也藉這種特殊的方式得以延續。

一日夜半，我就著燭光看書，忽聽有人在外輕輕叩門。原以為是催我睡覺的宮人，開門一瞧，發現竟是公主。

分明又是趁服侍她的內人們睡著了溜出來的，她僅著中衣，足裹白襪，但未穿鞋，在這寒冷的冬夜。

我一驚，問她：「公主為何這時出來？」

她笑笑：「我餓了，你有沒有吃的？」

不待我回答，她已跑進我房間，好奇地左右打量。

我迅速找出最新的冬衣披在她身上，但是否留她在此，卻讓我頗為難。我已升至入內高班，故有單人獨寢的房間。但深夜與公主獨處一室，無論如何都是大大不妥的。

我竭力勸她回去，說我這裡並無糕點，若回去喚醒內人，自然想吃什麼都可以。她卻說：「爹爹平日總叫我體諒下人，別太過勞動她們。若我喚醒她們，她們勢必會大費周折地跑去御膳局傳膳，那我豈不有違爹爹教訓？本來我想，餓就餓吧，像爹爹那樣，忍一忍也就過去了，誰知肚裡像有隻鷓鴣，一直咕咕叫，就是過不去呀。所以，我只好悄悄跑出來找你。」

我問她何不取她房中常備的點心，她說吃膩了。我啼笑皆非，想問她怎知我這裡就會有她想吃的東西，但一轉念，意識到她總有她自覺有理的理由，也就按下不提，從桌上拿起兩枚小芋頭，問她：「公主吃這個嗎？」

那是嶺南小芋頭，僅比青棗大一點兒。身為內侍，平日睡得比主子晚，御膳局會備一些點心給我們，我入宮前在家常吃芋頭，故選此物夜間充飢。

她不認得，問我這是什麼。我不覺意外，因她素日所食皆精細物，即便吃芋頭也是吃精製的芋頭糕點或芋泥羹，這種未剝皮的狀態她從未見過。

我告訴她此物名字，說這是我這裡唯一可食的東西，她欣然答應品嘗，於是我抱了褥子鋪在門前廊下，請她出去坐在那裡，再用被子將她包裹嚴實，以防她受凍，然後在她身邊坐下，開始為她剝芋頭。

剝完一個，我遞給她，見她被我裹得像只大粽子，全身唯有頭部能動，此刻兩眼大睜，轉動著黑亮雙瞳，看看我，又再看看我手上的芋頭。

我忍不住一側首，讓蔓生的笑意融於這無邊夜色裡。

公主掙扎著想從被子中伸出手去接，我怕她因此著涼，連忙止住，把芋頭遞到她嘴邊，她低頭一點點吃，像小鳥兒啄米。

她很快吃完一個，稱這最簡單的食物很美味，我便繼續剝給她，那時她便安靜地在一旁看。

空中淡淡飄著雪，我此時穿的是深青衣服，心念略動，伸袖出去，承接了幾片散碎白雪，微笑問公主：「公主知道雪花有幾角花瓣嗎？」

她即刻答：「六角！」

我說不盡然，引袖至她面前讓她自己數。她看了看，驚訝地低呼一聲，從包裹著她的棉繭中猛地抽手出來，一把抓住我附有雪花的衣袖，另一手指尖在其上輕點，口中唸唸有詞：「一、二、三、四、五……」

「有五角的。」她得出結論，又埋頭再數，少頃，又愉快地發現——「還有三角、四角的！」

我笑而不語，牽被角掩好她的手，再餵她吃剝好的芋頭。雪花在我青衫袖上化為幾點薄薄的潮溼，我並不覺冷，縱然現在是深寒天氣。

須臾，雪霽雲散，隱去的月亮又出現在天際。雪後月光格外清明，把從我們身上掃落的影子交疊在一起。她看看影子，又看看我，不時莞爾一笑。本來是兩人的相對無言，卻絲毫沒有尷尬的感覺。

我愛看公主的明亮笑顏，就這樣為她服役也令我滿心喜悅。在這清涼的暗夜，她比那一彎上弦月更像是我唯一的光源。

「懷吉。」公主忽然問我：「你為什麼會到宮裡來？」

我一怔，不知該怎樣向她說明我家中那種複雜的狀況，後來只簡單地說：「因為我家窮。」

「什麼是窮呢？」她困惑地問。

我才意識到她目前所受的教育中還未仔細解釋過貧窮的概念。

我先給了她一個最直白的答案：「就是沒有多少錢。」

「我也沒有多少錢啊！」公主感嘆。「姊姊每天只給我十二個銅錢，要是我簸錢輸光了她就不再給了；如果我贏了，也會把所有的錢都賞給和我玩的人，最後手中還是沒錢，那我是不是很窮呢？」

「哦，不是……」我開始認真思考這個詞該如何詮釋。「窮，就是穿不暖、吃不飽，可能連飯都沒得吃，只能天天吃芋頭——」

「可是芋頭很好吃呀……」公主不解，這樣打斷我的話。「我以後要天天吃芋頭。」

顯然剛才舉錯了例子。我無語。從來沒想到要解釋清楚一個詞的意思會這樣難。

思量許久後，我這樣告訴她：「如果有一些東西，妳有，甚至有很多，但是別人沒有，他們又很需要，那他們相較於妳，就是窮的。比如說，公主有很多好看的衣裳，但是妳的小丫頭們沒有，那就可以說她們比妳窮。」

也許這個例子還是不夠好，但除此之外，我暫時想不到還可以拿什麼她見過和能感知的來解釋給她聽。她是出生以來皆生活在皇宮中的金枝玉葉，不可能見過真正與貧窮有關的景象，不會知道何謂衣不蔽體，何謂餓殍遍地。

她想了想，然後說：「我好像有點懂了……就是說別人家有很多衣裳、很多芋頭，但你家沒有那麼多衣裳給你穿，也沒那麼多芋頭給你吃，所以只能把你送進宮裡？」

我苦笑：「算是這樣吧。」

「那我就明白了！」她高興地宣布，又繼續跟我說她的心得：「秋和比我窮，因為我有大把玩兒的時間，她卻整天在幹活，幾乎沒有自己的時間；范姑娘、周姑娘和徐姑娘也比我窮，因為我有母親在身邊，而她們的生母在宮外；俞娘子比我姊姊窮，因為姊姊有昭容名號，她沒有，只是婕妤，所以月錢和節慶例賞都沒姊姊多……那麼，張娘子要比孃孃窮很多，因為孃孃有皇后名位，她沒有。上次她想在她的車上用皇后輦上的紅傘，增加兵衛數到皇后的定額，結果被大臣們罵死了……」

說到這裡她不禁笑了笑，但隨即又黯然道：「可是，爹爹經常去張娘子閣中，一般只在每月朔望才去孃孃的柔儀殿，這樣說來，孃孃又比張娘子窮了。」

這個話題我難以插言，只能保持沉默。而公主也不像是要等我開口，自己又說了下去：「爹爹呢？爹爹一定也有他窮的地方……哦，對了，經常數落他的大臣們幾乎都有兒子，他卻沒有……」

我越發不能發表意見。最後，她終於提到了自己：「其實，我也很窮啊，我的眼睛很窮……服侍我的丫頭們雖然沒有我那麼多的衣裳，但她們以前在宮外見過好多有趣的東西，說給我聽，我都不知道……除了皇宮，我只去過宜春、玉津、瑞聖、瓊林這四座園林和金明池，從來沒逛過瓦子、夜市，也不知道什麼是酒店、茶肆……」

「我很想去州橋夜市嘗嘗當街水飯和玉樓前的獾兒野狐肉，也想去朱雀門看看旋煎羊白腸和砂糖冰雪冷元子怎麼做，還想去相國寺燒豬院看看那個賣炙豬肉的大和尚……」

本來她前面的話頗感傷，但最後一句聽得我笑了起來。相國寺燒朱院有個法號為惠明的僧人，衝破清規戒律，開了個賣豬肉的鋪子，據說味道很好，其中炙豬肉尤佳，遠近聞名，如今世人皆稱燒朱院為「燒豬院」。按理說宮眷有前往相國寺進香的機會，只是如果要見那位葷和尚倒確實有點難。

「有什麼好笑的呀！」公主蹙蹙眉，很不滿。「難道你入了宮，還能想出去就出去，想見誰就見誰嗎？」

這我還真是無言以對。自從入宮後，我的確再沒出去過，那些市井瓦肆、人間煙火，留在我記憶中的印象已經越來越模糊。

「唉。」公主嘆了嘆氣，十分煩惱。「懷吉，我們都被困在這裡了。」

## 【肆】雲影

次年春，張美人的女兒幼悟病勢加重，到了四月，太醫表示回天乏術。今上憂心如焚，先封幼悟為鄧國公主，過了幾天又晉封為齊國長公主，位列福康公主之上。但這樣的沖喜仍未能驅病消災，不久後，噩耗遍傳中外：齊國長公主薨。

聽到這消息，福康公主立即哭了起來。她雖然厭惡張美人，但對張美人的女兒和養女毫無敵對之意，甚至還很喜歡跟她們玩，對幼妹的殤逝，她是真的感到傷心。

她泣不成聲地對我說：「我想去看看幼悟。」

我猶豫，想起了那次巫蠱事件。

她顯然能看出我在想什麼。「哥哥。」這次她這樣稱我，顯得尤為嚴肅。「我從來沒有詛咒過幼悟。」

我頷首，對她呈出一絲溫和笑意：「我知道。」

但是張美人未必會知道。當我把公主的意思轉告苗昭容，請她指示時，苗昭容也嘆道：「徽柔這時候去，可不等於是自己撞到張娘子刀尖上嗎？」

她暗託王昭明詢問今上意見，今上命公主翌日再去，並為幼悟服緦麻。幼兒未滿八歲夭折，屬於無服之殤，家人本無須為其服喪。官家要求皇長女為幼女服緦麻，其實於禮不合，顯得幼悟喪禮尤為崇重，也頗委屈公主，但公主並無怨言，次日果然服緦麻前往臨奠。

張美人的翔鸞閣院內青煙裊裊，一群僧人列坐誦經，張美人守在幼悟靈柩前，想是之前已哭得太多，此時雙目紅腫，神情呆滯，毫無生氣。今上伴於她身邊，不時出言安慰，但自己也忍不住頻頻拭淚。

當張美人看見苗昭容與福康公主時，像是驀地甦醒過來，勾著脣角冰冷地笑：「第三次了，妳們還不滿意嗎？」

我跟著公主進去，聽見這話，一時未解，尚在琢磨，張美人凌厲的目光已朝苗昭容母女直劈了過去：「安壽死了，寶和也死了，現在妳們連幼悟也不放過！我知道妳們恨我，那就讓官家殺了我好了，為什麼要害我的女兒？」

安壽公主和寶和公主是皇第三女與皇第四女，為張美人所出，此前也都先後薨逝。聽張美人意思，像是懷疑這三個女兒皆死於非命。既有布偶之事，她遂把所有怒氣都傾於公主及苗昭容身上了。

她越說越憤怒，起身直朝公主衝了過來。今上忙離座拉住她。

公主眼淚奪眶而出，連連搖頭，道：「我沒有害過幼悟，我沒有害過哪位妹妹……」

張美人完全不聽她分辯。公主的出現給了她宣洩怒火的理由，她繼續哭罵，詛咒所謂害她女兒的人，罵了一會兒又悲從心來，回身依偎著今上，開始一樁樁地回憶三個女兒臨終前的事。

隨著傾訴的持續，她的表情漸趨緩和，語調也開始變得柔和：「……幼悟很乖的，怕我傷心，最難受的時候也不喊疼；見我落淚，就伸出小手來幫我擦，說：『姊姊別哭，面花兒掉了。』……到了後來，連氣都喘不過來了，小臉通紅，還努力朝我笑……我就這樣抱著她，抱著她，她臉貼在我胸前，手還抓著我的衣緣，身子卻越來越涼……」

今上摟著她，輕輕側過身去，背對著我們，我們暫時看不到他神情，但見他兩肩微微顫動，應是在強忍悲聲。

張美人最後的話聽得我也眼角溼潤。除卻外表那一層張狂，此時的她亦不過是個悲傷的母親。

公主拭著淚，走上前去，欲燃香拜祭，張美人卻又在一旁冷冷開口：「公主請回，我想幼悟現在不會想見妳。」

公主挨近她兩步，仰面看她，帶著一向不施於張美人的誠懇：「張娘子，我——」

她應是想向張美人解釋什麼，但張美人立即打斷她的話，毫不留情地下逐客令：「出去！」

公主含淚看今上。「爹爹……」

今上嘆氣，揮手道：「妳回去吧。」

公主仍不走，泣道：「爹爹你聽我說……」

「滾出去！」張美人又怒了，盯著公主的緦麻之服看了看，又道：「這喪服也不必假惺惺地穿了。妳就算穿十重斬衰，又能贖清妳的罪孽，換幼悟回來嗎？」

這句話略略激起了公主的情緒，她站直，蹙眉冷道：「我沒做過妳說的事，無罪可贖。」

「夠了，徽柔！」今上忽然揚聲喝斥：「出去，快出去！」

公主愣愣地看看今上，見他面色冷峻，渾不似平日慈愛模樣，她雙睫一低，又有兩串淚珠墜出，一轉身，快速跑了出去。

我與韓氏及一干儀鳳閣的宮人相繼奔出，追到翔鸞閣外，公主止步回頭，怒喝一聲：「都站住！跟著我的統統斬首！」

眾人無奈停下，公主又繼續朝前跑。這時韓氏拉拉我衣袖，朝公主的背影努努嘴，我明白她意思，迅速追過去。

後宮也就這般大，她跑來跑去，最終還是又來到了後苑，倚著一塊山石坐下，放聲痛哭。

我知她滿心委屈，現在哭一哭倒是好的，便沒去勸她，只站在她身後默默看著，她很快發現，又站起來跑到另一處坐下，繼續哭。我再跟過去，她也知道，這次只瞪了我一眼，沒再換地方。

她哭了許久，且是毫不顧忌姿容的小孩哭法，涕淚交流，又沒帶手絹，便引袖來拭，很快袖子溼了半截。待她又要拭鼻涕時，我走到她面前，彎腰伸手把自己乾淨的袖子送至她眼底。

她看看，也不客氣，拉起我袖口就擤了擤鼻子。

那鼻子拭得如此坦然，惹得我笑。

她「哼」了一聲，眼睛烏溜溜直瞪著我，問：「你幹麼像個影子似的跟著我？」

「……我不是像影子。」我這樣回答她，並沒考慮多久。「我就是公主的影子。公主在哪裡，我就在哪裡。」

她先是盯著我默默看半晌，再仰首望天，忽然雙眼一亮，跳起來跑到無花影、樹蔭的空曠處，並腿站直，雙手亦垂於身側，抬頭平視我，盡量保持不動，說：「你看地上！」

她身前身後一片金色陽光，並無陰影。原來現在日頭高照，恰逢正午，她以這種收縮的姿態直立，自然是幾乎看不見影子的。

「影子在哪裡？懷吉在哪裡？」她笑問。

我朝她微笑，並不回答。

「笨呀！」她為我下結論，隨即告訴我她認為合適的答案：「你可以這樣說：『影子在公主腳下，懷吉在公主心裡。』」

她在陽光下天真無邪地笑著，並未留意到我彼時的震驚。我想她根本沒覺出這語意裡的曖昧，只是當一個事實來陳述，例如，雲朵浮於煙波上，楊花飄在宮牆裡。

帶公主回到儀鳳閣，她午後回房小憩，苗昭容召我去廳中，問我公主在後苑時的細節，我說了一些，至於「影子」一節，自然略過不提。

當時俞婕妤也在，聽後嘆道：「這回可真委屈公主了……苗姊姊妳脾氣也忒好了，若換作我，被張娘子這樣冤枉，恐怕是忍不住的，倒要反詰她一下：『妳懷疑我，我還懷疑妳呢！自從妳得寵以後，怎麼這宮裡新生的孩子沒一個長大的？』」

苗昭容笑笑，道：「難道她發瘋，咱們也跟她一般見識嗎？話說回來，她也可憐，女兒生三個沒三個，心情自然好不了，話說得難聽點，我們也就暫且忍忍吧，犯不著這時候跟她爭辯。」

「心情不好就可以亂咬人了？」俞婕妤不以為然，又道：「我家崇慶沒了的時候，我可沒張口亂說她是被人害死的。」

崇慶公主是皇次女，俞婕妤所出，也是幼年夭折。

苗昭容聞言黯然道：「可不是嗎？最興來薨時，我哭得多傷心，但也沒疑心是旁人下毒手……」

最興來是皇子豫王昕小字。苗昭容生皇子時，今上曾夢見神人相告「最興來」三字，故以此為皇子小名。豫王資質端碩，今上非常喜愛，可惜未過半年即薨，今上與苗昭容悲痛欲絕，至今念念不忘。

一提兒子，苗昭容泫然欲淚，俞婕妤忙賠笑道：「好好的，我說這些幹什麼？倒惹姊姊難過。」

苗昭容嘆道：「不關妳事。我們姊妹同病相憐，說什麼彼此都明白，無須解釋。」

俞婕妤點頭稱是，感嘆道：「都是服侍官家的人，怎的差這麼遠？宮裡像她這樣囂張的主兒也只此一家、別無分號了。我就不明白，官家身邊有聰慧賢淑的大家閨秀，也有溫柔和順的小家碧玉，卻為何如今偏偏寵這麼個俳優出身的破落戶？雖說她是有幾分姿色，可又能美到天上去嗎？」

張美人的身世我也曾聽人說過。她父親張堯封進士及第，但早卒，母親將她託付給張堯封的從兄張堯佐撫養。張堯佐後來要去蜀地做官，稱路途遙遠而不肯攜從弟的幾位孤兒、孤女同行。張美人母親無以謀生，無奈之下將女兒賣給荊國大長公主家為歌舞伎，自己改適蹇氏，又生了個兒子。荊國大長公主將張美人送入宮，納於禁中雲韶部。

那時張美人年紀尚幼，宮人賈氏見了喜歡，便把她收作女兒來撫養。張美人做了幾年俳優，直到後來在章惠太后宮遇見今上。現在既有寵，今上與她都不再提這俳優生涯，對外聲稱她是先帝沈婕妤的養女，但宮中人自然不會忘記，私下常如俞婕妤這樣，稱她為「俳優出身的破落戶」。

「妳入宮比我晚一些，早年的事可能不知道，這裡有個緣故。」苗昭容向俞婕妤解釋張美人得寵原因：「有次她跳舞給章惠太后看，章惠太后覺得她生得可愛，便留她在身邊。官家小時為章惠太后撫育，對她極為孝順，成年後亦不忘晨昏定省。」

「張娘子那時年紀小，比如今的徽柔大不了多少，有一天發現她養的小白兔死了，喉頭有傷，半身是血，她哭得死去活來，後來有人對她說，兔子可能是被老鼠咬死的，正巧那時有隻小耗子從她腳邊跑過，她見了怒從心起，提著裙子滿地跑，一定要去把那小耗子踩死。官家此刻恰好進來，見這情景，從此便對她上了心，待她稍大些，便納了她。」

俞婕妤恍然大悟，笑道：「原來官家就是喜歡她這點小性子。」

苗昭容略一笑：「或許在他眼裡，這便是宮中女子少有的真性情吧……後來又有人跟張娘子說，那小兔子其實是被嫉恨她的小姑娘殺死的。此事不知是真是假，不過這以後，張娘子的疑心病便生了根，稍有不順意處，便懷疑有人害她。現在女兒沒了，她不疑心反倒怪了。」

俞婕妤想想，又道：「但先前，她確實在後苑搜出個布偶……」話未說完又忙轉而言道：「她這麼張狂，想必宮裡怨恨她的人確也不少。惹出這種事，說到底，還是因她自己不懂事。」

苗昭容擺擺首，低嘆道：「誰知道呢……」

此時苗昭容又留意到我，遂吩咐道：「剛才官家遣人來問公主好些了沒，你去張娘子閣中回稟官家吧。」

我頷首答應。俞婕妤見她們聊張美人事時我一直侍立在側，特意微笑叮囑道：「可別向旁人提起我與苗娘子說的話。」

我尚未回答，苗昭容已先開口對俞婕妤說：「這妳大可放心。別看這孩子年紀小，卻比很多老宮人都還穩重呢，又一心一意地服侍徽柔，我只把他當自己人。」

我再至翔鸞閣，張美人已不在院內，應是哭得久了，被人攙扶入內休息。今上見我進來，立即招手命我靠近，細問我公主情形，狀甚關切。

這時有一群內侍列隊而入，皆手捧數匹紫羅。今上轉朝院內做法事的僧人，道：「眾僧各賜紫羅一匹。」

宮中做法事，眾僧例賞有定制，紫羅不在其中，應是今上推恩特賜的。

僧人們紛紛謝恩。不想今上話鋒一轉，竟認真囑咐他們：「來日你們從東華門出宮，須多留意，要把紫羅藏在懷裡，別讓內東門司的人看見，否則，臺諫會有文字論列。」

眾僧答應，相互轉顧間卻不禁流露出詫異神色。兩側宮人自然知道今上一向是怕諫官的，聽見此言，都有些想笑，但偷眼望去，發現今上神情不對，那笑意便硬生生地被嚇了回去。

他本來對眾僧說話是和顏悅色的，但提及「內東門司的人」時目色便冷了下去。語罷，臉上仍清冷蕭索，猶凝寒霜。

一聽「內東門司」，我立即想起了張茂則先生。聯繫此前我在今上面前提到他時今上的沉默，我暗暗有些疑心。張先生令今上不快，莫不是因為他掌宮禁人物出入，見今上多賞了人財物，便去告訴諫官？

內東門司離中書門下及諸館閣很近，要與外臣聯絡非常容易。可再一細想，今上卻也不是經常隨意破格特賜財物予人，張先生應該也不會為這種事惹今上不快。我這樣疑心，相當幼稚。但今上不喜張先生，又是為何？

尚在胡思亂想，沒聽見今上喚我。直到他略略提高聲音再喚我名字，我才如夢初醒，肅立聽命。

「走，去儀鳳閣，我看看徽柔去。」他說。

## 【伍】釀梅

回到閣中，兩位娘子仍在內飲茶，見今上進來，忙起身相迎。

今上問公主情形，苗昭容答說：「適才在午睡，現已醒了，但還賴在床上不肯起。」

公主年幼，今上一向與她親近，尚無諸多顧忌。聽苗昭容這樣說，便順手從几上拿了一碟御膳局新進的端午香糖果子釀梅，說：「我去跟她說說話。」

苗昭容答應，喚了我與一位名叫嘉慶子的小侍女，命我們在公主門邊伺候。

「嘉慶子」原指唐時洛陽嘉慶坊內生長的李子，果實甘鮮有盛譽，故稱嘉慶李，傳至國朝，嘉慶子便成了蜜餞李之美名。公主有四大小侍女，都是七、八歲，名字皆為公主所賜，全以她喜食之物為名，其餘三位分別名叫笑靨兒、韻果兒和香櫞子。而「笑靨兒」就是油麵糖蜜做成的一種甜點。

嘉慶子是今年新來的，初次入閣時公主在喝粥，韓氏請公主為她賜名，公主看了看，問她姓什麼，小丫頭回答說姓姜。彼時公主口中正嚼著一片辣腳子薑，一聽便樂了：「那妳就叫辣腳子吧！」

苗昭容聽了含笑反對：「她若真改這名兒，以後怎麼出去見人？」

公主倒也沒堅持，說：「那我再想想。」

我見她眼睛滴溜溜地在滿桌小菜上打轉，皆是萵苣、麻腐、薑豉、辣蘿蔔、芥辣瓜兒、生淹水木瓜之類，最後又瞟向一旁的鱔魚包子，擔心她又給人家小姑娘取出個豔驚四座的名字，遂藉換空碟杯盞的機會，把一碟李子，又叫嘉慶子擱到她面前。

果然這激發了她的靈感：「妳就叫嘉慶子好了，我可愛吃了。」

公主愛吃甜食蜜餞，但如今正在換牙，苗昭容很少給她吃，今上此時取釀梅是為哄她開心。

公主躺在床上，此刻顯然是醒著的，聽見父親進來，立即轉身朝內裝睡。

今上在她床頭坐下，把釀梅遞到她鼻下，微笑喚她：「徽柔，看爹爹給妳帶了什麼來。」

公主一動不動，也不答應。今上便又笑說：「是剛做的端午釀梅，蜜都從梅皮裡流出來了，再不吃，擱久了味兒可不好。」

釀梅是時令香糖果子。端午前都人以菖蒲、生薑、杏、梅、李、紫蘇切成絲，以糖蜜漬之，納入梅皮中製成，味道酸甜清香，公主向來大愛。況一年中只有端午前後可得，偏偏苗昭容又不多給，所以此時今上施於她的是莫大誘惑。

公主肩微微一動，心裡定是在痛苦掙扎，但最後終於把持住，竟無反應。

今上嘆了嘆氣，似自言自語：「睡得真熟啊……」隨即轉頭喚嘉慶子過來，把手中碟子遞給她，說：「釀梅賞給妳了，妳自己吃，或與笑靨兒她們分都行。」

嘉慶子很高興地接過，然後才想起要行禮謝恩，今上笑著揮手：「罷了罷了，快去吃吧。」

再看看公主，見她並沒有睜眼的意思，今上便起身，口中道：「公主既然還睡著，那我先回去了。」

一壁說，一壁輕輕走至一側帷幕內，隱身於其後。

公主許久沒聽見動靜，略略轉過身來，右眼先睜一條縫兒，沒見著今上，遂睜大雙眼坐起來，確認今上不在眼前，一掀被子跳下來，鞋都未穿便跑到門邊探頭往外看。

沒見今上身影，她轉首問我：「爹爹走了？」

我微笑低頭。

「哦……」她以為我是在點頭，目光隨即黯淡下去，很是失望。

此時今上大笑著現身，公主見了，一聲驚呼，迅速跑回，蹦到床上拉被子緊緊蒙住頭，只見被下微微顫動，也不知公主在哭在笑。

今上過去強拉開被角，公主被迫露出小臉，但仍緊閉雙眼，嘴也緊緊抿著，表明她不想與父親說話。

「嗯，別笑，千萬別笑。」今上隱去笑意，故作嚴肅狀，對公主道：「否則缺牙兒要漏風了。」

公主再也忍不住，哧的一聲笑開來，眼睛也終於睜開，看著今上駁道：「爹爹小時候缺牙兒才漏風呢！」

今上笑，問她：「不生爹爹氣了？」

「嗯……」公主猶豫著，這樣答：「我要想一想……」

「呵呵。」今上掠掠公主的額髮，柔聲道：「今日徽柔沒有錯。爹爹對妳說話大聲了一點兒，但絕對不是罵妳。妳八妹妹沒了，張娘子心裡不快活，容易遷怒於人，她說不想見妳，妳就暫時順著她意思先回來吧。人失去至親的時候，就像患重病時，見不得一點兒不順心的事，這種時候，她不會聽妳解釋的，妳多說一句話，都可能讓她更難過，所以最好別違她意，迴避一下總是好的。」

公主便問：「她既然不想見我，那爹爹為何又要我服緦麻過去？」

今上無奈地笑笑，道：「身處帝王家，一舉一動都為天下人所關注。面對紅白喜事，尋常人的喜怒哀樂或可深藏於心，未必溢於言表，但我們不行，我們必須按臣民的意思，去悲，去喜，且將這悲喜示於天下人。無論張娘子是否要妳去，妳都必須臨奠，服緦麻，以令臣民看見皇長女對幼妹的深切哀思。張娘子雖說不想見妳，但妳若不去，她會更疑心前事，說妳心虛或狷狂。何況，妳本來自己就想去的，不是嗎？」

公主點點頭，黯然道：「是，幼悟沒了，我也很傷心……」再看父親，伸手去摸他的眉眼，公主又問：「爹爹好些了嗎？這幾日眼圈都黑了。」

今上嘆道：「爹爹還好。最傷心的人自然是張娘子，哭得什麼似的，原來一個人的眼中可以蓄這麼多淚……所以，妳最近別再惹她生氣，就算她對妳說難聽的話，也暫時忍忍，實在氣不過，就深呼吸一次，想想，如果妳是她，是不是也會這樣。多這樣想，也就不會生氣了。」

公主答應，忽然再問父親：「爹爹，那些大官兒經常數落你，也不見你生氣，是不是也是這樣深呼吸，想一想，然後忍住的？」

今上一愣，旋即笑開顏：「是呀是呀，經常是這樣……不過，有時也會忍不住，還是很生氣，恨不得一頭撞在龍柱上。」

公主聞言也笑出聲。今上刮刮她鼻子，問：「現在不生氣了吧？」

公主笑著跪坐起來，一把摟住父親的脖子，在他耳邊清楚地說：「爹爹，其實我早就不生你氣了，剛才只是不好意思跟你說話……就算爹爹真罵我也沒什麼……爹爹罵我，我是會難過，但如果爹爹罵我後自己會好受些，那我願意被爹爹罵……如果爹爹和我之間一定有一人會難過，那就讓我難過吧。」

這幾句話聽得今上頗為動容，不禁摟緊公主，對她說：「爹爹不會讓徽柔難過……妳是爹爹的好女兒，妳要什麼，爹爹就給妳什麼，只要爹爹給得起……」

「那……我要釀梅！這個爹爹一定給得起。」公主喜形於色，順勢提出要求：「一碟不行，至少要兩碟！」

今上擺首笑，立即吩咐我去取兩碟過來。

公主從我手中接過一碟釀梅，捧在懷裡一顆接一顆地吃，間或抬眼看父親，見他始終含笑看著，便又道：「爹爹，我還想請你答應一件事。」

「哦，什麼？」

「以後我生氣時，你再帶好吃的過來，如果見我不理，或說不要，你千萬別放棄，一定要硬塞給我吃。」

## 【陸】詩帖

每年端午，諸文臣會如立春時一樣，進獻新作詩句，以供宮人貼於帝后寢殿及諸娘子閣分門帳之上，春詞稱為御春帖子或春帖子，端午詞則為端午帖子。

端午前三日，曹皇后鋪陳諸臣帖子於柔儀殿，召後宮嬪御與公主入內觀看品評，並分賜眾人。

公主看了一遍，然後笑問皇后：「孃孃覺得誰的帖子好？」

皇后雙睫微微一低，好似目光在嘆息：「今年范相公與蘇子美不在，自然是歐陽修一枝獨秀了。」

她意指缺席的是原參知政事范仲淹與原監進奏院、大理評事、集賢校理蘇舜欽，這兩人都是文采斐然的詩詞大家。范仲淹慶曆年間積極推行新政，也激化了朝中黨爭，與杜衍、韓琦、富弼等主持新政的大臣一起，相繼被罷免外放。蘇舜欽本為范仲淹所薦，雖非宰執重臣，但少年能文章，詩名滿天下，主持進奏院事務，議論稍侵權貴。去年秋，進奏院舉行祠神賽會，蘇舜欽循前例用賣進奏院故紙的錢開席會賓客，結果被御史中丞王拱辰等以監守自盜的罪名彈劾，最後遭除名勒停。

眼下端午帖子自然不乏工麗精巧的，但內容大都為歌功頌德的奉承文字；少了范相公與蘇子美，言之有物、暗寓規諫之意的詩也少了。一一看去，確實是龍圖閣直學士、右正言歐陽修的最為出眾。他與蔡襄、余靖、王素同列，是深受今上重用的四大諫官之一。

「歐陽修？我記得他。」公主指著其中一帖子說：「我也認得他的字。上次立春時爹爹捧著一副御春帖子反覆讀，很喜歡，就問身邊人是誰寫的，聽說作者是歐陽修，爹爹就命人把他給宮中各閣分寫的帖子全取了過來，逐一細看，還讓我背，說篇篇有立意，舉筆不忘規諫，真不愧為侍從之臣。」

皇后微笑頷首，注目於公主所指的帖子，又再拿起細看，狀甚感慨。

我在她身後舉目望去，但見那帖子是為皇帝閣寫的，詩曰：「楚國因讒逐屈原，終身無復入君門。願因角黍詢遺俗，可鑑前王惑巧言。」

公主見皇后對這帖子如此上心，不免好奇，問她：「孃孃，這詩有何妙處？」

「哦，沒什麼。這帖子上的字寫得很好，所以我多看了一會兒。」皇后沒跟公主詳細解釋，輕輕放下帖子，又和顏問公主：「徽柔，妳喜歡哪一首？」

「這問題爹爹回來肯定會問我，所以我先選了首短的，容易背的。」公主笑指一首歐陽修的皇后閣詞，唸道：「椒塗承茂渥，嬪壼範柔儀。更以親蠶繭，紉為續命絲。」

她唸完又自取一副，遞給苗昭容，說：「姊姊看這個好嗎？」

那首是為娘子閣寫的：「仙盤冷泛銀河露，紈扇香搖綠蕙風。禁掖自應無暑氣，瑤臺金闕水精宮。」

苗昭容亦說好，笑道：「看了這詞，真覺得周身清涼，也不必飲冰了。」

皇后順勢把帖子賜她，再繼續分賜帖子給諸嬪御。張美人這幾日悶悶不樂，未親自過來，皇后也未多問，自選了幾副命人給她送去。

最後領帖子的，是兩位面生的美人。苗昭容不認得，遂問皇后：「這兩位娘子是新近入宮的嗎？」

皇后道：「不錯。她們是祁國公王德用進獻的，望能長侍官家，以廣皇嗣。官家已收在身邊，只是名位還有待議定。」

苗昭容上前，拉著兩位小娘子的手細看，連聲稱讚，又問名字，並把手腕上兩股端午五色合歡索退下來給她們戴上。二美人推辭，苗昭容笑道：「按理說初見兩位妹妹，應備一份厚禮才對，只是今日偶遇，沒特意準備，只得把這合歡索給妳們，討個吉利。妹妹若不收，一定是看不上我這點薄禮了。」

二美人遂收下合歡索。其餘眾娘子見此情景也都紛紛過來贈她們見面禮。那兩位小娘子有些受寵若驚，顧盼間卻又神采飛揚，頗有喜色。

不想這廂正在姊姊妹妹地攀談，那邊卻見今上近侍王昭明從崇政殿匆匆趕來，稟道：「適才官家吩咐，王德用所進女口各支錢三百貫，立即由內東門出宮，不得拖延。」

殿中眾人大感詫異。皇后亦頗意外，問：「官家為何傳此口諭？」

王昭明道：「知諫院王素知道了王德用進女口一事，今日面君進諫，一定要官家把王家小娘子退回去。官家答說那些女子在身邊服侍，已很親近，再試探著問王素可否讓他將她們留下，王素卻正色道：『臣正是怕陛下與她們親近，所以要論上一論。』官家便也沒再多說什麼，把臣喚了過來，命臣速來傳口諭，要兩位小娘子即刻出宮。話剛一說完，官家的眼淚便掉了下來。」

諸娘子聽了，相互傳遞著眼色，多少都有點幸災樂禍。皇后依舊是那樣，沉默的時候看不出任何情緒，須臾，才道：「官家認為諫臣所言有理，卻也不用如此快地下令吧。何不先入禁內，慢慢遣她們出去？」

王昭明答道：「王素也這麼回官家呢，不過官家則說，雖然他身為皇帝，但人情與民無異。如果先入內宮，見小娘子們哭著不願離去，只怕自己也就不忍心趕她們出去了。」

皇后略一笑，道：「好，知道了。」

二美人一聽此言，心知昭陽路斷，即將被趕出宮，立時大哭起來，連連叩首請皇后開恩留下她們。

王昭明見狀催促道：「請皇后盡快送她們出宮。官家還讓王素在崇政殿等著聽消息呢，臣見她們走了才好回去報訊。」

皇后頷首，喚任守忠。任守忠不消皇后再開口，早已一聲令下，讓人把二美人拖了出去。

片刻後，內東門司張先生遣內侍來報，說二女已出宮，王昭明遂回崇政殿覆命。眾人再等半晌，才見今上緩步回來，神情悲戚，目中猶有淚痕。

## 【柒】司飾

五月五日端午節，又名「浴蘭令節」，自五月一日及端午前一日，東京街道上處處可買到桃、柳、葵花、蒲葉與佛道艾，端午那天家家鋪陳於門首，與粽子、五色水團、茶酒一起供養，又以艾蒿編成人形或虎形，釘於門上，取鎮邪驅惡之意，士庶人家遞相宴賞。

宮中也是這樣。諸閣門皆懸艾人、艾虎，又取紫蘇、菖蒲、木瓜，並切為茸，以香藥相和，用梅紅匣子盛裹，與百索艾花、銀樣鼓兒花、花巧畫扇、香糖果子、粽子、白團一起，列為端午供養之物。

此外，內省還以菖蒲或通草雕刻天師馭虎像立於禁中，以五色染菖蒲懸圍於左右，又雕刻生百蟲鋪於其上，再以葵、榴、艾葉、花朵簇擁，五彩繽紛，大如上元節紮的山景花燈。

那日大內熱鬧非凡。內侍換上夏季羅衫紗袍，宮娥頭戴花團錦簇的內樣花冠，手中捧著帝后分賜諸閣分、宰執、宗室的百索彩線、細巧鏤金花朵、銀樣鼓兒、糖蜜韻果、巧粽、五色珠兒結成的經筒符袋、御書葵榴畫扇、艾虎及紗匹段，熙熙攘攘穿梭於宮苑殿閣之中。而後苑葵榴鬥豔，梔艾爭香，有奉召入宮的皇親宗室於其中擊球射柳，也有宮眷在旁投壺鬥草，一派升平景象。

我於這日結識了十三團練趙宗實。他也是十四、五歲的少年，溫和沉默，略有些靦腆，見了長輩話並不多，通常是問一句答一句，在皇后面前亦很拘謹，似乎有點怕她。見了苗昭容倒還好些，因他小時在宮中，常獲苗昭容照料。公主很喜歡他，一見他便連聲喚「十三哥」，奔過去問長問短；他見了公主也很高興，說起話來顯得輕鬆許多。

大概是愛屋及烏的緣故，十三團練對公主的侍從亦很友善。午後他與幾位宗室子玩一種名叫「擊丸」的遊戲，數來數去少一人，便看著一旁隨侍的我，問：「你過來跟我們玩吧。」

我有些惶恐，說自己不會，他卻毫不介意，拉我入場，說：「我教你。」

擊丸近日才在京中興起，玩時先在地勢起伏有變化的曠地上畫一球基，分別以離球窩數十步到百步為距，再挖一定數量的球窩，參賽者輪流以頂端為杓狀的木棒擊大如雞卵的瑪瑙球，以擊球入窩棒數最少的一方為勝。

初時我不懂技巧，不是選錯了球棒便是動作、角度不對，球被擊得忽遠忽近，就是不入球窩。而十三團練極有耐心，慢慢講解，甚至手把手教我，最後我漸漸得法，能勉強應戰了。

這日入宮來的貴戚女中有皇后另一位養女，國朝名將高瓊的曾孫女，皇后親姊的女兒滔滔。高姑娘幼時被皇后選入宮，與十三團練一起同養於禁中。當時宮中人都稱十三團練為「官家兒」，稱高姑娘為「皇后女」。因兩人同年，又性情相投，帝后都有意撮合他們。今上還常指著高姑娘逗十三團練說：「皇后女可以做你新婦嗎？」後來因豫王出生，十三團練被送還汝南郡王邸，高姑娘也隨後出宮歸本家，皇后才又收養了范姑娘。

十三團練與我擊丸時，高姑娘與公主同坐於一側觀看，目光始終落在十三團練身上。十三團練有時也會悄悄看她，若四目相觸，他們又似被陡然灼燙一般，迅速轉首迴避，面上有緋色，脣角卻又都是微微上揚的。

端午今上照例不視朝，今上本也在後苑與皇親敘談，忽聞內侍傳報說有數名諫官求見，有要事稟奏。今上雖不大樂意，但終究還是換了赭黃龍袍、平腳襆頭，束上紅帶與犀金玉環，穿戴整齊去垂拱殿接見他們。

此去良久仍不見歸。天色漸暗，快至開宴時辰，皇后便喚來幾個年輕嬪御，命她們去今上寢殿福寧殿候著，若見今上回來更衣，即迎至後苑入席。

公主聽見皇后這樣吩咐，遂自己請命，要去福寧殿等父親，皇后也答應，讓她與幾位嬪御一起去。

我隨公主同去。在福寧殿又等了一會兒，才見今上匆匆趕回，額上滿是汗珠，邊走邊命殿內小黃門：「快去請李司飾過來。」

尚服局下設司寶、司衣、司飾、司仗四司，每司各有兩名女官主管。主管司飾司的女官中有一位姓李，擅長以導引術梳髮，姿容也頗出眾，人稱「梳頭夫人」，常為今上梳頭，極得今上寵信。

蒙官家宣召，李司飾迅速過來，為他分髮梳頭。嬪御列侍左右等待，公主亦在內旁觀。

其間公主問今上：「爹爹為何這時梳頭？」

今上嘆了嘆氣，道：「適才幾個諫官一直在衝著我講大道理，我欲早走，便對他們笑著說：『眾卿之意，朕已知曉，容節後再議。』不想剛一轉身，還沒邁步，袖子就被一個官兒拉住了，一迭聲地說：『陛下一定要聽完臣等諫言……』我想抽回袖子，他卻還不鬆手，我便只好回去坐著，一直聽他們講完，偏偏其中有一位體味甚重，現今又是大熱天……直熏得我腦疼耳熱、頭皮發麻，所以必要梳梳頭才能清醒一些。」

眾嬪御聽了皆大笑，紛紛問：「那他們是為什麼進諫？什麼話這麼長，半天說不完？」

今上不答，只說：「也沒什麼，妳們無須知道。」

有位娘子眼尖，窺見今上袖中有章疏，便趁其不備，倏地抽出，笑說：「他們的話一定寫在這上面了，官家賜我們看看吧。」

其餘娘子亦上前爭搶章疏，笑鬧不已，都要先翻開來看。今上起初欲制止，無奈還在梳頭，頭髮在李司飾手上，不好動彈，只得搖頭嘆息。

娘子們爭來爭去，誰都不得先睹。最後抽出章疏的那位揚聲道：「好了好了，誰也別搶了，我們請公主宣讀，大家一起聽吧。」

眾人都覺這主意不錯，遂把章疏交到公主手裡。

公主接過，翻開，一字一字地數著，開始唸：「臣伏聞陛下以災變頻數，已降詔敕，敷求讜言……」

今上苦笑道：「他們說今年雨水成災，近日國中又有地震，乃陰盛之罰……

妳直接唸最後那幾行吧。」

公主點頭，跳過中間段落，唸後面最重要那幾句：「宮掖之間，女御之眾，豈無繁冗，徒在幽閉？望選其無用之人，放令出外，以消陰盛之變。」

此語一出，殿內嬪御霎時啞口無言，顯然不曾料到臺諫所論事會與己有關。惴惴不安的心緒浮在眸光裡，她們都試探著偷眼看今上，唯恐一個不妥，自己便淪為了章疏中的「無用之人」。

今上卻也緘口，未曾發話安慰她們。公主眼波迴旋於父親與嬪御之間，有點好奇，有點懵懂，努力思索的神情使她顯得相當可愛。

須臾，一聲輕笑劃破此間沉默：「官家把這些亂說話的官兒逐出幾個，耳根不就清淨了？」

此言出自李司飾。在眾女訝異的注視下，她慢綰今上長髮，徐徐道：「如今京師富人手上有了幾緡錢，都要多納幾房妾媵，天子縱有些嬪御，又豈容他外臣指三道四？兩府兩制，家中各有歌姬、舞伎，官職稍如意，往往增置不已。官家根底只剩有一、兩人，他們就說陰盛須減去，倒只教他們這幫子人風流快活！」

她說的話想必眾嬪御中是有人想附和的，但又都知官家一向善待諫官，李司飾語鋒卻直指諸臣，故不敢貿然開口，一個個著意看今上臉色。

而今上直坐著，目光落在面前鏡中，淡淡凝視李司飾，眼底波瀾不興，難以窺知他心思。直至頭髮梳好，今上始終未發一語。

李司飾未覺有異，取了襆頭為今上加上，站在他身後，一雙鳳眼懶洋洋地斜睨向鏡內今上清雋的臉，又問：「官家真要按他們說的做嗎？」

今上道：「臺諫之言，豈敢不行。」

李司飾又笑笑，一邊漫不經心地收拾奩具，一邊說：「若果真要裁減宮人，請以奴家為首。」

她自然不會想出宮，這樣說，無非是自恃得寵於官家，刻意凌蔑臺諫議論罷了。

今上聞言遽然起身，冷面下令：「請司宮令攜宮籍過後苑。」

他言罷拂袖入內更衣，留下一干嬪御面面相覷。

待與眾人到了後苑，皇后命開宴，今上卻示意暫且延後，先讓總領尚書內省的司宮令奉上宮籍名冊，自己御筆親點，在其上勾畫。良久，降旨：「自司飾李氏以下三十人盡放出宮。」

旨意既下，皇后再請今上入席，今上卻不應，但問：「她們出宮了嗎？」

皇后嘆息，轉而命任守忠即刻遣那三十人出宮。待內東門司回奏宮人悉數離宮，今上才入席進膳。

經此變故，席間笑語略有些滯澀，無人敢就此發問。

面對滿座宗親貴戚，今上才薄露笑意，逐一問候位高行尊者，與年幼者也多有交談，皇后亦從旁引導話題，氣氛方又活躍起來。

此間皇后命人奉上定額外禮品若干，再分賜宴中眾人。其中有幾斛廣州沒收入官的蕃商珍珠進獻上來，珍珠淨白瑩潤，形態正圓，各斛珠子大小各異，按順序看去，依次增大，但每斛內的卻又勻淨如一。

眾人嘖嘖讚嘆，幾位嬪御忍不住托起珍珠細賞，愛不釋手。

張美人心情鬱結，懨懨地在閣中躺了十數日，今夜也是勉強來的。她膚色蒼白，容顏消瘦，走起路來顫巍巍，有西子捧心之態。但此刻見了珍珠，原本死水一般的眸心也漾起一層漣漪，輕飄飄地走了過去，蓮步依依，在斛珠左右流連。

但見珠光映亮她憔悴容色，今上似有些感傷，當即宣布：「這幾斛珠子賜予張美人。」

待到曲終宴罷，宗室貴戚皆離去，只餘公主與幾名親近嬪御在側時，皇后問今上：「梳頭夫人是官家所愛，官家卻為何將她列作第一名，遣她出宮？」

今上答道：「此人勸我拒諫，豈宜置於左右。」

皇后淡然笑，略略欠身：「陛下聖明。」

諸嬪御亦隨之稱頌，唯苗昭容隨後笑道：「但如今逐了梳頭夫人，司飾一職出了缺，事倒小，可又要麻煩皇后費心想，該換誰為官家梳頭了。」

俞婕妤道：「尚服局不是還有位陳司飾嗎？」

苗昭容擺首道：「陳司飾的妝品製得倒是好，可惜不會導引術，梳的髮式也不見佳。」

「給我梳頭的丫頭倒還不錯。」原本沉默的張美人忽插言道：「會導引術，頭髮也梳得好，手腳輕，梳完髮絲都不會掉幾根。」

有意無意地掠官家一眼，張美人又補充道：「就是官家見過的許靜奴，今年十六歲了。」

「妾倒也有個人選，想推薦給官家。」俞婕妤朝今上微笑，又轉向皇后說：「還須皇后定奪。司飾內人顧采兒，十八歲。最近是她在為妾梳頭，手藝自不必說，最重要的是人品好，極穩重，說話行事絕不會像梳頭夫人那樣輕佻。在官家左右侍奉的人，模樣出眾自然是好，但最怕有色無德。」

「呵。」張美人嗤笑，冷瞥俞婕妤，意極輕蔑。

苗昭容輕搖團扇，此刻不緊不慢地開口：「妾也想到一人。心思細，技藝好，為人更是極妥當，官家、皇后都是認得的。」

皇后很快明白她所指：「秋和？」

「正是。」苗昭容手執團扇朝皇后欠身，道：「秋和雖然年紀還小，但精通導引術，清晨經她梳一次頭，整天都神清氣順。給妾梳髮，又常有奇思妙想，做的髮式新穎別致。至於人本身，官家、皇后都看在眼裡，妾也就不多說了。」

皇后沒表態，轉顧今上，問他：「官家意下如何？」

今上沉吟，最後如此決定：「讓這三人均做準備，隨後兩月依舊為娘子們梳頭。七夕那天，我看誰給娘子梳的頭好，便升誰為司飾，選作梳頭夫人。」

## 【捌】盗甥

自端午前觀諸臣帖子後，我一直尋思著要去通讀一遍，再選取其中佳句謄錄背誦，但節後事務繁雜，直至六月末才抽出空來去書藝局找張承照，問他要書院存檔的端午帖子。

他很快找來給我，還與我一起謄錄。我抄寫時隨口問他：「近日歐陽學士可有新作？」

「歐陽修？」張承照道：「他最新的文章可不就是那篇為杜衍、韓琦、范仲淹、富弼等人說話的章疏嗎？這下子可捅了馬蜂窩了，惹來好大麻煩，非但烏紗難保，肩上腦袋是否能留下都還另說呢，估計最近是絕無心思吟詩填詞了。」

我十分吃驚：「端午時不還好好的嗎？這卻從何說起？」

「從何說起？論起來，這事還有好幾撥緣頭呢，咱一樁樁地數吧。」張承照開始向我細述歐陽修之事。

原來五月間，歐陽修曾上疏論杜衍、韓琦、范仲淹、富弼等人不該罷，說：「此四人者，可謂至公之賢也。平日閒居，則相稱美之不暇，為國議事，則公言廷爭而無私。以此而言，臣見杜衍等真得漢史所謂『忠臣有不和之節』，而小人讒為朋黨，可謂誣矣……一旦罷去，而使群邪相賀於內，四夷相賀於外，此臣所以為陛下惜也。」

公然指排擠慶曆新政大臣的一派為「小人」、「群邪」，而恰恰這些人又是如今當政者，故為日後事伏下一脈禍根。

歐陽修妹夫張龜正早卒，無子，只有一個前妻所生的女兒。歐陽修之妹攜此女歸娘家，由歐陽修相助撫養。當時此女七歲，待其將至及笄之年，歐陽修把她嫁予族兄之子歐陽晟。但張氏出嫁五、六年後卻與家僕陳諫私通，不久事發，被鞫於開封府右軍巡院。

權知府事楊日嚴以前守益州時，歐陽修曾經上疏論其貪恣，楊日嚴本就懷恨在心，因此伺機報復，使獄吏對張氏嚴加拷問，誘她提及歐陽修。張氏懼罪，為求自保，說了許多未嫁時與歐陽修之情事，且有不少醜異細節。

楊日嚴據此上報，諫官錢明逸遂上疏彈劾歐陽修，說他私通外甥女，且欺詐侵吞此孤女家財。軍巡判官孫揆奉命再審，覺得張氏說法未必屬實，大概也因對歐陽修心存敬意，便未再生枝節，只追查張氏與陳諫私通案。這種處置方式令宰執大臣大怒，命太常博士蘇安世重審此案，意在一舉除掉歐陽修。

「歐陽學士真與外甥女有私嗎？」我問張承照，覺得此事匪夷所思。「張氏供詞怪異。說是為求自保，但與舅通姦之罪尤甚於私通家僕，說出來非但不能為自己開脫，反倒又添了一道重罪。莫不是屈打成招吧？」

「保歐陽修的人也這樣說，但是……」張承照隨即起身，道：「你等等，我再找首詞給你看。」

他在一堆文卷中翻找，最後抽出一張錄有一闋〈望江南〉的紙，遞到我眼前。

我展開一看，但見詞曰：「江南柳，葉小未成蔭，人為絲輕那忍折，鶯嫌枝嫩不勝吟，留著待春深。十四五，閒抱琵琶尋，階上簸錢階下走，恁時相見早留心，何況到如今。」

張承照跟我解釋說：「這是歐陽修的舊作。外甥女一事傳開後，又被錢明逸族人錢勰翻了出來，笑指這詞說：『張氏到歐陽家時年七歲，正是女兒學簸錢時。』」

「錢明逸、錢勰……」我又覺有異。「他們姓錢，可是吳越王錢俶的後人？」

張承照點頭：「沒錯。歐陽修在編修《五代史》，聽說對吳越王有諸多貶詞，錢家後人早對其不滿。」

我想了想，又問：「那〈望江南〉真是他寫的？他承認是他舊作？」

張承照答說：「沒承認，可也沒否認，應該算是默認吧。」

我無語，反覆看手中詞，目光徘徊於末幾句上：階上簸錢階下走，恁時相見早留心，何況到如今……

我心裡微微一動。記得初入公主閣時，她也正在簸錢。原以為只是不經意地一瞥，但她那天真嬌俏的容止好似已由此烙入我心，以至現在一見「簸錢」二字，浮想起的便是她言笑晏晏的模樣。

「也許，歐陽學士與張氏，只是有情無姦吧。」我嘆道。

「有情無奸？」張承照提高語調重複這話，帶著莫可名狀的興奮，揶揄我：「說到底，我們不過是碰不到女人的小黃門，你能知道什麼是情，什麼是姦？」

我頓時像被人劈面掌了兩下嘴，臉上火辣辣的，垂下眼簾，無言以對。

這引得張承照拊掌大笑：「原以為你進了後省，見了大世面，又被娘子們調教，應有不少長進，沒想到現今面皮還是這樣薄。」

我勉強一笑，只盼將話題自我身上引開：「那官家呢？他怎樣看歐陽修之事？」

「聽學士們說，官家也很惱火。原本，他是很欣賞歐陽修的才氣的，重用他為諫官不說，還特意囑咐我們，一旦歐陽學士有新作，無論是否屬內制，都要找來上呈給他。如今出了這事，官家自不免震怒。據說在朝堂上乍聞此事，官家的臉色唰地沉下來，半晌沒發一言。」說到這裡，張承照反問我：「你見官家的機會可不少，怎沒見他提起？」

我擺首道：「我是在公主身邊伺候，這類事，官家怎會跟公主提及。」

「那也沒跟娘子們提起？」張承照忽又來了興致。「你有沒有聽說，張娘子可能也會向歐陽修的井中砸塊石頭？」

「張娘子？」我詫異道：「應該不會吧。出了梳頭夫人的事後，皇后還特意告誡眾娘子勿涉政事，何況張娘子與歐陽修應無嫌隙吧？」

張承照嘿嘿一笑，問我：「你還記不記得，當年張娘子生八公主時，歐陽修曾上疏，名為《論美人張氏恩寵宜加裁損》？」

經他提醒我才想起，確有此事。那時八公主幼悟降生，官家命於左藏庫取綾羅八千匹。時逢嚴冬，染院工匠為完成皇命，不得不於大雪苦寒之際敲冰取水，染練供應。歐陽修得知後立即上疏，不但譴責此事，更進而提出內降張美人親戚恩澤太頻，認為這是「有汙聖德之事」、「難避天譴」，希望官家防微杜漸，早為裁損。

依張美人秉性，對此耿耿於懷並非不可能。我問張承照：「雖則如此，但張娘子身在後宮，欲插手此事必為官家所忌，她又能如何干涉？」

「你難道不知嗎？」張承照一指中書門下方向。「賈相公認了張娘子的養母做姑姑。」

張美人的養母名為賈氏，亦居於宮中，仗恃張美人得寵於上，便狐假虎威，言行甚囂張，宮中人稱「賈婆婆」。宰相賈昌朝與其同姓，遂認她為姑姑，平日多有往來。這事我是知道的，只是沒將之與歐陽修的事聯繫在一起。

「張娘子想做那麼一點點事大可不必自己出手，透過賈婆婆知會賈相公一聲便行了。」張承照說：「這次賈相公對歐陽修這樣狠，未必沒獲張娘子授意吧？聽說現在賈相公在向官家請求，要他派王昭明去與蘇安世共審歐陽修的案子，這個點子，只怕也是張娘子出的。」

王昭明？我暗暗感嘆，歐陽學士真是禍不單行，往日為人狷介，得罪的人不少，如今身陷困境，那些潛在的落井下石者便一個個迅速浮出水面了。

此前歐陽修任河北都轉運按察使，今上欲令近侍王昭明同往，共監河北水利漕運，歐陽修卻堅決拒絕，說侍從之臣出使，向來無內侍同行的例子，「臣實恥之」。今上亦從其所請，沒讓王昭明去。這對王昭明來說，顯然是件難堪之事，如今賈昌朝要求派他去審案，分明是想讓他公報私仇，令歐陽修萬劫不復。

我問張承照：「官家會讓王先生去嗎？」

張承照笑道：「你問我？我還想問你呢！瞧你這入內高班怎麼當的？自己後省的事都不知道，還跑來前省問我！」

我赧然笑，發現自己對這類事還真是後知後覺。宮中風雲變幻，我卻反應遲鈍，居然稀里糊塗地做到入內高班，也算是異數了。

抄完端午帖子，我向張承照道別，準備回儀鳳閣，他堅持要送我，直送我到內東門。自從我調到後省之後，每次來看他，都會感到他對我態度友善更甚以往，帶有種微妙的殷勤。我不禁想，他實在是個很適合在宮中生存的人。

我們在內東門司附近偶遇適才提到的賈婆婆。彼時她自外歸來，在內東門前下轎，尾隨她的小黃門過來相扶，掀簾時莽撞了些，手無意中碰到賈婆婆頭上沉重的冠子，立馬就被她甩了個大耳刮子：「作死的小潑皮！敢情你娘生你時手沒包好，生下你這犯羊癲瘋的賤爪子！」

那小黃門不敢爭辯，立即跪下謝罪。賈婆婆卻還不解氣，一壁罵罵咧咧，一壁伸出留著二寸長指甲的手去掐那小黃門耳朵。小黃門疼得伸脖皺眉、齜牙咧嘴，但還是竭力笑著，道：「是小的不對，婆婆容小的自己掌嘴，別折了婆婆的指甲。」

他這一抬頭，我倒愣了愣，認出他正是當初要我代送琉璃盞的小黃門。賈婆婆終於鬆手，小黃門繼續跪著，開始一下一下打自己的臉。賈婆婆不再管他，自己往內宮走，其間經過我身邊，瞥了我一眼。我朝她略略躬身，她若無其事地笑笑，道：「哦，是梁高班……代老身向福康公主請安。」

她扭動著臃腫的身軀揚長而去。待其行遠，我走到仍在跪地掌嘴的小黃門身邊，說：「她走了，你回去吧。」

他仰首看我，當即大驚失色，爬起來一溜煙地跑了。

張承照見狀問我原因，我遂告訴他此人即給我琉璃盞之人。張承照嘆道：「幸虧你現在跟了個好主子。你有公主護著，公主有官家護著，她們才會放過你……瞧在咱們兄弟一場的分上，日後公主閣中若有差事做，你便薦我過去吧。這前省真是越待越沒勁了。」

第三章

# 無端又被東風誤

所謂的歐陽修「盜甥」之事被當作一樁豔事醜聞，逐漸流傳到禁中，成為千百宮眷茶餘飯後消磨時光的閒散話題。有次苗昭容也饒有興味地向今上提起，問他是否會讓王昭明去審案，不料今上臉色遽變，斂去笑容，漠然不語，苗昭容遂不敢再問。我留意觀察，仍不聞此後進展，想是今上尚在猶豫。

七夕將近，諸位向今上推薦司飾的娘子們越發關注冠髮妝容事宜。國朝女子皆愛戴花冠，平日髮髻倒梳得簡單，但約髮的冠子則一定要絢麗奪目，尤其是節慶之時，常簇插花釵雪柳黃金縷，滿頭珠翠爭濟楚。

一日秋和給苗昭容梳妝畢，恰逢俞婕妤過來。俞婕妤打量苗昭容一番，笑道：「姊姊請恕我直言。秋和這髮樣兒梳得自然是好，可就是配的冠子素了點兒，沒有讓人眼前一亮的首飾裝點。」

苗昭容也看看俞婕妤的頭冠，嘆道：「我也在犯愁呢，不知該找些什麼珠寶來做冠子。我瞧妳這花冠上的珠子雖不錯，但若翔鸞閣那位用上官家賜的蕃商珠子，怕是風頭不免要被她搶去。」

俞婕妤道：「可別提了。自從上次官家賜她珠子後，宮裡嬪御都託內省的人去外面買，京中豪門貴戚見了，也都爭相搶購，結果一月之內珠價就翻了十倍。就我頭上這幾顆破珠子，竟值八百緡錢呢。」

苗昭容以紈扇掩口，驚訝道：「八百緡？莫不是瘋了！」

「如今真是這個價。」俞婕妤撇撇嘴，又道：「若八百緡錢能買到好的也就罷了，可惜雖花了高價，買到的珠子成色始終不如那位的，到了七夕，拿什麼跟她比？」

苗昭容低首沉吟，須臾，再對婕妤說：「比珠子只怕比不過她了，不如我們另尋些好的，翡翠、玳瑁、象牙之類，私下讓內省訪求成色上佳的買了，到時做成冠子戴出去，未必會輸她珠冠。」

俞婕妤點頭道：「姊姊說得有理。這次多花些錢無所謂，要買就得挑最好的，一定不能輸給那位，否則，我們只能又眼睜睜地看著她安插個狐媚子在官家身邊。」

苗昭容深以為然，微笑轉頭問秋和：「秋和，依妳之見，什麼珠寶做冠子更襯我？翡翠如何？」

秋和卻不回答，斂眉低首，一下子跪倒在苗昭容面前，道：「望娘子三思，切勿求購貴價珠寶為飾。」

苗昭容詫異道：「這卻為何？妳且起來，慢慢說。」

秋和依舊跪著，說：「京城之人，從富豪之家到坊間平民，莫不視宮內取索為一時風尚。但凡聽見宮眷求購什麼，便追隨搶購，以致物價騰湧。張娘子愛吃江西金橘，此事傳到民間，金橘之價立即瘋漲，聽說現在一斤的價錢已足買八斤羊肉。若苗娘子再高價求購珠寶，無論是翡翠、玳瑁還是象牙，國中此物價格必漲，上有違君意，下有礙民生，故萬萬不可行，望娘子收回成命。」

苗昭容略想想，對俞婕妤笑道：「這孩子的話聽起來有幾分道理。官家一向要我們節儉，若知我們的首飾花了大價錢，恐怕不會歡喜。」

俞婕妤未有異議，卻又蹙眉說：「但七夕那日，張娘子勢必會以蕃商珠子為飾，我們就算找出手頭最好的首飾，跟她的相比，也難免遜色。」

秋和應道：「七夕之試，意在選會梳頭者，娘子們未必須要用貴價首飾。官家髮式，與娘子們不同，不必戴花俏冠子。秋和以為，屆時為娘子梳好頭即可，至於冠子，實乃裝飾之物，選些綾羅絹花，甚至彼時鮮花都是好的，若用無價之寶，倒是喧賓奪主了。」

二位娘子連連頷首。俞婕妤親自伸手把秋和扶起來，含笑道：「好姑娘，多虧妳提醒。妳說這些話，也不防著我，可見心裡是極坦蕩的。」

秋和拜謝，卻又是大窘，吶吶地不知怎樣應對。倒是苗昭容從旁笑說：「咱們都是一家人，誰薦的人做梳頭夫人都一樣，防妳做什麼？」

次日，苗昭容讓秋和梳了個不加冠子與假髮的小盤髻，秋和手執菱花鏡站在她身後，讓她先後看了，苗昭容卻又不放心，喚我過來，道：「你是個男孩兒，且幫我看看，這髮樣兒好嗎？」

她不經意的一聲「男孩兒」，讓我心裡一暖，鼻中竟有些酸楚。

我著意細看她髮髻，欠身道：「這髮式頗有新意，未見宮中人梳過，官家見了定會說好。」

苗昭容略顯猶疑，再問：「不戴冠子，官家看了會喜歡？」

我回答說：「臣以為，董內人言之有理，官家要選的是會梳頭者，不是會做精巧花冠者，故不必在冠子上多下工夫，讓董內人把髮式梳妥貼就行了。」

苗昭容再看看鏡中的自己，旋即笑道：「那好，我就聽你們這一回。只是不加冠子，這妝容就一定要畫得精緻方可了。」

我沒有附和，但說：「官家愛以導引術梳頭，因此手法可以按摩頭皮、理通經絡，以健體強身。七夕之試，僅看冠髮是看不出內人導引術高低的，所以這幾日娘子梳頭不妨多理經絡，好生將養休息，七夕只著淡妝，官家看見娘子的好氣色，自然會知道這是董內人導引術的功效。」

七夕那日，今上帶宮眷駕幸金明池瓊林苑。

瓊林苑在順天門大街，面北，與金明池相對。大門牙道兩側皆古松怪柏，中隱石榴園、櫻桃園之類，各有亭榭。太平興國元年，皇帝以三萬五千兵卒鑿金明池，引金水河中水注之。池上有三橋，朱漆闌楯，下排雁柱，中央隆起，若飛虹之狀。橋盡處五殿相連，立於池中心。每年花季，這裡柳鎖虹橋，花縈鳳舸，遍開素馨、茉莉、山丹、瑞香、含笑、射香等，閩、廣、二浙所進南花，又有梅亭牡丹，勝景不可悉數。

今年花朝節，因官家憂於朝中事，八公主又病著，故無心緒駕幸池苑。直到七夕，聽說瓊林苑從太平興國寺取來培育的秋季牡丹開花了，才臨時決定遊幸賞花，且於此地選取新任司飾。

今上攜皇后與公主先入金明池中正殿。殿中設朱漆明金龍床，河間雲水戲龍屏風，兩側各列數十盆瓊林苑移來的各色牡丹，姹紫嫣紅，繁花似錦，開得好不熱鬧。

少頃，諸嬪御車輦到，娘子們皆著盛裝，相繼入內。相較髮式的娘子中，最先進來的是俞婕妤，但見她梳了個朝天髻，雙髻當額並立，微微後傾，其上加了個大旋心羅絹冠子，羅絹相旋捲合如花瓣，分四、五旋，花瓣邊緣深紅，顏色向內漸漸變淺，中心接近淺白。冠子廣及半尺，高及五、六寸，雖未用任何珠玉，但仍有盛大豔麗之感。

今上見了頷首微笑：「俞娘子這冠子不錯。」

俞婕妤一顧身後內人，喜道：「這是采兒為臣妾做的。」

內人顧采兒上前拜見官家。她姿色平平，並無驚豔之處，但應對沉靜，言談舉止頗合時宜。

今上又讚她兩句，再賜俞婕妤坐，靜待另外兩位娘子進來。

苗昭容隨即進殿。她採納了秋和與我的建議，梳了個狀如玉蘭花苞的髮髻，青絲迴旋，光澤可鑑，並未加冠子，僅在側飾以一小朵槐樹花葉攢成的花球；妝容也素淨，面白無瑕，不著花鈿，雙頰只略施胭脂，帶一抹若有似無的紅暈，看上去清淡雅致。

眾嬪御見她居然未戴冠子，大為訝異，皆轉顧官家，等他表態。

今上端詳良久，最後含笑讚道：「這髮樣兒梳得好，昭容今日氣色也佳，看上去倒似回到了十五、六做女兒時。」

苗昭容十分欣喜，忙喚了秋和過來，雙雙拜謝。

於是眾人對張美人妝容更為好奇，皆引首舉目望向殿外，等她進來。

張美人遷延許久方才入內。待其身影出現在殿中，又是滿座皆驚。

她頭上約髮珠冠廣五寸、高盈尺，漆紗為底，羅綃為葉，大葉中疊細葉二、三十重，上又聳大葉如樓閣狀，每葉上絡以金線，綴以雪白的蕃商珍珠，根據葉子大小依次遞增，冠頂上的大如龍眼。

但眾人最感驚訝的倒不是這奢華珠冠，而是她身上穿的真紅穿花鳳織錦褙子。

今日中宮戴縷金雲月冠，前後加白玉龍簪，衣紅褙子。

嬪御逢節慶宴集，出門之前必會先遣人打聽這日皇后服飾是什麼顏色，以避免與其同色。而今張美人公然選穿真紅褙子，實是僭越無禮之舉。

張美人在眾人矚目之下仍不疾不徐，施施然進到殿中，淡掃皇后一眼，再盈盈下拜，毫無慚色。

皇后並無慍容，端然坐著受她一拜，然後微微一笑：「張娘子的冠子真精緻，叫什麼名兒？」

張美人傲然答道：「叫冠群芳。」語罷，兩翦秋水瀲灩一轉，顧向今上，像是靜候他誇讚。

而今上凝視著她，不動聲色。須臾，徐徐抬手，以袖掩面，道：「滿頭白紛紛，更沒些忌諱。」

顯然全沒料到是這結果，張美人一時愣住。眾目睽睽，而今上再不顧她，她不由得低首，面頰泛紅，像身上褙子的顏色褪到了臉上。

「官家恕罪……」她低聲說：「容臣妾告退，往偏殿更換冠子。」

「去吧。」今上頷首，又加了一句：「順便把衣裳也換了……今日這顏色並不襯妳。」

張美人答應，後退數步，再一轉身，快速走出大殿。為她梳頭的內人許靜奴本來跟在她身後隨之下拜，原本一臉自信，想是欲等張美人介紹後再面謝天恩，哪知竟有這變故。許靜奴面容姣好，今上卻只瞟她一眼，毫無與她對話之意，這使得她現在手足無措，不知當退當留。尷尬地獨自跪了片刻，她終於忍不住爬起來，惶惶然跑出去追張美人。

苗昭容與俞婕妤遙遙對望，眼角、眉梢皆帶喜色。嬪御中有人以扇蔽面，有人將臉略轉朝殿外，有人低聲咳嗽，這些衍生的小動作亦都是為掩飾抑制不住的笑意。

今上再與皇后及眾娘子閒談，聊些關於牡丹的散碎話題。等了半晌，終於又見張美人進來，這次換了紫褙子，珠冠已除，只綰了個簡單的盤福髻。或許是有幾分賭氣，髮上未著任何飾物，繃著臉，下拜後不發一言。

今上一笑：「張娘子這髮髻好看，簪朵花更妙。」旋即走到一株千葉紫牡丹「葉底紫」旁，親自摘了一朵，簪在張娘子髮上。

娘子們見了都誇說很美，張娘子才神色稍霽。俞婕妤見氣氛轉好，也敢開口說笑：「都說官家偏心，果不其然，有好的花兒都給了張娘子！」

今上笑道：「妳戴著那麼大的花冠，若給妳花，又該簪到哪裡去？」

俞婕妤聞言，竟當眾兩下摘掉冠子拋給顧采兒，然後一攤手，說：「現在我可沒冠子了。」

今上攏首笑，去摘了朵「倒暈檀心」牡丹給她簪在頭上：「此花外沿深色，近萼反淺白，深檀點其心，可不跟妳那冠子相似嗎？」

他隨後又選了朵「潛溪緋」牡丹換了苗昭容頭上的槐花球，道：「這花映得面色更好。」

其餘嬪御見狀都圍聚過來要求官家賜花，官家一一答應，給每人都簪了一朵。最後，官家到殿中開得最繁盛的千葉魏花旁，細細挑了朵好的，走回御座，簪在一直坐在那裡含笑旁觀的皇后的冠子上。

公主見了喜歡，也拉著父親的袖子說要花戴，今上便牽著她走下來，摘了朵「姚黃」牡丹。公主還是垂髫幼女，頭髮上插不住那麼大的花，便接了拿在手中把玩。

殿中一片其樂融融的和美景象，皇后遂於此刻問官家司飾之事：「這新司飾，官家可選定了？」

此言一出，笑語聲又瞬間消散，眾人皆屏息凝神靜待今上的答案。

「選定了。」今上說，目光迂迴於秋和、顧采兒和怯怯地躲在張美人身後的許靜奴面上。

「即日起，以尚服局內人……」今上眸光在秋和臉上略滯了滯，但終於掠了過去，轉向另一位——「顧氏為司飾，掌朕巾櫛之事。」

答案揭曉，殿內有大半人愕然無語，連顧采兒也怔怔地並無反應。

聽適才今上對幾位娘子髮冠的評語，應是秋和當選才較為合理，何況秋和容貌遠勝顧采兒。

但起初略顯緊張的秋和此時面色反而和緩下來，舒了口氣，如釋重負。

零零星星地，漸有人道好，祝賀顧采兒，顧采兒這才謝恩答禮。皇后問今上因何判定顧采兒勝出，他只簡單答：「采兒做的冠子用料儉樸，卻不失天家貴氣，髮式也梳得好。」

## 【貳】七夕

此後帝后及眾宮眷過瓊林苑賞當季秋花，黃昏時登金明池寶津樓開宴。

這類宮中私宴，嬪御照例會自出銀錢備幾道菜餚供官家品嘗。今日獻的主菜是二十八枚江南新運至京城的一品新蟹，個大膏肥，被蒸得色澤金紅，置於白瓷碟中，十分好看。

豈料今上一見之下竟皺起了眉頭，喚來任守忠，問：「如今這時節，京中竟會有此物？其價幾何？」

任守忠躬身道：「每枚千錢……這是娘子們的一點兒心意，節前特意囑咐御膳局找來進獻給官家的。」

今上怫然不樂，環顧眾嬪御，問：「這一下箸便費二十八千？」

眾嬪御無言以對。今上擱箸，並不食蟹。皇后見狀，命內侍將蟹撤下，今上才肯進膳。

帝后坐於殿中御座上，兩側嬪御坐席依次分列，公主席位在今上之側，雖離他最近，但並不相連，中間約有五、六尺的距離。趁娘子們凝神看席間歌舞之際，公主彎腰低首，向父親那邊探身，壓低了聲音輕輕喚：「爹爹……」

今上見她作此神祕狀，不由得微笑，亦向她側身，低聲問：「何事？」
公主用她耳語般的聲音繼續說：「我知道你為什麼不吃螃蟹。」
「哦？」今上故意挑挑眉角，問：「為什麼呢？」
「我回頭再告訴你。」公主抿嘴一笑，迅速坐直，然後轉首對身後侍立的我說：「懷吉，給我剝個菱角。」
晚宴後，有內侍入報說水殿前乞巧彩樓已紮好，於是今上牽了公主，並帶皇后與張娘子的那幾位養女前往。
下樓時，今上再提公主宴上所言，公主道：「爹爹不吃螃蟹，不是因為螃蟹不好吃，而是覺得太貴。如果吃了，傳到宮外去，今年螃蟹還會更貴。就像爹爹說張娘子的冠子不好，其實不是冠子不好看，而是上面的珠子太貴——」
「好了好了……」今上含笑打斷她的話。「心裡明白就好，不必說出來。」
公主笑著點頭，又道：「女兒有一事想問爹爹，望爹爹如實回答。」
今上許她說，公主遂問：「今日采兒、靜奴與秋和，誰給娘子梳的髮樣兒好？」
今上正欲開口，公主卻又止住他，認真補充道：「爹爹一定要說實話。」
今上微笑，回首看看身後，見只有王昭明和我緊跟著，其餘眾人尚離得遠，便彎腰低聲對公主說出了實話：「秋和。」
公主嘟嘟嘴，不滿道：「那爹爹為何不讓秋和做司飾？孃孃、姊姊和我都喜歡秋和，難道爹爹不喜歡她嗎？」

「嗯……喜歡。」今上笑笑，依然牽著公主的手緩步走，語調溫和從容：「但是，徽柔，我們越喜歡一個人，就越不能讓別人看出我們喜歡她。將對她的喜愛形之於色，就等於把她置於風口浪尖上，讓她成為眾矢之的，明槍暗箭會接踵而至，終將害了她。」

公主蹙眉思索，又問：「爹爹是怕尚服局的內人嫉妒秋和？」

「呵呵。」今上一撫她頭髮。「也許。」頓了頓，又說：「這話妳且記住。真的喜歡一個人，就別對他太好，別讓他人發現，甚至，也不要讓他自己覺察到妳有多喜歡他……」

「哦……」公主似懂非懂，想了想，還是問出來：「為什麼不能讓他知道呢？」

今上微笑搖頭，諱莫如深：「我回頭再告訴妳。」

七夕之夜，京中貴家多以雕木彩緞結成一座彩樓立於庭中，名為「乞巧樓」。其上鋪陳花瓜、酒炙、筆硯、針線，以及著彩衣的泥孩兒「磨喝樂」，夜間男童裁詩吟詠，女郎穿針呈巧，焚香列拜，稱之為「乞巧」。

今上命結彩樓於水殿前。簷下宮燈高懸，天上星河璀璨，池中秋水波光粼粼，且又有宮人以黃蠟鑄為鳧雁、鴛鴦、龜魚、蓮荷之類，皆彩畫金縷，點燃頂端燈芯後置於池水中任其漂去，謂之「水上浮」，與滿穹星月相映成趣。

公主先點了幾個水上浮，又拿起磨喝樂玩，嫌其中的女孩兒衣裳不好看，遂對眾女伴說：「我們給磨喝樂換幾身衣裙吧，看誰做得最好看。」

女伴們答應，各拿了一個磨喝樂，又紛紛取出羅帕、絹花等可用布片為這泥偶做裝飾。公主則命人從池中摘了朵荷花，自己拆了幾片花瓣，在那女孩兒腰上圍了一圈，以絲帶繫好，揚手給眾人看。皇后與幾位嬪御在側，皆讚她有巧思。

待到了乞巧時辰，公主拿起七孔針，不一會兒便穿好線。眾娘子又讚她，她卻一擺手，直言道：「這孔快有銅錢眼兒那麼大，線穿不過倒比穿過要難。」聞者無不笑。乞巧用的針是特製的，並非平常用的縫衣針。針體扁平，上有七孔，但針眼極大，雖乞巧需要引線從七孔中依序穿過，但對八、九歲的女孩來說相當容易。

待女童們皆穿好針，公主率眾焚香列拜於彩樓前。儀式結束，她意猶未盡，問皇后：「孃孃，這就沒事做了嗎？」

皇后含笑道：「昔日我在娘家時，還玩過一種遊戲。先許個願，然後拿一枚銅錢側立著，以指去彈，讓它轉動。待其撲下，若正面朝天，此心願即可實現。」

公主聽了立即說要試試，皇后遂讓人分一些銅錢給公主及眾女童。不料公主第一次便得了個負面的，她連聲道：「這次不算！」接著再試，但連試三次竟無一次是正面朝上。

旁觀之人皆覺不祥，雖然臉上仍帶笑，但都有些尷尬。公主卻無不悅之色，忽然站起來，跑到一旁的千枝燈前，取下一支宮燭，滴了幾滴蠟油在一枚銅錢的背面，然後用另一枚的背面與其相對貼上去，這樣兩枚黏合，左右都是正面了。

她得意地用此錢再試。纖指一彈，那厚厚的銅錢笨拙地轉，最後靜止後還保持著側立的狀態，竟未撲倒在地。

苗昭容見狀笑道：「這卻該算什麼呢？」

皇后看見，亦笑道：「真巧呢。我十八歲那年，也曾玩出過這樣的結果……不過那錢可只是一枚。」

眾人好奇問：「那皇后許的是什麼願？可實現了？」

皇后卻不肯再說，默然低首，但脣角微揚。

苗昭容頓悟：「十八歲的姑娘能有什麼心願？當然是希望嫁個如意郎君了。」娘子們當即明白，皆含笑看皇后，唯公主還愣愣地問：「然後呢？」

「然後……」今上忽地開口，柔和目光觸及皇后，微微一笑。「沒過多久，我即下旨，召妳孃孃入宮了。」

「原來如此。」公主拍手笑。「那是好兆頭了！」

眾娘子也笑而叫好。皇后淺笑著，頭卻越發低垂，並不敢再看官家。

她這年二十九歲，但這飛霞撲面的神態卻似閨中少女，這般溫柔，大異於我往昔所見那冷靜淡定、含威不露的中宮形象。

「徽柔。」今上於此時喚公主，將眾人注意力引回至公主身上。「既有好兆頭，且說說妳許了什麼願。」

「呀！」公主圓睜雙眼，驚呼一聲，隨即又噘起了嘴，很是懊惱。「剛才我完全忘記許願了。」

今上讓公主許願再試，苗昭容卻道：「她這麼糊裡糊塗、冒冒失失的，再試下去不定又生出什麼花樣，不如改玩別的吧。」

苗昭容大概是擔心公主再測出不祥之兆。今上聽了頷首同意，公主卻又犯愁：「但可玩的都已玩過了，還能做什麼呢？」

我看著仍在她手裡的那對銅錢，忽想起歐陽修那句「階上簸錢階下走」，心中有一模糊的念頭倏地閃過。

「公主。」我欠身向她建議道：「不妨召董內人來，簸錢為戲。」

公主明眸閃亮，笑道：「好啊，她最近一直在準備梳頭的事，很久沒與我簸錢了……快叫她過來。」

我答應，親自去找秋和。

秋和那時獨自立於水殿一側欄杆邊，凝視水中閉合的荷花蓓蕾，目光脈脈，微銜笑意。

不知這檻外流水承載著何等賞心樂事，她神思游離於周遭宮闕盛景之外，我連喚她三聲，她才驚覺回首。像是被我窺破了什麼祕密，她羞赧低眉，聽了我轉告的話便匆匆趕到公主身邊去。

彼時更深露重，今上命眾娘子先回苑中歇息，再帶了皇后、苗昭容、公主及幾位姑娘入殿，命於御座下方設瑤席，以備女孩們簸錢。

這次公主要求分組來玩，她與秋和一組，另一組是范姑娘與周姑娘，綜合每組兩人成績為最後結果。兩位姑娘不依，說秋和技藝最好，誰與她同組必然取勝。公主也坦然承認，道：「我就是想贏呀。平日都是妳們取勝，今日過節，妳們好歹也放我一馬，讓我高高興興扳回一局吧！」

姑娘們聽她這樣說，也就笑而應允，四個女孩兒各據一方，開始簸錢。

簸錢聲悅耳如鈴動，姑娘們笑語間於其中。把錢舞得最好看的自然還是秋和。每次拋接動作皆如行雲流水，連對手都為她叫好。我知道在這個遊戲中她是絕對的主角，必將贏得旁觀者的特別關注。

我悄然觀今上，見他的確更關注秋和，即便錢不在她手中，她只端然靜坐，他的目光都未曾移開。

留意到這個細節的並非只有我。

教坊樂師隱於殿中簾幕之後奏樂助興，一曲既終，有內侍過來問皇后以下該奏何曲目，但聽皇后指示道：「〈望江南〉。」

我不禁舉目望向她，不想她竟也在看我，目光相觸，她從容微笑，我低首欠身，但覺自己這一副心腸已被她看個通透。

今上始終漫視秋和，似乎對皇后適才說的曲目名並未上心，直到樂聲響起，他才逐漸覺察，略略坐直，閒散笑容淡去，應是想起了歐陽修之事。

曲聲清婉，繞梁不絕，一直奏到第二疊。我隨這樂聲，於心中低吟歐陽修詞，待吟至末句「何況到如今」時，忽聞今上開口：「昭明。」

王昭明立即答應，肅立聽命。

「歐陽修的案子，你去監勘吧。」今上道。嘆了嘆氣，他又補充道：「可要勘查仔細了，別冤枉了誰。」

王昭明一凜，應已明白今上之意，忙跪下接旨，鄭重道：「臣必慎重監勘，不敢有辱君命。」

此夜簸錢，自然是公主與秋和大獲全勝。范姑娘與周姑娘要數籌碼給她，她卻而不受，道：「爹爹會給我彩頭，妳們不必出了。」

今上聞言笑道：「我可不給妳。此番雖贏了，卻不是妳的功勞。」

公主順勢為秋和請功：「沒錯，全靠秋和我才能取勝。那爹爹就多賞些東西給她吧。」

今上頷首，溫言問秋和：「秋和，妳想要什麼？」

秋和只是低頭擺首，說：「公主肯屈尊與秋和遊戲，於秋和已是莫大福分，豈敢再邀功請賞。」

「妳跟她玩，無異於做她師父，是在教她技藝，有功豈可不受祿。」今上道，也不再聽秋和推辭，轉顧皇后，微笑問：「咱們該賞她什麼好？」

皇后亦笑道：「她這師父對公主一向盡心盡力，臣妾一時也想不到賞什麼好，就怕給的東西她不喜歡。不如官家讓她說出自己的心願，官家若能做到，就幫她實現，如此可好？」

今上連聲道好，問秋和有何心願。秋和踟躕，最後還是輕聲道：「奴家暫未想到……」

「那我今日且給妳這一承諾。」官家說：「將來妳想好了就告訴我，只要我能做到，就助妳達成心願。」

秋和舉手加額，鄭重下拜謝恩。再次起身時目中有微光閃動，恬靜神情裡透著幾分不張揚的喜悅。

我猜她一定是有心願的。因獲今上的承諾，她的未來開始有了一抹亮色。

我很樂意看到這個結果。有希望的人生總是快樂的，她日後應該會過得開心些了。

到了八月，歐陽修的案子終於有了結果。在查看蘇安世與王昭明審案結論，再與宰執商議後，今上下旨，降歐陽修為知制誥、知滁州。與此同時，也降蘇安世為殿中丞，監泰州鹽稅；逐王昭明出京，監壽春縣酒稅。

不久後，審案經過傳至禁中：王昭明前往開封府獄，見蘇安世所勘案牘皆指歐陽修亂倫盜甥，即駭然道：「昭明在官家左右，但見官家無三日不說歐陽修。如今省判所勘，是為迎合宰相之意，異日官家若不悅，昭明性命必難保。」

蘇安世道此事既屬實，今上應不會怪罪，王昭明則問他歐陽修是否已認罪。蘇安世答說：「他拒不認罪，不如鍛鍊。」

所謂「鍛鍊」，是指嚴刑拷問，迫人認罪。王昭明連連搖頭，肅然道：「官家令我監勘，是要我秉公處理，以盡公道。『鍛鍊』？這是什麼話！」

蘇安世聞之大懼，不敢再論「盜甥」，但劾歐陽修用張氏資金買田產定居之事。今上隨即以此罪名為歐陽修結案。賈昌朝等人自然不滿，無奈君意已決，無法改變，遂以蘇安世、王昭明審案不力為由，堅持要今上懲罰這兩人。最後今上妥協，做了上述決定。

王昭明出宮那日，我立於西華門內目送他。

長年折腰侍立，他的背已直不起來了，就這樣弓著緩步朝外，他數步一回頭，不時舉袖拭淚，意極淒惻。

待他走出門，沉重的宮門隨即徐徐合攏，我才想起現在又到了禁門關閉的時候。舉首望天，看頭上亂雲逐霞，昏鴉飛過。如此良久，心情亦隨那輪暗紅殘陽一點點沉了下去。

【參】觀音

秋和十五歲時，皇后讓她做了中宮司櫛內人，專掌皇后髮飾妝容事宜。此前苗昭容曾告訴皇后秋和力勸她勿買珠寶之事，皇后感嘆：「我只知她愛讀國史，卻沒想到她還會顧及民生。六宮之中，有她這般見識的女子實不多見。」遂有了擢升之意。

「秋和這丫頭，將來一定會有出息。」苗昭容如此斷定。

公主聽見，問母親：「姊姊是說秋和日後可能會接替楚尚服，領尚服局事嗎？」

苗昭容笑笑，未置可否。

我隱約猜到苗昭容所言「有出息」的意思，但覺得那未必是秋和的願望。

自那次送她回去之後，她亦待我如手足，有了幾分親近感，與我說的話逐漸多了起來。若來儀鳳閣，依舊是我送她出去。

得知她被遷為中宮內人那天，儀鳳閣中的人都向她道喜，她只是微笑，並沒有特別歡喜的表情。

我送她出門，她似有心事，低著頭，在宮牆兩側所植的槐樹下踏花而行，神思恍惚。我忍不住問她：「秋和，妳有煩心之事？」

「哦，沒有。」她答，繼續走，步履輕緩，像是怕驚動了那一地落花。好一會兒後，才猶猶豫豫地停住，轉首問我：「懷吉，你可有心願？」

我一怔，沉默片刻，再這樣答：「看著公主無憂無慮地長大……如果這能算心願的話。」

這答案可能在她意料，她先盯著我看許久，最後溫柔地笑了：「當然，你可以一直陪在她身邊的。」

見她提起心願，我憶及今上的承諾，於是也問秋和：「那妳的心願又是什麼呢？」

「去年七夕之後，很多人問過我，我一直沒回答。」秋和淺笑道。我立即覺得自己多事，何必問她這樣私密的問題。不想她竟然肯跟我說：「但是我可以告訴你……出宮，總有一天，我會向官家請求，請他允許我出宮。」

我茫然問她：「妳不喜歡留在宮裡？那為何不現在跟官家說？」

秋和不答，靜默地立在微風吹落的槐花雨中。須臾，仰首，半瞇著眼，透過頭頂枝椏、花穗看萬里碧空，一層黃黃白白的花瓣自她漆紗冠子上簌簌飄下。

我見她神情專注，亦抬頭去看，但見天上有雁字成行，自宮城上方飛過。

「懷吉，崔公子……是否還在京中？」她吞吞吐吐地問，說完即低首垂目，滿面暈紅。

我頓時明瞭，她的願望跟崔白有關。

我坦言告訴她，自調入後省後，少有機會跟畫院的人聯絡，實不知崔白近況，她便又問我可否代為打聽。我答應，問她：「妳可有話要轉告他？」

她下意識地絞著衣袖一角，聲音輕如蚊鳴：「他上次送我的畫……那幅〈秋浦蓉賓圖〉……上面的大雁……請幫我問問他……那大雁……」

見她如此情形，再回憶〈秋浦蓉賓圖〉上細節，我這才想到，雁被稱為「德禽」，一夫一妻，配偶如逝其一，終身不再嫁娶。《儀禮．士昏禮》曰：「昏禮，下達，納采用雁。」取其對配偶堅貞節義之意，以順陰陽往來，婦從夫隨的吉兆，故國朝婚姻禮俗，仍以雁為信物。崔白畫上有雙雁，以他那疏逸灑脫的性情來看，贈此畫給秋和，未必沒有暗示婚約的心思，至少，也是表明有意於她。

崔白容貌英俊，舉止大有才子氣，年輕女子傾心於他不足為奇。今觀秋和態度，顯然已對其情根深種，既打聽崔白行蹤，應是想找他問明心意，若他確有求親之心，她是可以自請出宮，與他為偶的。

想明白了這層意思，我立即對秋和說：「我這就去找人問，一有消息就告訴妳。」

我先去畫院查到崔白當初留下的京中住址，又託張承照找可以出宮採辦物品的前省內侍去打聽，可惜後來張承照帶來的回音並不佳：崔白早已離京，說是要周遊天下名山大川以寫生作畫，無人知道他何時歸來。

我轉告秋和這結果，她自然是失望的，於是我忙向她承諾，一待崔白回來就與他聯絡，秋和連聲說沒關係：「現在留在宮裡也好，我很喜歡擺弄這些花兒、粉兒和香料，若出宮了，上哪裡找這許多去？」

這倒也不是託詞，看得出秋和是真愛做司飾的工作，我們覺得繁瑣無趣，她卻可以自得其樂。這也使她的等待顯得不是那麼枯燥而漫長，我樂觀地想。先在宮裡做幾年她想做的事，然後再走出皇城，嫁得如意郎君，在相夫教子中過完餘生，秋和這樣善良的女孩應該有如此完美的生涯。

慶曆七年，十三團練與高滔滔姑娘年十六，今上與皇后談到兩人幼年婚約戲言，顧及自己無子，很是感慨，遂提出官家為十三團練、皇后為高姑娘主婚，使相娶嫁。於是宮中之人開始籌備這「天子娶婦，皇后嫁女」的大喜事。

高姑娘尚未行笄禮，既議妥婚事，便定於這年寒食前一日行禮。是日，皇后率執事宮嬪親臨高氏府第觀禮，公主本也想去，無奈此前著了涼，只得待在閣中養病，無事可做，十分煩悶。

午後閣中宮人依風俗以棗面為餅，用柳枝串了，插在門楣上，公主見了也要去插，卻又被苗昭容喝止，公主便又悶悶地躺下，狀甚可憐。

韓氏向苗昭容建議去請范姑娘過來跟公主玩，苗昭容說今日皇后去觀高姑娘笄禮，范姑娘應該也隨她去了，韓氏卻擺首道：「我聽說范姑娘這幾天身上不大方便，不能觀嘉禮。」

苗昭容聞言挑了挑眉：「癸水？」

韓氏說是。苗昭容有些驚訝：「她也還不大吧……」

韓氏笑道：「娘子天天看著，所以覺得不大，其實范姑娘比公主大四歲，今年十四了。」

「唉，不知不覺地，這些小姑娘就長大了，可見我們也老了。」苗昭容感嘆，然後喚我過來吩咐道：「你去問問范姑娘，看她是否願意過來陪公主說說話。」

我領命，隨即前往中宮找范姑娘。

這日因皇后出行，大批侍從隨侍，故柔儀殿留守的宮人不多，顯得冷冷清清。我往范姑娘閣中去，卻沒見到她，她的侍女一指柔儀殿正殿，說她在裡面添香藥，我便又朝正殿走去。

正殿前竟連個值守門禁的內侍都沒有，我隱隱感到有點不妥，但還是緩緩走了進去。

殿內似乎並無人影。錦幔低垂，四壁無聲，先見著的是七寶御榻夾坐中那兩尊金狻猊，二獸皆高丈餘，幾縷翡色輕煙自獸口中悠悠逸出，飛香紛鬱。

自明日寒食起，京中要斷火三日，故今日是節前最後一次焚香，用量比平日多，除二尊金獸外，殿中畫梁上又垂下兩壁鎏金銀香球，球體為鏤空精雕，中間可開合，內置香藥，球體下部有燃炭，由細銀鍊懸掛著，在兩側錦幔前密密地垂了一層，流光溢彩，有如珠簾。

溫暖的芬芳氣息悄無痕跡地自鎏金銀香球內飄散開來，是上品淩水香，花氣百和旖旎，在這寂靜空間中縈紆旋繞。我來過柔儀殿多次，卻從未感受過如此奇異的氛圍，便似中蠱一般，於這溫香氤氳處徐徐移步，無聲地繼續前行。

忽然，左邊的帷幔動了一下，幾個銀香球相互碰撞，發出細碎的銀鈴聲，悅耳如樂音。我略略轉向聲源處，探首去看。

銀球珠簾內影影綽綽，隱約有兩個人，我凝神望去，先辨出范姑娘的身形。她一手托盛著香藥的匣子，另一手執銀匙，身邊有個銀香球正開著，待她朝內添香。

但她此刻已無暇做此事。

有一男子正輕摟著她的腰，低首吻她。

適才的銀鈴聲應是這突發事件引起的，陡然發生於范姑娘以匙添香時，故她幾乎還保持著此前的動作。

那男子先是一點一點啄她的唇，范姑娘身體微微顫抖，大概是有些受驚，但終究沒有推開他，於是男子開始深吻她。

他們隱於簾幕後，側身對著我，我所處之地離他們尚有段不短的距離，且之前我未發出過任何聲響，所以他們並未意識到我的存在。

這一幕令我異常驚惶，此刻只想迅速逃離。我從未見過這等男女情事，何況……何況是他們。

為避免被他們發現，我緩緩後退，移步無聲，卻恐他們聽到我不安的心跳聲。好不容易挨到門邊，才驀地轉身出門，倉皇朝外跑去。

剛奔出大殿院門外，忽見前方紗籠前導，繡扇雙遮，兩列宮人擁著一步輦迎面而來，依稀是中宮的儀仗。我越發想快步跑開，不想甫一轉身就聽見有人喝斥：「大膽！皇后駕到，竟不見禮！」

我只得停下，面朝皇后行禮如儀。

皇后彼時正跟隨行的司宮令談笑，見我這失禮舉動面未改色，依然笑著，從步輦上下來，問：「懷吉，怎麼這樣急？趕著回去嗎？」

我無意識地答是，旋即又覺不對，連忙改口說不是，一時之間又想不到如何解釋，面熱過耳，汗出如雨。

皇后見狀亦覺有異，凝眸問我：「你是從柔儀殿出來嗎？」

我頷首稱是，皇后遂又問：「誰在裡面？」

我遲疑了一下，然後只說：「范姑娘。」

「觀音？」皇后問。「觀音」是范姑娘的小字。

我再說是，不敢多吐一個字。

皇后默然，半晌後才又問：「還有誰在裡面？」

我無言，縱然明知不回答皇后問話為大不敬，卻也不敢再開口。
皇后此時卻已猜到：「官家？」
我深垂首。
皇后是何表情，我並不知道，我能感知的只有雙目餘光處，她衣裳的一角。周圍的人也是一片靜默，這時光彷彿凝固了一樣，除了夾道宮槐上的鳥兒還在婉轉地叫。
有一顆水珠滴落在皇后面前的地上。是下雨了嗎？我還在想，卻見皇后下裳微微一旋，飄離了我的視線。
「聽說，後苑的花兒，正開得，好……」皇后一邊朝外走一邊說，聲音語調仍是平穩的，只是多有停頓。
司宮令忙跟上，接著道：「是啊，桃花、李花、金蛾、玉羞都開了，娘娘不妨去看看。」
兩列宮人沉默著逐一從我眼前經過，尾隨皇后往後苑去。最後，有一人在我面前停下。
我抬頭，看見秋和含淚的眼。
「懷吉。」她低聲對我說：「快去找張茂則先生，請他到後苑來。」
我答應。秋和拭了拭眼角，快步跟上皇后侍從的佇列。
我朝內東門司跑去。離開之前，看了看地上那一滴已滲入地磚的水珠痕跡，再仰首望天……晴空澄淨，毫無雨意。

找到張先生，我極簡略地把經過告訴他，提及柔儀殿事時只說了句「官家與范姑娘在殿中」，而他已明白一切，不待我說完，即展袖而起，大步流星地往後苑去。

我略微躊躇，最終還是跟著他去。待到了後苑，見皇后正徘徊於花影之間，目光游移於花葉之上，但眼神空洞，對這滿園芳菲，顯然視若無睹。

張先生走到她身邊，欠身輕喚：「娘娘。」

「哦，平甫……」皇后見是他，聲音竟有些顫抖。這讓我忽然想起了公主。她有時候在苗昭容那裡受了委屈，常會賭氣不說話，但若我過去勸她，她便會帶著哭音叫我的名字，隨後往往是一場痛哭。

「娘娘，孟春之月妳率六宮獻於官家的穜稑之種已長出青苗，何不去觀稼殿看看？」張先生建議道，語意溫和。

皇后怔忡著凝視他，片刻後終於微微笑了：「好，去觀稼殿。」

後苑一角建有觀稼殿，每年孟春，皇后會率六宮嬪御選取九穀穜稑之種獻給今上，今上隨後再親耕籍田於觀稼殿下，待秧苗長出，便可於殿上觀賞。

皇后徐徐登上觀稼殿，我沒有再跟過去，只悄然立於稻田一隅，遠遠地看她。

苑圃有專人侍弄，此時秧苗鬱鬱青青、長勢喜人，若從殿上俯覽，新秧盛景一定如侍從之臣所言，「苒苒香膣色，油油瑞畝煙」，我想，皇后見了，心中多少是會有幾分愉悅的。

皇后端然立於大殿正中，一襲褘衣，翟文赤質，白玉雙珮。她俯視足下苒苒青禾，神態漸漸平復如常，依然那般莊靜寧和。有風吹過，鼓起她深青大袖，她微微仰面，九龍四鳳冠上的十二株首飾花輕輕顫動。閉上眼睛，她露出了一縷恬淡笑容。

而張先生一直隱於她身後廊柱之側，安靜地凝視她，很長的時間內不語亦不動。

他穿著皀色衣袍，看上去彷彿只是一道頎長的影子。

## 【肆】祈雨

不過半日，范姑娘的事已遍傳六宮。此前宮中養女多有為今上所納者，但那些都是先帝后妃收養的；在晚一輩的小姑娘中，按宮中傳聞，范姑娘是第一個「得幸於上」的，故娘子們相互打探著消息，都在等著看皇后如何處理。

從觀稼殿歸來，皇后又恢復了那喜怒不形於色的國母常態，有條不紊地如常處理後宮事務，然後在晚宴上向今上描述高姑娘笄禮情景，再若無其事地提起范姑娘，說范姑娘年歲漸長，而她不再捨得讓養女出宮，故請今上把范姑娘收在身邊，以使她們無分離之虞。

一席話說得鎮定坦然，倒令今上有些尷尬，但最後還是順水推舟地「從其所請」。

於是皇后另撥閣分給范姑娘居住，閣中宮人增置不少，再與司宮令、尚宮等商議相關事宜，選擇吉日以待今上正式加封。

六宮譁然，議論紛紛。關於此事緣由經過也演繹出許多版本，其中有種說法是，皇后收養范姑娘，本就欲以她分張美人之寵，范姑娘「勾引」今上，也是皇后授意的。很多人聽說了我曾窺見一點兒柔儀殿中事，都興致勃勃地問我，我緘口不答，他們又央我至少描述皇后得知此事時的神情，問我彼時她是否很得意，我一概無回應，連對苗昭容都只說「不曾看見」。

此事是否在皇后意料之中我並不清楚，唯一可以肯定的是，那一滴水珠不是天落的雨。但我不會把這一點向別人說起，我想現在的皇后也不屑於向旁人辯解和證明什麼。

尚未加封，今上已常去范姑娘閣中，關於她的名位，宮中人也有諸多猜測。今上納嬪御，一般是初封御侍，略微看重點的同時封縣君或郡君，不在五品內命婦之列，日後再慢慢遷升。但如今宮裡傳言說范姑娘是良家子，且又是皇后養女，所以帝后均有意給她較高品階，一開始便會封她為才人或貴人，甚至，有可能是四品的美人。

提起這事時，眾娘子中倒有大半人是眉飛色舞的，幾乎像是樂觀其成，原因不難猜到，她們都等著看新美人壓倒舊美人。

張美人被這些傳聞弄得坐立不安，常守在朝堂殿後以待今上，次數多了今上忍不住直說，要她不必再來。消息傳開，又淪為了六宮笑柄。

想必張美人也沒放棄尋求對策。那幾天她閣中人特別忙碌，常見賈婆婆或她閣內宦者出入內外宮城之間，沉著臉，行色匆匆。

「她又想去找賈相公商量了吧。」苗昭容私下說：「可這次官家納新寵是皇后建議的，范觀音出身又好，就算賈相公進諫，官家也有理由拒絕，不加理睬。」

她的話本沒錯，但自去年冬天延續至今的大旱令此事又有了變數。

為人君者一向畏懼天災，每逢災變，必有大臣上疏要求皇帝自省其身，說是他施政行事有錯，才引發天變。

時值三月仍不降雨，官家因此憂心忡忡，不但避正殿、減常膳，還頻頻在宮中祈雨，用盡各種祈雨術，乃至率宮人及眾宦官燃臂香祈禱，卻始終未見天降甘霖。

宰相賈昌朝此時進諫，稱宮中女子過多，請出宮人以弭災變。今上亦答應，回宮後又命取宮籍，選了些不甚親近者欲放出宮。

這日宮中仍有祈雨儀式，今上照例親書祝詞，提筆時，張美人忽上前道：「臣妾聽說祝詞應以祈禱者之血書寫，才足以表其誠意。臣妾多年來深受陛下眷顧卻無以為報，今日祈雨，但請陛下用臣妾之血，以成全臣妾為君分憂之夙願。」

話音未落，她便亮出一刃匕首，朝自己左臂上劃了一刀。

見鮮血淋漓，今上大驚失色，一把抓住她手臂，捏住傷口，呼人來包紮。張美人卻輕輕推開他，堅持要人拿杯盞來，滴了些血在內才肯包紮傷處。

今上大為感動，連聲安慰並嘉獎。張美人只是笑笑，說：「但能為陛下分憂，臣妾些許血肉何足惜也。」隨即柔聲催他快寫祝詞。

這日儀式的最後一步是召來放今出宮的宮人，再表今上接納諫言裁減宮女的誠意。

待尚宮逐一點名，讓這些宮人行過拜別禮之後，張美人卻又顫巍巍地站起來，朝今上下拜，道：「此番大旱延續時間之長極為罕見，若所出宮人只是可有可無者，難示陛下及六宮祈雨誠意。臣妾養女徐氏，一向為臣妾所鍾愛，但如今既天降災變，臣妾願割捨母女之情，放徐氏出宮，唯望能以此感天意，求得雨水，為君國消災。」

她一說完，又有兩位平日跟她過從甚密的娘子亦出列下拜，表示願讓自己養女出宮。今上沉吟，良久不發一語。其餘在場的嬪御凡有養女者都如坐針氈，片刻後，又有娘子跪下附議，這一來，陸陸續續又跪倒一片，都表示願捨養女。其中一定有大半人本無此心，但這等場面，若不隨眾表態會顯得自己不肯做半點兒犧牲，便好似不忠君愛國了。

張美人見狀淡淡一笑，撫著胸口微微喘著氣對今上道：「恭喜陛下，如今六宮齊心，皆願捨養女出宮，上天必有感應，定會早降甘霖。」言罷，悠悠轉首看皇后，輕聲問：「皇后，臣妾沒說錯吧？」

皇后未答，但轉朝今上，欠身道：「陛下，如今臣妾僅有一名養女在宮中，是去是留，但憑陛下作主。」

今上默然負手望天，面色凝重，半晌後才說：「待朕明日與宰相商議後再做打算。」

與賈昌朝的商議結果可想而知。在賈昌朝極力贊成乃至慫恿下，今上下旨，再放皇后養女范氏及張美人養女徐氏以下十數名少女出宮。

最後的拜別禮氣氛極為悽慘，好幾對母女相擁著泣不成聲，范姑娘在今上面前行完禮後又奔去撲倒在皇后足下，伏拜泣道：「孃孃，是我錯了……」

皇后把她拉起來，為她拭著淚，思來想去，欲言又止，最後只餘一聲嘆息，含淚把她摟在懷裡。

輪到徐姑娘行禮時出了一點兒意外。她本來呆呆地跪下了，賈婆婆見她沒再動，便從旁提醒她拜別今上，豈料她忽然激動起來，轉身膝行幾步，一把抓住張美人裙裾，大哭道：「姊姊為何要趕我出去？」

張美人嚇了一跳，待反應過來，遂作哀傷狀道：「姊姊也捨不得妳，但若不捨親厚者出宮，這雨——」

「不是！姊姊根本不喜歡我！」徐姑娘根本不想聽她說，且哭且訴：「妳最喜歡的還是幼悟……自從妳生她之後，幾乎沒正眼看過我……我想，幼悟沒了，妳應該會對我好些了，可是妳還是不待見我，對周妹妹都比對我好……」

「幼悟……」張美人像是被這個名字刺了一下，低聲唸著這兩個字，突然兩手抓緊徐姑娘手臂，幾乎是在狠狠地掐著她，目露凶光。「是妳，原來是妳……」

徐姑娘痛得尖叫起來，拚命掙扎。賈婆婆見事態不妙，忙過來拉開她們，自己把徐姑娘箍在懷裡，一面用手捂住她口，一面掩飾道：「這孩子太傷心，腦子有點不清醒，這禮暫且免了吧。」然後頻頻朝張美人使眼色。

張美人一怔，逐漸冷靜下來，又勾出薄薄一點兒笑意，輕聲對徐姑娘說：「傻孩子，姊姊不喜歡妳，還能喜歡誰呢？妳且回去，日後姊姊再去看妳。」

賈婆婆得張美人授意，半抱半拖著徐姑娘往外走，徐姑娘掙扎著搖頭，被掩住的口中「嗚嗚」有聲，卻吐不出一個字，眼淚順著賈婆婆的指縫一逕流了下來。

相對而言，范姑娘等人倒走得平靜，無人反抗，但個個掩面而泣。她們乘車出宮門，一行十餘輛宮車，香塵滾滾，哀聲迤邐，就這樣一路駛出皇城去。

看著她們漸行漸遠，我驀然憶起，這宮裡的女子離開皇城時竟都是哭著出去的。

或者，總有例外吧。我想。

比如秋和，將來她出宮時必是滿心歡喜，因為她期盼的人生像一軸畫卷，那時才在她面前緩緩展開，內藏多少良辰美景、賞心樂事，正待她逐一細品。

再比如公主，她生於宮中，卻不會終老其中，總有一天，今上會為她覓個駙馬都尉，風風光光地送她出宮……本朝士人，通雅博暢者眾，今上身處廟堂之上，終日見的，無不是一時俊彥，日後為獨生女兒擇婿，不知又會選何等出類拔萃者……公主出降時，心中一定也是喜悅的吧……

我目眺遠方想得出神，沒留意到有人靠近，直到她以手在我面前晃了數下我才有所反應，定睛一看，卻是秋和。

「你愣愣的，在想什麼呢？」她淺笑著問，因剛才為范姑娘哭過，現在她眼眶仍是紅紅的。「為何嘆氣？」

「啊？」我惘然反問：「我嘆氣了嗎？」

范姑娘等人離宮數日後仍不見落雨，今上一怒之下把賈昌朝罷為武勝節度使、判大名府兼河北安撫使，將其貶放出京城。

宣布罷相前一天，賈婆婆在內外宮城中辛苦奔波，最終無功而返，關於賈昌朝罷相的細節倒被關注她這陣子忙碌的人抖了出來。

原來今上放出宮人後未等來甘霖，遂私下與臺官李柬之討論。李柬之道：「陛下幾乎已行過所有祈雨之法，唯漢災異冊故事中『策免三公』一節未行。」

因范姑娘之事，今上本已對賈昌朝相當惱火，聽了此言越發有了罷相念頭，於是再問御史中丞高若訥意見，高若訥亦直言：「陰陽不和，責在宰相。」諫官洪範附議，且提及賈昌朝多次在朝堂上與吳育爭吵之事，說：「大臣不肅，則雨不時若。」

今上拍案而起，當即命鎖院草詔，讓翰林學士院寫罷相之制。

翰林學士院若逢起草詔書等重大事機時，必先鎖閉院門，斷絕外界往來，以防洩密，是為「鎖院」。賈婆婆原收買了一、兩個今上身邊服侍的內侍，此刻內侍見今上召諸臣討論賈昌朝事，立即通知了賈婆婆。

賈婆婆與張美人十分焦慮，有意聯絡賈昌朝黨羽，但此刻已散朝，那些臣子皆已離開宮城。賈婆婆遂找了個藉口欲出宮門，不料被張茂則先生攔住，說時辰已晚，此刻出宮不能在宮門關閉前回來，故現在絕不可出去。賈婆婆悻悻而歸，後來跑到翰林學士院門前觀望，卻又被守門侍衛趕了回來。好不容易等到天亮，再去翰林學士院，但見院門大開，翰林學士承旨高舉制書在她眼睜睜注視下揚長而去，入垂拱殿面君。約莫半個時辰後，已罷了相的賈昌朝垂頭喪氣地自殿中出來……

而自他罷相後，雨就淅淅瀝瀝地連下了好幾天。

這些事被娘子們描述得繪聲繪色，聽者通常皆大笑，唯有次公主聽後幽幽問：「那范姊姊還會回來嗎？」

苗昭容不答，喚來嘉慶子跟笑靨兒，讓她們陪公主去院中蹴鞦韆去。

「以祈雨為名送出去的，哪還能回來呢？」公主走後，苗昭容才道，是對周圍幾位娘子說。

俞婕妤也嘆道：「想想觀音這孩子也可憐，伺候過官家的女人誰敢娶？日後只能做姑子了。」

「可不是嗎？」苗昭容漫不經心地撥了撥身邊插瓶的花。「就像一株好好的桃花，今春剛開出第一朵，就被人砍下當柴燒了。」

## 【伍】曹郎

隨著高姑娘婚期臨近，公主的親事也成了宮中人的一大話題。她今年十歲，到了可以議婚之時。這幾日，到苗昭容閣中來的娘子們在聊了幾句高姑娘妝奩儀仗之後，幾乎都會提及公主，問苗昭容：「官家將擇哪家公子為駙馬？」

苗昭容只是搖頭：「我也想知道，可誰能猜到官家怎樣想？反正總不能指望他挑個狀元郎。」

國朝風尚與隋唐不同，婚姻不問閥閱，士庶通婚漸成風俗。因本朝尤重士人，滿朝朱紫，皆是書生。許多卿相權臣本出身寒微，但可以藉科舉躋身清貴宰輔之列，所以上至世家望族、下至士紳富豪，無不愛以進士為婿。新科進士著綠袍，因此乃至每屆放榜之時，家有適齡女之人常守在榜下等待，滿城爭搶綠衣郎。

本朝宰執若有女也多在青年進士中擇婿，甚至嫁女予狀元，例如前參知政事薛奎就先後把兩個女兒嫁給了狀元及第的王拱辰，而他另一位女婿則是與王拱辰同年登科的歐陽修。

但今上反倒不能擇狀元、進士為婿。因前代外戚多預政事，常致敗亂，故國朝祖宗家法待外戚尤嚴，不授實權於外戚，僅養以豐祿高爵，而不使其有弄權擅事的機會。若與皇家宗室聯姻之前，此外戚家中已有人為官掌實權，通常也須先行免職，再授虛銜。狀元、進士是日後宰輔人選，自然不能與皇室聯姻。

今上面對滿朝青年才俊，亦曾笑對后妃說：「都說皇帝女不愁嫁，我看卻未必。若我要選個綠衣郎為駙馬，他必寧死不從，臺諫也要罵我毀人前程。」

如今皇室娶婦嫁女，多選於先帝章獻明肅皇后劉氏指示的「衰舊之門」，即其祖本為開國元勛，但後人卻不再為公卿大夫之世家；再或者，非出自名門的布衣卿相三代之後亦可，但前提都是其族人沒在當朝身居高位。

當然，就算選擇駙馬的範圍縮小到衰舊之門和布衣卿相之家，堪與公主為偶的優秀少年也並非沒有。

一次苗昭容出言試探今上擇婿之意，今上如此說：「待十三回宮復面拜門，戚里入賀時，我讓妳見一人。」

女婿婚禮之後回新婦家，復拜岳父、岳母，稱為「拜門」；若次日即往，則為「復面拜門」。高姑娘出閣，是以「皇后女」身分，用半副公主儀仗，從宮中往夫家去，故十三團練次日會回宮復面拜門，而那日宗室外戚會入賀禁中。聽今上言下之意，似駙馬會在戚里中選。

後來苗昭容把今上答覆告訴了俞婕妤，俞婕妤笑道：「官家所指，莫不是曹郎家的大公子？我聽皇后說那日曹郎會帶他家兩位公子入宮，其中大公子與公主同年，才貌正相當。」

苗昭容喜不自禁，雙手合十，道：「阿彌陀佛，若是曹郎公子就好了！」

「曹郎」是指大宋開國元勛曹彬的孫子，皇后之弟曹佾。他性情和易，通音律、善弈射，詩文翰墨都是極好的。

而且，他容貌極美。皇后氣質如深谷芝蘭，不以無人而不芳，但僅論面容，卻非令人一見驚豔那種，而曹佾之美則無人會漠視。他膚色白皙，頭髮是奇異的紺青色，隱隱透出點紅意，人謂神仙中人。雖然容顏秀麗，卻又並非文弱，他騎射舞劍身手敏捷，舉止疏朗瀟灑有豪氣。

自少年時起，他常於宴集之際出入禁中，嬪御宮人見之無不喜，皆爭擘珠簾看曹郎。我初見此盛況時曾想，《世說新語・容止》裡寫的那些美人亦不過如此吧。

他名列後族，卻毫無驕矜之色，雙目清澈，似眼空四海全無欲。據說今上首次與他交談時發現他喜讀老莊，唯言清靜自然，無為治政，於是今上甚喜，多有賞賜，他亦不驚不喜，只稽首道謝而已。故今上也常對人讚他，說：「曹郎的好性情、美儀度，將來是可以載入國史的。」

曹佾剛至而立之年，膝下有二子，長子名評，次子名誘。曹評年方十歲，小小年紀文才武藝已大有乃父之風，愛讀文史書，又寫得一手好字，尤善射，夜間滅燭後挽弓亦能中的，宮中多有耳聞，故苗昭容滿心歡喜，期待擇他為婿。

這年初夏，十三團練與高姑娘奉旨完婚。既是「官家兒」娶「皇后女」，自然盛況空前，東京臣民湧上街頭，萬人爭睹儀仗行幕。

次日十三團練攜新婦回宮復面拜門，宗室外戚亦各攜家眷入賀禁中。皇后坐在後苑水榭中接見戚里，御座前垂著珠簾，苗昭容母女列坐於簾後皇后之側。

因有擇婿一說，我對曹佾父子更為留意。雖然曹佾是皇后親弟，皇后對他卻並無特殊之處，依然是隔著珠簾，兩人之間的距離約有二丈開外，說的無非是噓寒問暖的話。皇后問，曹佾在外作答，他意態溫雅，聲音也不大，但吐字清楚，珠簾內外之人皆可聽見。

曹評與曹誘隨父同來，因二子年幼，皇后便把他們召入簾內，溫言詢問學業之類事，二子從容對答，言談舉止頗有大家氣。苗昭容一直很關注兩位小公子，待皇后問完話後又喚他們至身邊，左右細看，喜上眉梢，命內人取出早已準備好的禮品給他們，卻被皇后止住。

皇后微笑道：「他們是小男孩兒，成日裡蹦蹦跳跳的，給他們戴這些金鎖、玉墜只怕會糟蹋了，隨意給他們些糖吃也就罷了。」

隨即命人奉上給兩位內姪的賞賜——真是糖，兩個乳糖獅子，這禮比給別家孩子的薄了許多。

苗昭容又細問二子生辰，見曹評比公主大兩月，便要公主喚他哥哥，公主點頭，喚他「曹哥哥」，曹評當即欠身施禮，口中仍很恭謹地稱她「公主」。公主笑笑，又喚曹誘為「曹弟弟」，曹誘很伶俐地立即稱她為「公主姊姊」。聽者皆笑，氣氛十分融洽，那一刻我本以為，公主的美滿姻緣已由此定下。

十三團練與高姑娘在前殿拜見今上後過來，皇后留他們在水榭中敘談，見離開宴尚有些時間，而我在周圍內侍中年齡與兩位小公子最接近，便讓我帶他們在苑中遊玩，稍事休息。

這日後苑射柳、擊鞠、擊丸等場地皆已準備好，以供宗室貴戚遊藝。擊丸場內彩旗飄飄，兩位小公子駐足觀看。我見他們似很感興趣，便叫人取來幾套大小不等的球棒，讓他們各自選了入場擊丸。

他們先未分組競賽，只是隨意揮棒擊丸，我默然旁觀，發現他們技藝純熟，顯然是經常玩這遊戲的。過了一會兒，他們漸覺無趣，便問我是否會打，我這兩年來陸續打過多次，說會，他們遂建議我入場與他們分組作戰。我見場中只有我們三人，便道：「若要比賽，至少還須一人。」

「我來！」

這時忽聽場外有人說，我轉首看去，發現竟是公主。

她不待我們回答已跑入場內，站到我身邊，笑對曹家公子說：「曹哥哥和曹弟弟一組，我和懷吉一組。」

曹評有些遲疑。曹誘年紀小，沒那麼多顧慮，倒是拍掌叫好：「原來公主姊姊也會擊丸！」

公主很自信地朝他一笑，像是一切盡在掌握，然後對我說：「給我選根球棒。」

我低聲問她：「公主會打這球？」

她亦壓低了聲音：「你可以教我。」

在她對某事充滿興致時要她放棄是很困難的。再一想，雖說曹家公子是男子，但畢竟年紀尚幼，何況這種運動玩者之間不會有身體接觸，宮中女子偶爾也會玩，所以我最後答應，去選了根球棒遞給她。

若分組而戰，每組三擊之內如將球擊入相應球窩，即判得一籌，最後依據各組得籌數分勝負。公主剛開始的表現自然是慘不忍睹，一棒下去，根本沒碰到球，旁邊無辜的草倒被鏟去了一大塊。再後來，球雖然是擊到了，但她睜大眼睛就是沒在前方找到球的落點，因為球落在了她的身後……

這樣比賽自然無法展開，於是我們三人都圍攏至她身邊，各自開口教她基本技法，從站姿、握棒手勢到揮棒動作和擊球接觸面的角度，一一糾正。好在公主的領悟力尚算不錯，不久之後打得漸有些樣子了。

引臂向上，球棒伸至右肩上方，下揮，球棒杆面直觸瑪瑙球一側，倏地擊出球後球棒順勢上揚，自左上方收回腦後，劃出流暢圓弧……在做對了所有動作後，公主打出完美一擊，瑪瑙球如流星飛過，遠遠地落在球窩附近。

我們齊聲叫好，公主十分驚喜，樂呵呵地跑過去，又用剛才的姿勢揮棒，動作快得讓我無時間跟去提醒她，因球離球窩距離很近，這次根本沒必要揮棒，只須換支球棒推擊……

結果，一棒揮出，瑪瑙球又凌空飛旋，越過球窩，直奔場外而去。

我大感不妙，瞧那球所落之處，應是行人往來的通道。

公主應也覺出這點，匆匆朝那邊奔去，我亦隨即趕去查看。她先跑至場地邊緣，那裡是個小山丘，她止步，在山坡上朝下看場外小路，像是看見了什麼，站著一動不動。

我提著球棒疾步過去，在她身後停下，目光迅速往下一掃，果然見有一人似被球擊中，正揉著額頭愣愣地向上看。

那是個大約十三、四歲的少年，身材不高，但很壯實，長著一張樸實如農家孩子的臉，皮膚微黑，雙頰紅撲撲的，略厚的嘴此時半張著，呆呆地盯著公主半晌後，他把目光挪到了我身上。

我暫時未猜出他的身分。他的模樣大異於曹氏公子那樣的世家子，但身上穿的是很貴重的童子攀花紋綾袍，且今日入宮，似乎也應屬戚里中人。

「這位公子，剛才那球可傷著了你？」我問他。

他像是花了點時間琢磨我的話，又揉了揉額頭，才指指身側地面，吶吶道：「球落在那裡，再彈起來，碰到我的頭……沒事，沒事……」

「手放下來讓我看看。」公主此時開口，有點命令的意味。「流血沒有？」

那少年搖搖頭，乖乖地垂下手，公主探身仔細看看，放心了：「還好，只是有點紅。」

見我也舒了口氣，公主毫無顧忌地笑指少年說：「你看他像不像隻傻兔子。」

我這才注意到，那少年頭上戴著個棉布風帽，如朝天襆頭那般豎著一對翅腳，但因是布做的，顯得格外厚重寬闊，看上去確有幾分像兔子耳朵。

我未接公主的話，低首向少年稍微解釋一下適才擊丸情形，並代公主道歉；而他像是並不關心我所說的內容，倒似對我手裡的球棒大感興趣，定定地凝視許久。

他那專注的神情引得我也不禁垂目看了看球棒。那球棒下部呈鉤狀，整體看上去有如長柄木杓，棒身有金飾緣邊，頂端綴飾玉器，倒是很耀目。

「這位哥哥不如上來，與我們一起擊丸。」忽聞曹評如此說。他也帶著弟弟趕了過來，站在我身邊俯視山坡下的少年，目光很溫和。

那少年沉默著反覆打量曹氏兄弟和我，又看看公主，猶豫不決。他站的位置是個風口，被吹了許久，他忍不住打了個噴嚏，噴出些清涕，他當即抬手一勒，用手背把鼻涕抹去。

公主眉尖微微一蹙。

這時有內侍匆匆跑來，衝著少年道：「李公子，原來你在這裡！李夫人正在四處找你呢，要帶你去見皇后和苗娘子……」

少年「哦」了一聲，即被內侍牽引著帶走。尚依依不捨，他一步一回頭。

公主轉身，對我們道：「別管他了，我們繼續打球。」

曹評有很好的風度，完全放棄了自己遊戲的樂趣，全心教公主擊丸，故此公主心情大好，直到晚宴時，還頻頻轉朝曹評所坐的方向，微微笑。

但苗昭容此刻神情卻大異於日間，黯淡了面色，任這席間歌舞升平、觥籌交錯，她都全無笑意，一味低著頭，對曹氏公子，亦無心再看。

宴罷回到儀鳳閣，苗昭容讓內人帶公主回房，自己怔怔地在廳中坐下。韓氏見她神色不對，遂小心翼翼地問：「娘子為何不樂？」

一聽這話，苗昭容的淚水立即如決堤之水湧了出來：「我還能樂得起來嗎？

官家要把公主嫁到他那賣紙錢的娘舅家去！」

我從旁聽見，亦驚異難言，全沒想到會是這結果。

「賣紙錢的娘舅」是指今上生母章懿太后李氏之弟李用和。

今上是由章獻明肅太后劉氏及章惠太后楊氏撫養長大，但生母卻是章獻太后的侍女李氏。當年章獻太后為真宗皇帝嬪御時，寵冠六宮卻無子。有次真宗偶至劉氏處，見李氏秀美，膚色白皙，便令其侍寢，李氏因此有娠，生下皇子。章獻太后把李氏之子抱來養育，對外宣稱是自己生的，李氏也不爭名分，默處於先朝嬪御之中，緘口保守這個祕密，直到臨終都未與今上相認。

李氏病危時，章獻太后授意今上將其晉位為宸妃。李氏入宮那年，其弟李用和僅七歲，長大後過得窮困潦倒，在京師以鑿紙錢為業，那是為世人所鄙的卑賤職業之一。後來章獻太后派人於民間尋訪到他，賞了他一個官做。

直到章獻太后過世後，燕王才告訴今上關於生母的真相。今上大悲，不視朝累日，下哀痛之詔自責，追尊李氏為皇太后，並厚賞李用和，為其加官晉爵。如今李用和的官銜是彰信節度使、同平章事，雖說是虛銜，無一點兒實權，但所獲俸祿待遇與宰相一樣，也足以看出今上待李氏之厚，在外戚中首屈一指。

但是，御賜的尊貴並未提升李用和在宮人心中的地位。許多人私下聊起他，仍會說他是賣紙錢者，每每以鄙夷的語氣談及他的「驟得富貴」。他與夫人入禁中，常有一些不合時宜的舉止言語，總會為宮人所詬病。

「今日官家命李國舅和夫人帶他家二公子李瑋來，引入簾內見皇后和我。」苗昭容拭著眼淚沒好氣地對韓氏說：「那孩子十三歲，長得傻頭傻腦的。皇后問他現讀什麼書，他先是說了個《千字文》，想了半晌，又說在看《孝經》。說話慢吞吞的，官家聽了卻喜歡，居然說他『占對雍容』，賜他座，又賞他東西吃，他跪下拜謝，官家又誇他懂事，說他『舉止可觀』。我見他額頭上紅腫了一塊，問是怎麼回事，他說是在後苑散步時撞上了槐樹……」

韓氏聽了詫異道：「走路也能撞到樹上去？這孩子可真呆。」

苗昭容越發氣惱，繼續道：「官家讓他退去後問我覺得李瑋如何，我想，這孩子呆成這樣還能長這麼大也不容易，且說些好話吧，便笑著對官家誇了他幾句，豈料官家大喜道：『原來妳也喜歡他。那可正好，我想選他做駙馬，把徽柔嫁給他。』」

韓氏擺首嘆息：「我的天，官家千挑萬選，最後竟挑到這麼個家世的這麼個人……皇后也是這意思？」

苗昭容道：「起初我還以為官家是在說笑，反覆問他，他竟正色說確有此意。那一刻，連皇后都怔住了。我想她也是不大情願的，但看官家那麼嚴肅，誰又敢多說什麼呢？」

頓了頓，苗昭容又開始嗚咽起來。「我聽了這事心裡便悶得慌，宴席間，偏偏又聽到李國舅夫人在對她身邊的曹夫人高談闊論，眉開眼笑的，說她娘家今年做生意賺了多少錢。曹夫人好涵養，只是微笑。可是，天哪，想起那國舅夫人是我將來的親家母，那時我直想一頭撞死在殿上！」

韓氏亦咳聲嘆氣，陪著苗昭容垂淚，須臾，又滿含希望地說了一句：「或許，官家只是一時興起這樣說說，等過兩天回過神來，就不會再提這事了。」

或許，過了兩天，就沒人再提這事。我也這樣盼望。

那李瑋絕非公主佳偶。我得此結論，倒不是因鄙視李氏門第。透過苗昭容言語，可猜到李瑋是今日公主以瑪瑙球碰到的那位少年，他們的不相宜，早已顯示在公主微蹙的眉尖。所以，如今只能希望那只是今上一時戲言。

但是，這年五月丙子，我們等來的是今上的旨意：以東頭供奉官李瑋為左衛將軍、駙馬都尉，選尚福康公主。

宮中人的反應是在意料之中的。

「她們私下竊笑說，日後宮中做法事可不必再差人去買紙錢了，李駙馬家自會進貢。」苗昭容有次向今上哭訴：「妾就是想不明白官家為何選這女婿，曹郎家的大公子才貌雙全，年歲又與公主相稱……」

那時今上自布了一棋局，正獨坐端詳，聽了苗昭容此言，他以二指拈起一枚棋子，徐徐落在棋盤中。

「妳定要天下戚里皆姓曹？」他淡淡道。

【陸】填詞

以前，今上未與諸臣商議而直接宣布一道旨意時，總是有人反對的。眾臣通常會分成兩派，一派贊同，一派反對。也有另一種情況——兩派一起反對。但是在選擇駙馬的問題上，諸臣的態度竟然空前地一致，幾乎所有人都毅然表示陛下英明，做了最正確的事。

原先習慣上疏指責今上行差踏錯的諫臣們也紛紛上表稱賀，說今上選李瑋尚主以寵榮舅家，是報章懿太后顧復之恩，「天下聞之，莫不感嘆淒惻，相勸以孝」。由此今上對此婚事的態度愈加堅定，不容後宮議論，但，許是為安撫苗昭容，他將她遷為正二品第三位的淑儀，不久後，還把她的好姊妹俞婕妤晉位為充儀。

公主自然知道父親已為自己選定了駙馬，但眾人當著她的面是不會說李瑋短處的，我也沒告訴她李瑋便是那日她見過的「傻兔子」。而且，這時的她還不清楚婚姻的概念，似乎覺得駙馬僅僅是以後她在宮外宅邸裡的管事之人。所以——

「姊姊，我出降時妳能跟著我出宮居住嗎？」她問苗淑儀，這就是她最關心的問題。

苗淑儀黯然道：「不行。姊姊是妳爹爹的娘子，不能再出宮居住。」見公主十分失望，她又微笑著把公主摟在懷裡，安慰道：「但是，妳的乳娘和嘉慶子、笑靨兒她們都可以跟著妳出去，妳過的日子不會有太大變化的。」

「懷吉也可以跟我去嗎？」公主問。

苗淑儀一愣，但隨即又笑了。「哦，當然，懷吉當然可以跟著妳去。」

公主安心地笑了笑，依偎著母親思量半晌，又問：「那我還可以留在姊姊身邊多久？」

對這問題，苗淑儀也無把握準確回答：「這要看妳爹爹的意思……等妳長大吧。」

公主再問：「幾歲算是長大了呢？」

苗淑儀說：「十五、六歲吧。」

「那我十五、六歲時就必須出降嗎？」

「不一定，若妳爹爹肯留妳，可以再等一些時候。」苗淑儀撫著女兒的面頰，感嘆道：「但是，最晚不能超過二十歲……過了二十，就是錯過了婚期的老姑娘了。」

「二十……」公主計算著自己可留在母親身邊的時間，結論令她滿意地笑了。「那還有十年，很長呀，有這麼長的時間，我都可以再從頭活一遍了。」

日子長了，多少有些關於駙馬的閒言碎語傳到她耳中，偶爾，她也有點小憂慮。

「聽說李瑋長得不好看，還特別笨呢。」她跟我說。對父親給她擇的駙馬都尉，她總是直稱其名，毫不避忌。「十三歲了還在看《千字文》，真是笨死了！」

我希望她向好處想。「如今駙馬一定看過許多書了。」

她表示前景不容樂觀。「就算他吭哧吭哧地背完《千字文》，還有一大堆孔孟經書等著他啃呢。就他那腦子，想必總得學個二、三十年吧。」

翻著我找來給她看的詩集辭章，瀏覽上面本朝名士晏殊、范仲淹、歐陽修、蘇舜欽、梅堯臣等人的佳句，她很煩惱地嘆氣：「光經義都夠他折騰了，一定沒時間再學詩賦……是鐵定不能與我吟詩填詞的了。」

我不由得失笑。她最後認真地說出的那句話在我聽來實在很詼諧。

她知道我笑的原因，瞪了我一眼：「你是笑我不會吟詩填詞嗎？」

「哪裡。」我昧著良心說：「公主詩詞雙絕。」

估計是我的表情實在不誠懇，她決心與我較勁。「你且出個題給我，我現在作給你看。」

我見她很有興致，也就遵命，選了個簡單的詞牌給她。「就請公主填一闋〈憶江南〉吧。不須填整闋，我起個頭，公主與我對上兩、三句也就是了。」

她頷首答應。我瞧她這時穿著的是件粉色輕羅單衫，便隨意起頭道：「單衫薄……下一句公主可自選韻腳。」

「單衫薄……」她喃喃重複，然後屈指數著什麼，不時望望上方，口中唸唸有詞。

我見了覺著奇怪，遂問她：「公主在數什麼？」

「別吵！」她很不滿我打斷她思路。「我在校驗下句的平仄呢。」

等待的時間很長，我悠閒得只好坐下，開始煮水點茶。

「有了！」當銀湯瓶中的水冒出第一串魚目泡時，她終於想出一句：「雙袖擁衾寒……單衫薄，雙袖擁衾寒……怎樣？」

銀瓶瑟瑟，聲如風雨初過。我一面提瓶熁盞，使茶盞溫熱，一面如實作答：「只是格律不錯而已。」

「只是不錯？」她眸光一黯，想了想，還是鍥而不捨地欲要我讚她：「你常跟我說寫詩詞要有感而發，我確實是有感而發呀。這兩句我是說，上次那個很冷的晚上我們在簷下說話，我只穿著中衣，冷得抱著被子……」

我把碾好的茶末置於盞中，聽她提及往事，心襟一漾，動作略有停頓，對她說話的聲音柔和了一些：「好吧，這句挺好。」

她很開心地笑了：「接下來那句我也想好了……珠閣攏香風脈脈。你且對這句。」

我注少許熱湯於盞中，將湯瓶擱回茶爐上，再調勻茶末，這期間憶及那一輪上弦月，想好一句：「太陰流靄影翩翩。」

語罷，建議公主道：「最後那句只五字，還是公主對吧。」

她也答應，垂下兩睫凝神想。很快地，湯瓶中水氣蒸騰，魚目、蟹眼連繹迸躍，她此刻又睜大眼睛盯著我，笑吟吟地就要開口。

我對她這回對句之迅速深感懷疑，止住她先道：「公主可想好了？最後這句雖短，卻是〈憶江南〉的點睛之筆，一定要言簡意賅方可。」

她不住點頭：「賅，可賅了。我這一句，完全能概括那天晚上之精髓。與這相比，之前那幾句全是廢話。」

我提瓶執筅，準備注湯擊拂，聽她這樣說便順勢應道：「如此，臣洗耳恭聽。」

「珠閣攏香風脈脈，太陰流靄影翩翩……」她先重複前兩句以醞釀語感，然後得意洋洋地公布她最後的點睛之筆：「簷下芋頭圓！」

手一顫，銀瓶瀉湯灑滿几，我忍俊不禁，索性推開茶具，大笑開來。

見我這般反應，她嘟嘴蹙眉做慍色，拍案道：「大膽！你敢嘲笑公主？那天我就記住芋頭了，把它填進詞中去有什麼不好？」

我笑了好一會兒才勉強忍住，站起來對她躬身一揖，故作嚴肅狀，道：「臣不敢嘲笑公主，只是覺得，那芋頭不是圓的。」

「這不是為了押韻嘛……」她解釋，還在認真地思考。「或者，我換一個字……還有什麼字能跟芋頭配呢？」她看著我，小心試探著：「甜……鹹……

酸？」

強行抑制住那快奔湧而出的笑意，我還是正色作答：「回稟公主，若圓芋頭與酸芋頭不可得兼，臣寧捨酸芋頭而取圓芋頭。」

她大喜：「我就說嘛，還是信手拈來的好。」

雖然幾欲暈厥，我仍竭力撐著，欠身對她說：「臣還有一事啟奏，望公主准奏。」

她很大方地一揮手：「說吧。」

「臣……想笑……」三字甫出，我已坍坐下去，伏案大笑。

她像是有些著惱，撲過來打我，但才不輕不重地拍了兩下，自己也忍不住笑了起來，拉我的衣袖遮住臉，咯咯地笑不停。

就這樣每日看她言笑嫣然，但覺光陰流連，歲月靜好，這無憂的生活好似可以無止境地延續下去。有時我也會想到她那已訂的婚約，想到她的出降可能會是這美好日子的終結點，但那時候我與她一樣，總覺得十年的時間很漫長，漫長得彷彿那一天永遠不會到來。

## 【柒】飛白

自公主訂親後，每逢節慶，除宮中例賞外，苗淑儀與李國舅家還要互贈禮品。慶曆七年歲末，苗淑儀見我年歲漸長，且又是公主身邊祗應人，便把送正旦禮往駙馬家的任務交給了我。

雖有一面之緣，駙馬李瑋見了我並無多做表示，仍是很沉默。國舅欠安，在內休息，倒是國舅夫人楊氏頗熱情，請我坐，讓人布茶，自己在我對面坐下問長問短，盯著我看了半晌後又笑道：「梁高班好個人才，若不說起，誰能看出是個小黃門呢？」

我哭笑不得，只能權當她是在讚我，稍留片刻，便起身告辭，匆匆離開了李宅。

見時辰尚早，我便循著上次問到的崔白住址一路找去。原本沒存望找到他，只想記下他家所在位置，以後有機會再來，卻不想剛至他家門前，門忽然自內開啟，一人昂首闊步出來，寬袍廣袖，頭繫幅巾，正是崔白。

我們意外相見均大喜。他忙請我入內，兩廂寒暄之後他又取出近日畫作，一一鋪陳開來給我看，說：「這幾年寄情山水，略有所得，若非盤纏耗盡，只怕還不會此時歸家。」

我想起秋和之事，擔心崔白已有家室，便有意探問：「子西暢遊天下，嫂夫人是獨守家中，還是隨你同去？」

崔白大笑：「我這裡哪有什麼嫂夫人，只有一段竹夫人！」

我聞言低首笑。竹夫人是夏季床席用具，用竹青篾編成，或用整段竹子做成，通常為圓柱形，供人睡時抱著取涼。崔白如此說，是表明尚未成家。

「我早有意遍遊天下，好幾年的時間都花在路上，近日才歸，故至今未娶妻。」崔白隨即解釋說。

我再問他可有婚約，他說沒有，我便放下心來，提及秋和，問他當初贈〈秋浦蓉賓圖〉給秋和，可是有意於她。

崔白亦坦然承認：「當初贈她此畫，確是為表思慕之情。但後來細想，又覺此舉甚是魯莽。我只是一介布衣，既無高官厚祿家世門第相襯，她又身處深宮，原不敢冀望今生結緣，只盼她不因畫中『雁聘』之意覺我唐突，讓那畫兒常伴她身邊，對我而言，已是於願足矣。」

我向他細說秋和得寵於帝后，且獲今上承諾之事，再問崔白可有意以她為妻，崔白很是驚喜：「若董姑娘不嫌我身無功名，陋室清寒，待她出宮後，我必三媒六聘，迎娶她過門。」

我微笑說秋和必不會計較身外物，崔白越發欣喜，取了筆墨，當即親書娶婦納采之前所用的草帖子，序三代名諱及自己生辰八字，託我轉交給秋和。

回到宮中，我很快找到秋和，轉告崔白答覆，再把草帖子交給她。秋和開顏笑，連連道謝，旋即卻又擔心：「但是，就這樣突兀地跟官家說我想出宮，他會答應嗎？」

我想了想，建議她先跟皇后說：「妳在皇后身邊服侍這許久，她也喜歡妳，一定會為妳著想。妳且跟她商量，請她向官家說吧。」

秋和依言而行。兩日後她來找我，步履輕快，神采奕奕，顯然事情進展很順利。

「我試探著跟皇后說我想出宮。」她紅著臉告訴我：「她很詫異，說我年紀尚小，是不是家裡出了什麼事，才急著回去。我說不是，然後，她一下子就猜到，屏退了所有人，再問我是否有……有意中人了……」

「妳承認了？」我問她，若非看她現在心情好，定會為她擔心這後果。不消聽她回答已可以想到，她一向不會說謊，遲早會承認的。

秋和低聲道：「我只是埋下頭，窘得恨不得鑽到地裡去。皇后安慰我，說無妨，有事就告訴她，她會盡量幫我。我便斷斷續續地說了一些，原來她知道崔白，一聽便笑了，說：『那人確有才氣，與妳倒是相配。』」

我心下仍有些忐忑：「知道妳與子西曾有來往，皇后沒多說什麼？」

秋和搖頭，說：「後來她有好一陣子沒說話，默默地不知道在想什麼。後來再看我時是微笑著的，說：『這世間最難得的是兩情相悅又心無芥蒂。妳是個好孩子，我會成全妳。』」

聽了這話，我亦為她鬆了口氣：「既是這樣，她已同意放妳出宮了吧？」

「同意了，只是不是現在。」秋和道：「皇后說，因我未至往昔宮女出宮的年歲，家裡又無大事，若此時單單放我一人出宮，壞了規矩，宮中必有流言。不如等到明年乾元節，官家原訂於那時再放一批宮人出去，她會在此前向官家說明，向他提當年承諾，請他把我的名字列入離宮之人名單中。」

乾元節即四月十四，今上生日，離現在不過五月時間。幾年都過來了，再多等這些日子應是無礙的。我恭喜秋和，但覺她婚事已塵埃落定，我也如了卻一樁心事般輕鬆愉悅。眼下要做的，只是趁送上元節禮往駙馬家的機會再傳佳音予崔白。

「懷吉，宮外是什麼樣子？」秋和忽然含笑問我，又道：「我四歲便入宮，除了自宮中去幾處園林時，從宮車簾幕後窺見的兩壁紅牆碧樹，我完全不知道東京的市肆城郭究竟是何模樣。」

我一時不知該從何說起，也不想告訴她我此前的宮外之行其實如同夢遊。那一幕幕市井民俗、人間繁華，恍若一幅長篇繪卷，我看在眼裡，卻感覺魂靈游離於外，像是再也無法融入其中。

「出宮後妳自己去看吧。」最後，我如此回答：「以後有子西陪著妳，妳想去哪裡都是不難的。」

每年正月十五上元節的東京夜間總是特別熱鬧，太宗皇帝曾下詔節日前後燃燈五夜，到如今張燈時間遠不止五夜，自正月初起，東華門外的燈市便已經開始張羅了，大小花燈多達數百種。

最壯觀的燈市景象是在宣德樓前，那裡會列出大型山棚彩燈，山礬上畫神仙故事，做成神仙、神獸狀的偶人手指能出水五道，手臂亦可搖動；彩燈點亮時，左右金碧相射，錦繡交輝，景觀靈動。左右城門上又各以草把縛成戲龍之狀，用青幕遮籠，其中密置燈燭數萬盞，隨龍體蜿蜒，燈火交映時如雙龍飛走。其餘巨型龍燈與花狀華燈不可勝數，遊人車水馬龍，不可駐足。

上元那日，今上率宮眷駕幸宣德樓觀燈，宮中張鳳燭龍燈，粲然如畫，奇偉萬狀，依稀如宮城外燈展盛況。

慶曆八年為閏年，有閏正月。今上正月時觀燈頗有興致，欲於閏正月十五再在禁中張燈，重現上元盛景，便在月初一次宴集上與眾宮眷提起。

張美人先叫好，眾娘子亦表贊同，連公主都拍著手笑道：「好啊好啊，上個月的花燈我還沒瞧夠呢！」

皇后卻肅然起身，朝今上下拜道：「上元本是一年一度的節日，本無必要一年中相慶兩次，且每次張燈花銷甚巨，若再行一回，實屬鋪張之舉。陛下常戒我等用度勿侈靡，若張燈之事傳至宮外，上行下效，勞民傷財，豈非更有悖陛下聖意？故臣妾斗膽，望陛下收回成命。」

今上此前的笑容似被皇后寥寥數語凍住了，表情略顯僵硬，沉默良久他才又微笑開來，雙手攙起皇后說：「多謝皇后直言進諫。朕這念頭是欠斟酌，張燈之事不必再提。」

到了閏正月十五那一天，宮中果然無特別的慶祝遊幸之類事，今上只召了皇后、公主，及幾位親近的嬪御入福寧殿，品鑑書待詔李唐卿所撰的飛白書。

飛白為八體書之一，始於蔡邕，工於王羲之父子與蕭子雲，大盛於本朝。筆畫線條扁平，中間夾有絲絲白痕，若絲髮露白，筆勢飛舉。要使枯筆生飛白，在書寫過程中須嚴格控制好力度，露白處太過稀疏或粗闊都是不可取的，而筆畫中以點最難工。

今上對騎射擊鞠等事並無多大興趣，平日唯親翰墨，尤擅飛白，見李唐卿所撰飛白書皆選帶點之字，共計三百點，且每字寫法均不同，三百點各具形態，不由得目露嘉許之色，指著李氏飛白問公主：「徽柔，這字寫得如何？」

公主瞪目道：「原來飛白的點可以有這麼多種寫法呀！飛白以點畫象物形，他寫出這三百點，可以說是窮盡物象了吧。」

今上含笑不語，命取筆墨，隨即提筆親書一「清」字，依然是飛白，蒼勁渾樸，其中三點奇絕，又出李唐卿三百點之外，旁觀者無不讚嘆。

此字寫罷，今上並不擱筆，而是二指銜筆往皇后處一送，目蘊邀約意。

皇后欣然接過，按墨提筆，在「清」字之後再書一「淨」字，跡婉勢遒，而兩點又有不同。

眾人嘆服，齊聲道好，而今上則未開口，含笑走至皇后身後，微微俯身，右手把住皇后握筆的手，引她運腕，兩人面頰於此間輕輕相觸，待旁觀之人回過神來，紙上那「淨」字二點之間又多了一點。

那一點勢若飛旋，更在此前五點之上。

點罷這一筆，今上並未立即鬆手，猶握著皇后手，側頭溫柔地看她。而皇后亦轉顧他，夫婦相視一笑。

今上此刻凝視皇后的神情，是我從未見過的。在我印象中，他亦未曾用這種目光看過苗淑儀等嬪御，「溫柔」二字其實並不足以形容此狀，他與皇后相視之際，目色澄淨、眼底通明，彷彿都能探到彼此心裡去，那一笑又如此默契，似多少深意盡在不言中。

於是，憶及當年公主夜語所言皇后事，我不禁想，其實皇后未必是那麼「窮」的吧。

但隨即想起此前今上納范姑娘之事，以及他反問苗娘子的「妳定要天下戚里皆姓曹」，我又有些糊塗，看不懂他對皇后到底是何態度。

皇后似乎一直以來都不曾獲過盛寵，甚至今上當初想立的皇后也不是她，這在宮中並非祕密。

今上的原配皇后郭氏為章獻太后選立，今上並不怎麼喜歡。當時今上專寵另一位美人張氏，張氏薨後又寵尚、楊二美人，郭皇后憤懣，與二美人屢有爭執。一次，尚美人在今上面前對郭皇后有牴觸之語，郭皇后大怒，上前批尚美人頰，今上為尚美人遮擋，郭皇后收手不及，不慎誤批今上脖頸。那時章獻太后已崩，今上再無顧忌，遂怒而廢后，詔封郭氏為淨妃、玉京沖妙仙師，賜名清悟，出居宮外。

群臣反對今上在現有嬪御中選立繼后，說以妾為妻，嫡庶倒置，萬萬不可。廢后不久，今上詔聘曹彬孫女入宮，但並未立即封后。那時今上屬意於一位絕色美人，壽州茶商陳氏女，但諸臣接連上疏，不許今上「以賤者正位中宮」。

陳氏女父親號「子城」，「子城使」原是衙吏侍衛職官名。當時的勾當御藥院宦官閻士良求見今上，問他可知子城使是什麼官，今上說不知，閻士良遂道：「子城使，乃大臣家奴僕官名。陛下若納奴僕之女為后，豈不愧對公卿大夫？」今上省悟，命陳氏女出宮，最後選立世家女曹氏為后。

「皇后的飛白是入宮後才練的。」苗淑儀後來告訴我：「偶有服侍官家寫字的機會她就睜大眼睛默默地看，回到自己閣中便夜以繼日地反覆練習。有天官家經過她居處，見她正在房中揮毫練飛白，字也寫得灑脫可愛，官家一時有了興致，手把手再教她。幾天後，便詔立她為皇后了。」

帝后的情意生於飛白中，故在今上看來，皇后最動人心處，是現於揮毫之時吧。

此後三日，今上皆留皇后宿於福寧殿中。

聽到這消息，我竟然有些開心。

今上肯接納皇后諫言，又與皇后日益親近，那麼將來皇后跟他提秋和出宮之事，他應不會拒絕。

上元節前我已轉告崔白皇后的答覆，目前看來，一切水到渠成，似乎所有事都在朝著那個預定的方向完美地進展著。

但不知為何，還在這樣想著時，我的心忽然毫無理由地「怦怦」跳了幾下。

第四章

# 滄浪之水濯我纓

【壹】宮亂

這日夜半，我驀地醒來，惶惶然坐起，但覺心跳不已，似日間那般悸動不安。還在思量可是作了什麼惡夢，一陣異常的雜亂聲響已如潮水般從窗外浸湧而入。

那聲音窸窸窣窣，似銅壺煮水，將沸未沸。仔細分辨，這動靜又可分好幾重，有遠處多人喧囂聲，亦有牆外層遝的腳步聲，間或還雜有疾馳而過的馬蹄聲……

馬蹄聲？我頓時警覺。這是後宮，平日裡連車輿、轎子都不能入內，策馬穿過更是被嚴禁的。

我迅速披衣起身，一面戴襆頭繫革帶，一面開門而出，直奔到閣門處，略略開啟，朝外望去。

東邊福寧殿方向有火光晃動，且有人呼喊叫囂，聲音紛繁雜亂，隔得遠了，聽得並不清楚；而穿著不同服色衣袍的宦者不時自我眼前經過，都提刀持棒，其間有大璫騎馬，匆匆朝福寧殿馳去。偶聞兩、三人對話，似在說「皇后促召兩省都知」之類。

大璫是當權的宦者，他們行色匆忙，可見事態嚴峻。我身後閣中也陸續有人奔到院內，連苗淑儀都牽了睡眼惺忪的公主出來，蒼白著臉問我怎麼回事，我擺首說不知，儀鳳閣提舉官王務滋當即快步至門邊，自己探首去看。

此時一名福寧殿近侍飛馳而來，一路大聲疾呼：「皇后口諭：諸娘子閉閣勿出，閣中宦者持械拱衛，不得擅開閣門！」

王務滋聞言迅速號令閣中內侍尋可用器械守衛於院內，再命我帶兩名小黃門前往福寧殿：「一則探聽消息，二則……若有變故，務必參與拱衛官家寢殿，力保帝后周全。」

我答應，帶著小黃門奔向福寧殿，儀鳳閣門兩翼一合，旋即緊閉。

剛至福寧殿前，便撞見業已趕到的張茂則先生。他策身下馬，迅速朝殿內走去。我立即疾步跟上，問他：「張先生，出了什麼事？」

他神色凝重，並不停步，一壁走一壁簡單作答：「一些崇政殿親從官越過延和殿入禁中，現正在福寧殿後。」

今上視事之所的親從官屬禁衛，非內侍，是不能入禁中的，何況是在夜間。聽這語意，竟像是親從官謀逆，欲圖不軌。延和殿位於福寧殿北面，即今上寢殿之後，如此說來，這些賊人現在與帝后不過一牆之隔。

「有多少人？」我問張先生。

他說：「尚不得而知。」

我隨他進入殿內，見帝后坐於御座中，均已穿著整齊，唯皇后未戴冠子，只隨意綰了個髮髻，式樣雖簡單，卻仍是一絲不亂。先行趕到的都知、押班們有些立於殿中，有些在殿外觀望，大概因不知賊人數目，暫不敢輕舉妄動，只緊守住通往延和殿的兩側後門，嚴密監視。

皇后見張先生進來，原本緊鎖的眉頭有一瞬的緩和，立即命鎖閉大殿院門，然後看著張先生，脣動了動，正欲對他說些什麼，這時忽聞殿後響起一聲女子慘叫，音極淒厲。

今上一聽，悚然動容。而那聲音不斷傳入，呼痛慘哭，一聲強過一聲，今上遂轉首問身邊近侍何承用：「賊子開始傷人了嗎？」

何承用走到殿外觀望一下，回來稟道：「官家勿憂，這只是附近閤中的宮人在打她養女。」

皇后當即拍案怒斥：「賊人已在殿後殺人，你還敢在這裡口出妄言，欺君罔上！」

何承用大懼，立即跪下謝罪。皇后不再理他，但吩咐張先生道：「平甫，你帶人去找些桶盆容器，盛滿水來，越多越好。」

張先生亦不問原因，立刻答應，示意我隨他出去，又命身後侍從隨行，再號召殿外眾人找來容器後汲滿了水，一一置於牆邊簷下。

我看著殿後不斷晃動的火炬紅光忽然領悟，皇后是怕賊人縱火。

果然，片刻後，賊人不得殿門而入便開始縱火，點燃延和殿與福寧殿之間廊簷下的簾幕，火焰一路蔓延，燒至福寧殿外沿，幸而諸宦者早有準備，一起持水往牆內外拋去，迅速撲滅了周遭焰苗。

滅火後大殿內外煙霧繚繞，眾人相繼奔走善後，大殿正門外卻像是來了另一群人，大力叩門，又是一陣嘈雜。

殿中人相顧變色，只疑是賊人繞到了正門外，而此時門外傳來一聲嬌呼：「官家，臣妾在此，請開門！」

大家皆能聽出是張美人的聲音。今上神色舒緩，當下命人開門放她進來。

張美人帶了一群宦者入內，到殿中後直趨上前，撲倒在今上膝下，泣道：「臣妾護駕來遲，請官家恕罪。」

今上雙手攙起她，溫言問她：「妳來做什麼？這裡危險，皇后不是讓妳們閉閣勿出嗎？」

張美人噙著兩目熱淚，殷殷道：「官家若身處險境，臣妾豈敢閉閣偷生？官家有難，臣妾絕不坐視不顧，但求生死相隨，請官家容我侍候在側。」

這話聽得今上狀甚感慨，引袖為張美人拭淚，又讓她在身邊坐下，與皇后一左一右，竟似並列一般。

張美人頗自得地瞥瞥皇后，再命自己帶來的宦者在殿外守衛。皇后也未計較，只問近處的任守忠：「賊人既不來攻門，人數應該不多。可否先遣一些內侍繞至殿後與賊人周旋？」

任守忠面露難色，道：「但如今福寧殿中內侍不過數十人，賊人是親從官，手中有兵仗，若他們人數眾多，怕是……」

「娘娘。」這時張先生舉步上前，道：「臣願前往。」

皇后未置可否，容色蕭索地朝他略一勾脣角，但那幽涼神情只是一閃而過，她復又端坐著，命身邊侍女取來一把剪刀，自己持了一揚手，轉顧殿中內侍，嚴肅地說：「願意先去擒賊的，且過來讓我剪髮為誓。明日賊平加賞，就以你們現在剪下的頭髮為證。」

內侍們左右相顧，仍有些踟躕。我默默走過去，在皇后面前跪下，低首取下襆頭。

一陣短促的靜止後，皇后解開我髮帶，剪下一綹頭髮。

跟我來的兩位小黃門也相繼過來跪下，請皇后剪髮，隨之仿效的宦者越來越多，最後幾乎殿內所有青壯年內侍皆已剪髮明志。

皇后再一顧張先生，對已剪髮的內侍說：「你們且隨張茂則去，一切皆聽其差遣。」

大家齊聲答應。張先生拜別皇后，率眾而出，走至門邊，又轉身問皇后：「那些賊人，是否皆須生擒？」

皇后道：「他們若束手就擒，便留活口，若負隅頑抗，格殺勿論！」

今上聽見「格殺勿論」四字，不由得微有一驚，側首看她。而皇后薄唇輕抿，目色冷凝，意態堅決。那神情看得我都心下一凜。素日見皇后，但覺她薰然慈和，望藹高華，真乃邦之媛也。現今觀其行為態度，才想到她是將門出身，發號施令既有將帥般的鎮靜從容，也有其冷面決絕之處。

張先生先分一撥人繞到崇政殿及延和殿後面的邇英閣，守住出口，再帶我們到通向延和殿的一側小門，監聽半晌不見門外有動靜，遂命人登牆觀望，聽回覆說並不見賊人，這才小心將門打開。

門外院中果然無賊人身影，只有一個被砍去半邊手臂的宮人暈倒在地。張先生讓人把宮人抬走，再目示延和殿，道：「賊人可能躲在其中。」

延和殿門窗緊閉，裡面看上去黑漆漆的，也不聞有聲響，但那氣氛卻很詭異，像是暗示其中危機四伏，透著幾分莫名的恐怖意味。眾人駐足，不再前進。

張先生低目沉吟，再回首問一位福寧殿內侍：「上月福寧殿前山棚彩燈上生煙用的煙花，現在還有嗎？」

內侍回答：「應該還有，我這就去找。」

他迅速找來許多煙花，張先生分與幾位下屬，命他們潛行至延和殿窗下，點燃煙花，戳破窗紗，把冒著濃煙的煙花擲入室內。很快的，一些稀稀疏疏的咒罵聲和咳嗽聲自內傳出。

張先生聞聲釋然：「人並不多。」當即提刀闊步過去，一腳踹開了門。

此後進行的其實並不能說是一場惡戰。說來可笑，其中的賊人竟然只有四個，渾身酒氣，像是喝醉了。因張先生一人先進去，遭到了他們突然的圍攻，左肩被賊人兵戟刺了一下。好在我們緊跟而入，人數又比他們多了許多，所以混亂的打鬥並未持續多久，最後只有一名賊人乘亂逃逸，其餘三人被幾位持刀宦者當場誅殺。

其間張先生不是沒高聲提醒要留個活口，但那時眾人的緊張情緒像是剎那間有了宣洩的機會，逮住賊人只管大力打殺，並不聽張先生所言，最後那三人的屍首血肉模糊，體無完膚。

之後眾宦者仔細辨認回想，認出打死的這三人是崇政殿親從官顏秀、郭逵、孫利，而逃跑的那位名為王勝。張先生命人將三人身上所帶之物盡數搜出，拿回去上呈帝后。

這些物品中，有一件女人用的抹胸，繡工精緻，不像坊間所製，且其中藏著一頁書信。皇后展開讀後怒不可遏，立時喚一侍女名字：「雙玉！」

那名叫雙玉的女子本是近身服侍皇后的內人，此刻早已是臉色煞白，虛脫般地跪倒在地，伏在皇后足下哭道：「娘娘饒命，我什麼都不知道……」

「這信是妳寫的，竟約賊人何日何時在何處見面。」皇后把信拋到她面前，冷道：「妳與他暗通款曲許久了吧？果真什麼都不知道？」

雙玉拚命搖頭，道：「我真的不知道……奴婢該死，年前偶經崇政殿時與顏秀相遇，一時糊塗，受他引誘……但我真的沒想到他如今為何會做出這等事來……我真的毫不知情……」

「妳確實該死。」皇后現在語調漸趨和緩，但語意並不柔軟：「就算妳對顏秀謀逆之事並不知情，但與禁衛私通已是重罪，按律當誅。」

雙玉驚恐，朝皇后磕頭磕到頭破血流，請求皇后寬恕，皇后仍肅然端坐著目視前方，根本不垂目看她。

一旁的張美人倒看得輕笑出聲：「雙玉，皇后不像官家那麼心軟，磕頭沒用的。」

這提醒了雙玉，她忙轉朝今上，連聲哀求他饒命。今上看她哭得梨花帶雨，頗有不忍，便對皇后說：「看在她服侍妳多年的分上，暫且饒她這次吧。」

皇后不答，起身入內，片刻後回來，已換了褕翟之衣，戴著九龍四鳳冠，作莊重的朝會裝扮，再朝今上下拜：「內人袁雙玉私通侍衛，穢亂宮禁，按律當誅。請陛下許臣妾依宮規處決袁氏。」

今上道：「雖則如此，法規終究為人所定，亦可稍作變通。雙玉原很謹慎，入宮多年不聞有過，而今只是一時糊塗才犯此罪。不如改以廷杖痛打，已足以懲戒。」

皇后擺首說不可：「如此無以肅清禁庭。」

今上盡量微笑著，起身去扶她，試圖好言勸解：「皇后請坐，此事還須從長計議……」

皇后不受他碰觸，略略退後避開，欠身道：「袁氏罪行明確，並無冤屈，而今眾目睽睽，皆已看見，若陛下饒恕了她，開此先例，日後再難管束六宮之人。望陛下以大局為重，當機立斷，下令賜死。」

雙玉一聽「賜死」，哀聲更甚，膝行幾步上前拉著今上衣裾，顫抖著邊哭邊懇求：「陛下救救奴家……」

今上嘆氣，再請皇后坐，要與她慢慢再議，皇后堅持肅立於今上面前，既不入座也不出聲。

今上不禁有些惱火，一指雙玉冷睨皇后，道：「她伺候妳許多年，妳縱養個貓兒狗兒，到如今多少也有些感情了吧？為何對她毫不寬容，決絕至此？」

皇后略略欠身，一字字清楚地答道：「陛下，正是因為她在臣妾身邊多年，猶做出這等事，臣妾才更不能饒恕她。」

今上默然，皇后亦再不說話，一人坐著、一人站立，就這樣兩廂靜靜對峙。旁人自不敢插嘴，到最後，連雙玉都不敢再哭，只神色呆滯地跪在今上面前，殿中人如上元節後山棚彩燈上的人偶一樣安靜晦暗，不言不語，一動不動。不知僵持了一個或是兩個時辰，直至黎明破曉，晨光逐漸把大殿內景抹亮，何承用才輕輕挨到今上身邊，躬身提醒：「陛下，已到早朝時辰了。」

今上徐徐起身，終於對皇后妥協：「好，雙玉任憑妳處置。」語罷拂袖而出，連朝服都未換便向視事之所走去。

皇后轉身恭送，待不見今上身影，再向任守忠下令：「把袁雙玉拖下去，誅於東園。」

## 【貳】暗流

那日皇后最後所下的教旨，是命負責拱衛宮城的皇城司繼續搜尋逃跑的王勝，而這次她強調：「務必生擒，須留活口。」

回到儀鳳閣中覆命，免不了被閣中諸人圍住盤問，要我細說夜間之事。待終於無人再發問，已將近晌午，因惦記著張先生傷勢，我未等進膳便前往他居處探望。

他肩部已包紮好，沒躺著歇息，而是站在窗前朝外眺望，眉間似有憂色。見我進來，他才坐下與我敘話，我問他傷情，他只以淡淡一句「不妨事」一筆帶過，也不聊昨夜之事，閒散地問我近況，但其間仍不時向外看，若有所待。

閒聊了一刻後，有個內侍匆匆進來，我依稀認得他是在朝堂上立侍的宦者。

他瞥我一眼，再詢問地看張先生，意甚躑躅。我知他有要事告訴張先生，遂退避至較遠處，他才低聲對張先生說了一席話。

張先生默默聽著，不露喜怒，待內侍語畢，方開口問：「近日在翰苑僕直的學士是誰？」

翰苑即翰林學士院。國朝有翰林學士宿值制度，讓學士夜間於翰苑值宿，以備臨時受命草制，連日值宿則稱為「儤直」。

內侍說出近期儤直者的名字：「張方平。」

張先生點了點頭：「知道了。」

內侍拜別退去。張先生沉思片刻，抬目看我，告訴我：「官家對輔臣言及昨夜事，泫然淚下。」

我一驚，有不祥預感一掠而過：「是因皇后拂聖意之事嗎？」

「官家倒未多說此事。」張先生說：「他感嘆的，是遣諭娘子閉閣勿出，而張美人直趨上前護駕這點，對張美人多有褒詞。」

「那輔臣是何反應？」我隨即問。

「輔臣大多隨其落淚，只有同平章事陳執中毅然無改容。樞密使夏竦順勢倡議尊異張美人，遷其位分，而樞密副使梁適說當務之急是速查宿衛謀逆之事，尊異可日後再議。」張先生很冷靜地向我複述適才聽到的內容。「至於昨夜宮中事，夏竦請求官家命御史與宦官在禁中勘鞫，參知政事丁度則說宿衛有變，事關社稷，堅持請付御史臺審理，徹查皇宮內外主謀、從犯等所有黨羽。兩人從清晨爭到午時，最後官家接納了夏竦意見。」

御史與宦官在禁中勘鞫的多為宮人所犯案件，而御史臺審理的一般是大理寺難以判決的重大疑難案件和承詔審理的重大刑獄。張先生說完，暫未就此事表態，我想他是在等我說出自己看法，遂試探著說：「夏竦似意指主謀出自宮中，丁度則認為事關外臣，所以……」

張先生不語，靜靜注視我良久，然後說：「懷吉，你可以為我做點事嗎？」

「當然可以。」我不假思索地回答。

「你們閣中有將要測墨義的小黃門嗎？」他問我。

墨義原是科舉考試的科目，要求士子筆答經義。國朝規定，小黃門年滿十二歲，若要遷升內侍黃門以上職位，應先測墨義。

我回答說有，張先生便起身，走至書架前，取出一冊《漢書》，翻至其中一頁遞給我：「你找個懂事的小黃門，讓他帶幾本經書和這冊《漢書》晚間去翰苑找張方平學士，先請教他經書中的幾個問題，然後再翻到這頁，隨意尋個詞句問他。」

我接過一看，見那頁是《漢書·外戚傳》中的一章，講漢元帝的馮婕妤以身為君當熊的事：元帝帶眾嬪御幸虎圈觀鬥獸，其中有熊躍出虎圈，攀檻欲上殿，撲向御座。左右貴人傅昭儀等皆驚呼竄逸，唯馮婕妤挺身向前，當熊而立。待武士趨近，將熊格殺後，元帝問婕妤：「猛獸前來，人皆驚避，妳為何反向前以身當熊？」馮婕妤答說：「猛獸攫人，得人便止。妾恐熊至御座，侵犯陛下，故情願以身當熊。」元帝嗟嘆，從此格外敬重馮婕妤。

起初我不明白張先生為何要人翻這頁給張學士看，盯著那章琢磨半晌，留意到最後一句「明年夏，馮婕妤男立為信都王，尊婕妤為昭儀」，這才恍然大悟，雖然馮婕妤捨身護君，但事後皇帝並未對她有所尊異，她後來被尊為昭儀，是因其子封王的緣故。

於是，我大膽問張先生：「先生是擔心官家突然遷升張美人嗎？」

張先生淡淡一笑：「若僅如此，倒不是太糟，怕的是有人借題發揮……但其餘事態進展尚不明朗，如今我們暫且先做這事，旁的等等再說。」

我頷首答應。心中略有些惶恐，卻又隱隱感到欣喜，因張先生既委我以此事，應是相當信任我。最後我忍不住問他：「先生為何肯告訴我這些事？」

他說：「那天，見你急急忙忙地跑來告訴我范姑娘的事，我便知道你是很關心皇后的。」

我低首，倒有些難為情，把書收好，便向他告辭。臨行前無意中發現他那染血的衣袍已被洗得乾乾淨淨，此刻正晾在院中，認得那是件他穿了很多次的舊衣，昨夜被賊人刺破，染了血汙，而他仍不棄去，遂好奇地問他：「先生，這衣袍我剛進宮時便見你穿過，你一直留到現在，有好些年了吧？」

「十三年五月零二天。」他異常精確地回答。

我驚愕之下記住了這個準確的數字。回去後查宮中年譜，推算出他初獲此衣袍的時間是景祐元年九月十七日，那是今上詔立皇后曹氏的日子，想必這衣袍便是那天皇后例賜宮人內侍時給他的。

兩日後，皇城司兵衛於內城西北角樓中捕獲王勝，而勾當皇城司、入內副都知楊懷敏竟不顧皇后獲賊勿殺的旨意，命眾兵衛當場將王勝肢解。

幾名御史與宦官受命在禁中勘鞫此案，因四名賊人皆已身亡，死無對證，未查出主謀，便定了負責禁中宿衛的皇城司幾位主管宦官的罪。勾當皇城司本有兩位，一是楊懷敏，另一位名為楊景宗。賊發之夜，楊懷敏正當內宿值夜，本應罪加一等，但奇怪的是，楊景宗與皇城使、入內副都知鄧保吉等人一樣，均被貶放出京，而楊懷敏雖降了官，卻被留在宮中，仍充內使。

娘子們私下議論此事，把原因歸結為他們所事的主子不同，楊懷敏平日常鞍前馬後地為張美人效勞，而楊景宗與鄧保吉卻是親中宮的。有次我還聽見王務滋向苗娘子稟告探來的消息，說楊懷敏原與夏竦過從甚密，夏竦早替他安排妥當，教他如何應對，故御史審問的時候，一點兒也得不著逆證。夏竦又稱當晚是楊懷敏事先發覺事變，應當從寬處置。於是，倒顯得楊懷敏的罪比眾人輕了。

當然，這個結果並不能令所有大臣接受。御史中丞魚周詢、侍御史知雜事張昪與御史何郯一起上奏彈劾楊懷敏，要求今上給其貶謫的處分，直斥楊懷敏縱容下屬殺死賊人，以圖滅口，欲輕失職之罪。又指出楊懷敏事發時正當內宿，有曠職重罪，而今鄧保吉等人皆外遷，楊懷敏卻獨留京師，「刑罰重輕，頗為倒置，中外聞見，尤所不平」。

何郯更向今上暗示夏竦庇護楊懷敏一事：「兼恐曾與交結之人，密為營救，妄稱懷敏有功，不可同等黜降。伏望特排邪議，一例責授外任，以協公論。」

最後，今上採納其諫言，降楊懷敏為文思使、賀州刺史，貶出京師。

皇后像當日承諾的那樣，對參與擒賊的宦者論功行賞，或賜財物或遷官，連我都被遷為高品內侍，這對十七歲的內侍來說，是難得的恩遇。然而，張先生首先入屋擒賊，對他的加賞結果卻遲遲未傳出。我著意打聽，得到的答案是皇后未敢自己作主，探問今上意思，而今上漠然道：「遷宦者供奉官以上職位，須與宰執商議。」

想必今上對與宰執議此事缺乏興趣，故一路耽擱了下來。不過如今張先生所關心的倒不是這個。

自他受傷之後，我每日皆去探望他，見他居處常有御前內侍出入，應該都是向他通報與皇后相關的資訊。

他託付的《漢書》一事，我早已辦妥。據我遣去的小黃門說，張方平果然盯著馮婕妤那一頁看了許久。我告訴張先生這結果，他只頷首，這幾天亦未讓我再做什麼。

某日下午，我再去看張先生，見他正自居處出來，不知要往哪裡去，行色匆匆，神情焦慮，大異以往。

我訝然喚他，他點點頭，卻沒有停下來的意思。而此時有宦者自禁中來，叫住他傳諭說，官家請他入內與勘鞫案情的御史再述擒賊細節，以便論功加賞。

張先生駐足，對傳諭宦者說：「官家旨意，茂則不敢違。但現下身著便服，就此面見御史乃失禮之舉，請先生先回，容我入內更衣，少頃自會前往。」

那宦者銜笑看他，似有所準備：「御史已等待多時，若不見我帶回張先生，恐怕會怨我失職。先生且去更衣，我就在此等著。還望先生體諒，莫讓御史久候。」

張先生無奈答應，轉側之間朝我一瞬目，示意我跟上他，我便隨他進去。到了室內，他即壓低聲音告訴我：「大事不妙。知諫院王贄上疏說，賊人與皇后閣宮人有染，宮亂根本或在其中。他請今上追究此事，恐怕要慫恿今上起詔獄鍛鍊，以動搖中宮。」

我大驚，不知道說什麼好，最後只問出一句：「王贄是什麼人？」

「夏竦的走狗，賈婆婆亦與其有來往。」張先生回答，再問我：「你能認出首相陳執中與御史何郯嗎？」

我點頭說：「宮中慶典時遠遠見過。」

張先生迅速找出一卷文書遞給我，囑咐道：「今上密召夏竦、王贄，現正在邇英閣議事，若有不妥，下令鎖院草詔都有可能。這是當年今上廢郭后時我謄錄下來的廢后詔書，你拿著，去中書門下前等待，今日何御史在那裡與陳相公討論皇城宿衛之事，將近黃昏時他們必會出來，你便跑過去，佯裝跌倒，把詔書掉在地上展開，讓他們看見。若他們問起，你就說是夏樞相要你找來給他的。」

第一次面臨製造關於政治的謊言，我目瞪口呆。張先生見了似很有歉意，拍著我肩說：「抱歉，請你做這樣的事……但若你明著跟他們說皇后的事，對你或皇后都不好。」

「那、那為何要說，夏樞相……」我結結巴巴地問。

「陳相公與何御史皆不齒夏竦為人。」在更衣出門前，張先生只以此句作答。

我依言行事，在中書門下前等到陳執中與何郯，卻沒想到與他們一同出來的竟還有樞密副使梁適，便略微猶豫，但隨即想起張先生說過梁適建議暫緩議尊異張美人一事，何況據國朝傳統看，樞密使與樞密副使通常是不和的，於是我如計畫般奔去故作跌倒狀，手中詔書滑出展開，果然引起了他們的注意。

他們緩步圍聚到詔書旁，垂目一看，皆有些驚訝。陳執中當即問我：「你攜這文書故紙做什麼？要去何處？」

我低首作答：「是夏樞相要查看，命我從史館找出來，一會兒須給他送去。」

三人相互轉顧，暫時都沒說話，而他們在這瞬息之間交換的眼色已讓我覺得不辱使命。

「夏樞相現在何處？」後來陳執中問。

我告訴他：「在邇英閣面聖。」

我想這一句已足夠，便迅速站起，拾了文書，匆匆奔離他們視線。

後來，我隱於邇英閣附近，看著夏竦、王贄出來，再如願地見到陳執中、何郯與梁適前來求對於上，並相繼進去。

我回到儀鳳閣，但終究是寢食難安，便又尋了個藉口出去。路過柔儀殿時忽聞秋和從後面喚我：「懷吉，這麼晚了你要去哪裡？」

我停下回首看她，原本盈盈笑著的她卻被嚇了一跳：「怎麼了？你臉色這樣難看。」

我遲疑，最後還是簡略地跟她說了今日之事，囑託她若有大事發生，務必近身隨侍皇后。

秋和怔怔地，好半天才反應過來，落淚如散珠：「怎麼會這樣……」

我想安慰她，又覺無從說起，許久後才道：「別哭了，讓皇后看見不好。妳且回去，我再去打聽。有相公進諫，事情應該不會無轉圜餘地。」

再去邇英閣，見裡面仍是燈火通明，想必君臣還在討論皇后之事。再往張先生處，許久後才等到他回來。

他一見我便問：「給他們看了嗎？」

我點頭，把經過說了一遍。聽到三人入對邇英閣，他才像是略鬆了口氣，帶我入內坐下等消息。

我們先是枯坐著，默默無言，須臾，我試探著問張先生：「夏竦為何企圖動搖中宮？」

「你以前聽說過夏竦的事嗎？」他問。

我如實作答：「只聽說過他的頭值兩貫文。」

聽了這話，張先生不由得解頤，我亦隨之笑，氣氛才稍好些。

原來夏竦曾經統師西伐，初到邊陲時滿腔壯志，想迅速殺元昊滅夏國，遂揭榜塞上懸賞：「有得趙元昊頭者，賞錢五百萬貫，爵西平王。」元昊聽說此事，便使人入邊城賣荻箔，佯裝遺失，而荻箔一端繫了元昊放的榜文。城中宋人拾了展開看，但見上面寫道：「有得夏竦頭者，賞錢兩貫文。」夏竦得知，極令藏掩元昊榜文，無奈這事早已傳開，淪為國人笑柄，宮中亦常有人說。

「夏竦作詞空談涼州曲，卻無經世大才，且又嫉賢妒能。」張先生從頭細說此間緣由：「前些年，范仲淹范相公率一批賢臣名士行新政，夏竦那時本已被今上任命為樞密使，但遭到臺諫彈劾，說其陰險奸猾，在對夏戰事中畏懦苟且，今上便將他改知亳州。那些諫官多屬新政一派，夏竦懷恨在心，唆使內臣藍元震向今上進讒言，指范仲淹、歐陽修、余靖、尹洙等人為朋黨，互相提攜。」

「但今上並不怎麼理睬，他便又設了一計，陷害新政大臣。那時國子監直講石介寫了一篇廣為流傳的《慶曆聖德頌》，把今上起用新政大臣稱為『眾賢之進』，而把夏竦與樞密使無緣說成『大奸之去』。夏竦自然因此痛恨石介，而他對新政大臣的陷害就從石介入手。」

「石介？」我聽過這名字，略略知道一點兒。「是說他與富弼通信，作廢立詔草嗎？」

張先生嘆道：「那自然是假的。慶曆四年，夏竦唆使家中一位通文墨的侍女模仿石介筆跡，篡改了石介致富弼的書信，將信中『行伊、周之事』改為『行伊、霍之事』。伊指伊尹，周指周公，原都是輔佐天子的賢臣，但被他一改，周公便被改成了霍光，那可是曾廢立國君的權臣。然後，他還偽作了一份廢帝詔書的草稿，說是石介為富弼撰寫的，故意流傳出去，並命人奏報於今上。」

這自然是為人君者最忌諱的事。我開始明白為何今上後來不像起初那般維護新政大臣。

「其實今上亦不信富弼會做此事，但難免心裡會留下一點兒陰影。」張先生繼續說：「如此一來，不單富弼，連范仲淹見狀亦不敢自安於朝，都自請離京外任。石介被貶為濮州通判，未赴任便去世了。不久後，王拱辰等人又藉蘇舜欽進奏院事件制獄鍛鍊，將支持新政的一干館閣賢俊盡數貶謫，也藉此影響到蘇舜欽岳父、宰相杜衍，致使其罷相。」

「韓琦上疏為富弼說話，也被罷去樞密副使之職。再往後，連歐陽修、蔡襄、孫甫等諫官亦被人各尋了藉口，相繼外放，新政至此不了了之。去年，夏竦終於得償夙願，回來當上了樞密使。」

聽張先生敘述舊事，我才對慶曆新政理出了一道脈絡。之前只覺新政大臣們文采出眾、才華絕世，就算為其仕途浮沉扼腕嘆息，亦僅僅是讀其詩文之餘的一點兒單純感傷，卻沒想到那些才子吟風弄月的絕妙好詞背後，竟隱藏著這許多刀光劍影的黨爭故事。

但我還是沒有即刻意識到此中關節：「可是，夏竦矛頭指向中宮，與這些事有何關係？」

「你沒看出嗎？」張先生一語點明：「中宮對新政大臣頗為同情。」

我立即想到歐陽修之事，心下頓悟，不過仍有疑問：「但皇后平日並不妄議政事，夏竦在外如何得知？」

「一定要議論政事才能看出她態度？」張先生道：「她一舉一動皆為人所矚目，平日對誰的春帖子多看了幾眼都會很快被人傳到宮外去。」

略作思量，張先生又告訴我：「她讀蘇舜欽的詩，品歐陽修的詞，賞蔡襄的字，聽說范仲淹寫了《岳陽樓記》，便命人找來給她看……何況，杜衍杜相公家的女公子，後來的蘇舜欽夫人，原是她未嫁時的閨中密友。」

【參】心願

聯繫這前因後果，我不禁感嘆：「原以為，夏竦此舉只是為蔭附張美人，博個擁立之功，卻不承想個中因由這般複雜。」

「中宮廢立，事關社稷，從來都不是帝王家事……」張先生徐徐展開我交還給他的廢后詔書，問我：「你知道郭后為何被廢嗎？」

我以宮中定論答之：「因她與嬪御爭寵。」

張先生擺首。「因爭寵觸犯龍顏，那只是一個小小誘因。國朝慣例，皇帝決策，若事關中宮，必須先與宰執商議。若宰執不同意，皇帝很難擅作主張。」

我第一次意識到這聽過多次的廢后事件還有更深的背景。「這麼說，是呂相公……」

「沒錯，她得罪了當時的宰相呂夷簡。」

張先生再述前塵往事：「明道二年，章獻太后崩，在她垂簾整整十一年後，今上才獲親政。今上隨後與呂夷簡商議，要罷黜所有太后黨羽，呂夷簡亦為他出謀劃策，並擬定了要罷免的大臣名單。今上回到禁中，將此事告訴了郭后，郭后反問他：『難道就他夷簡一人不附太后嗎？不過是他機智，善應變，在太后與官家面前都會做人，所以倒混了個周全。』於是今上決定連呂夷簡也一起罷去。」

「次日，呂夷簡在朝堂上聽內臣宣布被罷官員，陡然聽見自己的名字也被唱出，很是驚駭，卻不知原因。他素與入內都知閻文應有來往，聽閻文應說出緣由，從此便對郭后不滿。僅過了半年，今上又復其相位。後來，今上因尚美人之事向他抱怨郭后善妒，他與閻文應便頗說了些推波助瀾的話，郭后隨即被廢……」

「如今夏竦情形與呂夷簡相似，有個同情新政大臣的中宮在君王之側，他難免會擔心，何況他與楊懷敏勾結，楊懷敏或曾在他面前編派中宮什麼，也未可知……另外，聽在樞密院伺候的孩子說，平賊次日，樞密院官員提起皇后前夜臨危不亂、指揮若定，都有讚譽之意，唯夏竦乾笑，說：『中宮頗有章獻簾後風儀。』」

我聽出這言下之意：「他不但怕皇后現在進言干政，還怕她將來效章獻太后，垂簾聽政而重用新政大臣？」

張先生看著我，道：「慎言……如今官家聖體康寧。」

我一驚，忙低首不語。

張先生又道：「你適才說的，夏竦意在蔭附張美人，這原因也有。張美人透過賈婆婆拉攏夏竦與王贄，對他們多有饋贈，而夏、王兩人性本貪婪，且又顧忌中宮，因此兩方一拍即合。」

我回思事件經過，越想越覺驚心：「平賊事後，夏竦堅決反對讓御史臺在外審理此案，而楊懷敏又將最後一個賊人殺掉滅口……或許，連當晚殺死前三個賊人，也是他授意的……難道這起事件，根本就是夏竦一手策劃的？」

「他有這個動機。」張先生道：「甚至皇后閣中那個侍女，也可能是他授意賊人去勾引的，以獲得制獄動搖中宮的理由……依我看，皇后當時便意識到了是受人陷害，所以堅持要殺掉雙玉，否則，能輕易受人引誘的女子意志本就薄弱，鍛鍊之下，什麼供詞說不出口？」

「原來如此……」疑問有了合理解釋，我這才從亂麻般的案件中抽出些頭緒。

張先生黯然一嘆，又說：「但這也只是我的猜測，苦無證據上呈官家。」

「今上聖明，對歐陽修的案子都看得很清楚，肯定不會冤枉皇后的，何況，還有陳相公他們為皇后說話……」我想令張先生寬心，但提及陳執中，忽然又有了個問題：「不過，先生為何認為陳相公一定會為皇后說話？據我所知，他並不屬新政一派。」

「當然，他反對新政。」張先生答道：「但是，他更厭惡夏竦。」

他繼續為我釋疑：「夏竦守西疆時，今上任命陳執中為陝西安撫經略招討使，而陳執中與夏竦論議不合，最後勢同水火，竟各自上表朝廷，自請辭職。先前今上召回夏竦，原是要拜為宰相，與陳執中同列，而眾諫官、御史都說兩人素有嫌隙，不可使之共事，這才改任他為樞密使。因此，夏竦若要陰謀改立中宮，陳執中必不會坐視不理。」

我隨即也想到，陳執中雖然反對新政，但一向清廉自重，他看不慣夏竦亦不難理解。以前曾聽今上對公主誇過陳執中忠誠，不以權謀私，說他女婿求他賞個官做，而他回答：「官職是國家的，又不是臥房籠篋中物，哪能隨意給自己女婿！」今上對此大為讚賞，所以雖然諫官屢次進言，說陳執中不學無術，非宰相之材，今上仍堅持以他為相，但對眾臣說：「執中不會欺瞞於朕。」若他進諫，今上必會慎重考慮。

聯想到何郯，我順勢追問張先生：「那麼何御史呢？他與夏竦又有何過節？」

「他倒不是與夏竦有私人恩怨，而是一貫正直敢言，又曾為石介辯誣。」張先生再論何郯舊事：「去年，夏竦想進一步構陷富弼，便進讒言說，石介並沒有死，而是受富弼指使詐死，悄悄前往契丹密謀起兵，富弼則為內應，隨後還建議開石介之棺驗證。當時臺諫都不敢多說什麼，而何郯則在今上面前極力為石介辯解，並抨擊夏竦的險惡用心……加上這次看他論楊懷敏之事，我想他心如明鏡，一定知道此中曲直，所以才敢寄希望於他。」

「還有張學士……」我再問。

張先生一哂：「當年你做我學生，可沒像如今這般勤學好問。」見我有慚愧狀，他亦不再說笑，繼續解釋：「張方平當年本來也是贊成施行新政的，只是介入不深，才得全身而退。他也是中宮潛在的支持者，若今上決定鎖院草詔，無論是廢立中宮或尊異張美人，他必會先進諫。」

事隔多年後再次受教於張先生，我聽得頻頻點頭，忍不住又問：「那梁適呢？他為何也不附和夏竦決議？」

張先生不直接答，反問我：「我且問你，當初我並未囑咐你把詔書也給梁適看，你為何在他在場時也把詔書展開了？」

我把當時的想法告訴他：「我聽人說過，國朝以來，樞密使與樞密副使常不相諧，例如真宗朝，寇準與王嗣宗，王欽若與馬知節，莫不如此……」

張先生頷首，說：「你既知道，何必問我？」

我先是一愣，旋即與他相視而笑。國朝皇帝一向注重權力制衡，為防兩府宰執專權，通常兩府次要職位不會讓宰執朋黨出任，因此宰相同平章事與副相參知政事，樞密使和樞密副使，往往分屬朝中不同的派別。

此夜最後的結果並未影響到我們這一瞬的好心情。少頃，有內侍從邇英閣來，通知張先生說：「陳相公、梁樞密與何御史此刻方離開邇英閣，天色已晚，禁門關閉，不便出宮，今晚將宿於翰苑。請張先生在內東門司略作記錄。」

張先生答應，似不經意地問了一句：「他們去翰苑，須鎖院嗎？」

內侍回答：「不必，只是在翰苑住宿，並不草詔。」

次日晨，秋和來找我，憂思恍惚，雙目猶帶淚痕，但嘴角是含笑的。

「懷吉，剛才我去福寧殿求見官家……」她說：「他告訴我，其實，他並不曾想改立中宮。」

得到這個明確的答案，我自然欣喜，但也注意到秋和古怪的表情，對她探到今上真話的途徑深感懷疑，遂問她：「妳是怎樣問他的？為何他會坦言說這話？」

秋和盡量保持著笑容，慢慢告訴我：「我向他提當年的承諾，要他實現我的願望。他問是什麼，我說，我的願望就是，看著皇后長伴官家身側。」

「啊……」我很難形容這時的心情，雖然完全可以理解她的善意，並認為她做了適當的選擇，但還是不禁為她感到惋惜。「妳的願望呢？妳真正的願望就這樣放棄了？」

她搖搖頭，惻然道：「再說吧……我想想，別再問我……」

她轉身，輕輕朝外走，魂不守舍的樣子。走到閣門邊，似想起什麼，又再回首，踟躕著說：「後來，官家要我轉告張先生一句話，我不知當不當說。」

「哦，是什麼？」我問。

「他說：『傳語張茂則，連日奔波，辛苦了。』」秋和複述，又補充道：「他說這話時，表情很平和，不像在生氣，但也沒有笑意。」

現在，我終於明白了為何今上不喜張先生。猶豫再三，最後還是代秋和把這話轉告給他。而張先生狀甚平靜，毫無尋常人聽見君王警告會有的惶恐，只以三字從容作答：「謝官家。」

見我訝異，他脣角微揚：「是不是覺得我很厚顏，竟不去伏拜謝罪？」

我難以回答，只是擺首，心下甚是佩服他還能這樣鎮定。若換了旁人，聽今上這話，豈還敢安於宮中？

他默默看我許久，忽然問了一個看似與此無關的問題：「郭后是怎樣死的，你知道嗎？」

「病卒。」我說，思量著，又加上以前聽見的傳聞：「有人說，是閻文應毒死的。」

張先生搖頭，說：「她是被活埋的。」

這大概是幾天來聽到的令我最感震驚的事。一時間全無反應，只失了禮數地盯著張先生直愣愣地看。

「廢后，對今上來說，原出自一時之憤，事後他也曾後悔過。」張先生告訴我：「有一次，他遊後苑，看見郭后用過的肩輿，頓時有念舊之意，頗為感傷，便填了闋詞，遣小黃門到郭后居住的瑤華宮，將詞賜給她。郭后依韻和之，語甚悽愴。今上看得難過，又派人去，向她承諾會召她回宮。呂夷簡和閻文應聽說後都很害怕，擔心郭后將來報復。而這時，郭后偶感風寒，閻文應率太醫去診視，不知怎的，那病倒越治越重了。沒過幾天，閻文應宣告藥石無靈，淨妃病卒。」

這些事我以前也曾聽人講過，遂問張先生：「宮裡人不是說，是閻文應在藥裡下毒害死的嗎？」

張先生道：「毒是下了的，但下的是慢性毒藥，只加重郭后的病情，一時卻未致死。也許他是覺得若下重藥毒死，症狀太明顯。那時今上在南郊致齋，即將歸來。閻文應怕他回來後會探望郭后，便在郭后尚未氣絕的情況下，將她強行抬入棺木收殮。」

我想像著郭后彼時感受，不寒而慄，轉言問他：「先生又如何得知此事？」

張先生回答說：「那時我在御藥院做事，有一天奉命送藥給郭后，到了她居處卻見院中已設了棺器，一干內侍宮人正在靈前哭泣。閻文應抹著眼淚過來跟我說，郭后昨夜已薨。見我猶疑，他便命人開棺給我驗視。當然，這時郭后已被收殮好，像是以正常姿態安睡著，但仍蹙眉顰目，似不勝痛苦。」

「我目光無意間掠過他們掀起來的棺蓋，竟看到上面有指甲抓過的幾道痕跡……我頓時大疑，遂藉口說貴重藥物既已送來，不便退回，不如放入棺內陪葬。於是趁置藥之機略略揭起郭后的衣袖，發現她手指瘀血烏紫，皮膚指甲破損，想來是在棺中拚命掙扎時抓傷的……」

「不必再說了。」心裡難以承受此間慘狀，我忍不住直言打斷張先生的敘述。

張先生便沉默不語。須臾，我再問：「先生既看過郭后遺容手指，後來沒被閻文應陷害嗎？」

「我估計，他是有這個心的。不過，他很快便自身難保，顧不上整治我了。」張先生說：「雖然他說郭后是病卒，但宮裡朝中莫不疑心，遂有了他下毒的傳言。有諫官請今上推按郭后起居狀，細查此事，但今上雖然悲傷，卻未應允諫官所請，只吩咐以皇后禮儀葬郭后。閻文應曾在今上宿齋太廟時大聲喝斥醫官，諫官見今上不欲追查郭后死因，便另藉此事彈劾他。於是，今上將閻文應外放出京。不久後，閻文應死於嶺南。」

「那你將此事告訴過官家嗎？」我問他。

「沒有。他既不欲追究，我何必多事。他自有他的原因，我們也不必再去揣測聖意。」張先生答道，再轉視中宮的方向，目色凝重。「但自那之後，每次一觸及那廢后詔書，我便會提醒自己，絕不能讓這事發生在如今的皇后身上。」

「所以——」他再看我，淡淡道：「受些冷眼，算不得什麼。只要我還在這宮裡，尚有一口氣，便會做我應該做的事。」

我很想問他，若真的因此觸怒今上，豈不有被逐出宮的危險？但終究還是沒問出口。再一想，這麼多年，今上雖然不喜歡他，卻也一直容忍著，想必他們之間是有某種默契的吧。

今上沒有廢后，全賴陳執中、何郯、梁適諫言，這是後來流傳的說法。

據說，那夜君臣細論皇后閣中事，何郯勸諫說：「中宮仁智，內外交欽。所謂宮亂起自皇后閣中，須制獄鍛鍊，這是奸人之謀，有意中傷中宮，覬圖非分。陛下不可不察。」

今上再問陳執中意見，陳執中也稱不可制獄鞫中宮，且持議甚堅。今上反覆又問，一旁的梁適倒不耐煩了，直言道：「陛下廢后，一次已夠，豈可再來第二次？」

他語氣凌厲，聲徹邇英閣內外，聞者無不變色。

今上默然，遂按下制獄之事不提。眾人見他採納諫言，這才告退。今上獨留梁適，特意向他承諾說：「朕只欲對張美人稍加妃禮，本無他意，卿可安心。」

當晚三人去翰苑，遇見爆直的學士張方平，將此事一說，且提到今上所說「稍加妃禮」一節，張方平當即便稱不可，力勸陳執中道：「漢朝馮婕妤身當猛獸，並不聞元帝因此對她有所尊異。況且皇后有功卻尊嬪御，自古皆無這道理。如果相公同意遷張美人為妃，將來天下人論及此事，必會將罪責全歸於相公。」

陳執中深以為然。此後今上再提尊異張美人之事，他只是不答。

於是這月裡，宮中並未聽到張美人升遷的消息，倒是關於張先生的旨意終於下達：內西頭供奉官、內東門司勾當官張茂則遷領御藥院。

領御藥院，就宦官而言，這是很重要和尊貴的職位。

御藥院即宮中御用藥房，是最重要的內廷官司，掌按驗醫藥方書，修合藥劑，以及藥物的管理進御等事。皇帝所用藥品是由御藥院製成後進奉，責任重大，因此任領御藥院的宦官非尋常之輩。朝廷規定，入仕三十年以上內臣，十年未升遷並屢立勞績者才可入選。

而通領御藥院的勾當官平日所掌並不僅僅是醫藥之事，還兼供職皇帝行幸扶持左右、奉行禮儀、御試舉人、傳宣詔命及奉使監督等事。另外，還會在皇帝坐朝時，侍立左右或殿角，以供隨時召喚。

出任此職的內臣被視作皇帝近習親信，這工作也充分地為他們提供了向上晉升的機會。許多押班、都知，乃至兩省都都知皆曾任過此職。

因此，我對張先生的升遷頗感意外，雖然他符合入選御藥院勾當官的三點規定。私下猜測，也許這並非今上本意，是陳執中或梁適等人決定的吧。但，也僅僅是猜測而已。

然而最出人意料的關於升遷的消息來自秋和。今上皇后商議後，命司飾顧采兒代領尚服局，以接掌多病的楚尚服的工作；而秋和則被遷為司飾，繼顧采兒之後，成為新任梳頭夫人。

「這事，是那天官家與妳定下來的吧？」我問秋和。

她自然知道「那天」是哪天，黯然頷首。

如此一來，她出宮之日更遙遙無期了。我在心裡嘆氣，實在為她與崔白之事覺得遺憾。「妳願意嗎？」

她抬目看我，雙眼空濛：「我也說不清楚……那天，我以願望為代價，求他讓皇后長伴他身側，他最後那樣說，算是答應了吧……然後，他很無奈地笑著嘆息，說：『怎麼連妳都在為她奔走？我身邊原本就圍滿了她的人。』我低頭不敢接話，他又說：『以前我每次出行，左邊是楊景宗，右邊是鄧保吉，走不上幾步，迎面撞見的又是張茂則……凡我所為，事無巨細她都知道……我被她困在這裡了。』」

我被她困在這裡了？我微微睜大眼睛——這話好生耳熟。

「『妳也是她的人嗎？』官家問我。」秋和接著說：「他那麼好脾氣地跟我說話，聲音柔和得像四月的風，不知為何，卻聽得我心裡很是難過……見我不答，他又說：『妳可以到我身邊來嗎？讓我不至於太孤單。』」

「什麼？」我蹙眉問：「他說孤單？」

「如果我沒聽錯的話，他是這樣說。」秋和似乎有些困惑，但語氣是肯定的。「那時我也只疑是聽錯，抬頭看了看他，見他目視窗外，但眼神空洞，像是什麼也看不見，眉間竟有些憂傷意味……我想不明白，脫口問他：『孤單？真的嗎？有那麼多娘子在身邊，官家還會孤單？』」

如果是我，也會想這樣問吧。我沒掩飾我的好奇。「他怎麼回答？」

「他像是瞬間回過神來，對我笑笑，輕聲說：『假的。』我又低首無語，他卻這時傾身過來，在我耳邊說……」秋和面色如胭脂掃過，聲音越發低了。「他說：『那只是我好不容易才想出來的藉口，為了讓妳不再把鉛華香藥往皮膚上抹。』」

我一下子想起在儀鳳閣初見今上時，他對秋和的著意關注，依稀可以理解秋和的迷惘。縱然不喜歡這樣的男子，但這樣的細心與關懷，是世間女兒都難以抵禦的吧，這時候向他表示拒絕一定是很艱難的事。

「我想拒絕的，可是……」秋和猶豫著，難以準確描述當時心情。

「我明白，不必多說了。」我和顏再問她：「那麼，皇后知道妳的決定嗎？」

秋和點頭：「官家向她提調我過去的事。她隨後私下問我是否願意去，說若我不願，她會如約在乾元節將我放出宮。但是，怎麼可以？如此一來，官家必會追問原因……我怕他和大臣們知道，皇后閣中除了雙玉，還另有宮人曾與外人……來往。」

這倒是應該考慮到的。若他們知道此事，事態發展會更糟。

我可以猜到她給皇后的回答：「妳對皇后說妳改變主意了？」

「對。」秋和惻然一笑。「我跟她說，是我自己想做梳頭夫人，不想出宮過苦日子。」

重臣進諫力保皇后，只是向夏竦展開反擊的開始，宮亂事件的最終結果是夏竦罷樞密使，判河南府。

這年四月，御史何郯上疏彈劾夏竦，直指「其性邪，其欲侈，其學非而博，其行偽而堅，有纖人善柔之質，無大臣鯁直之望，事君不顧其節，遇下不由其誠……」，再提他與內臣楊懷敏素日勾結，宮亂時曲為掩藏之事，說如今楊懷敏既已罷黜，而夏竦獨留京師，仍身居高位，中外之心，無不憤激。懇請今上棄用夏竦，上為社稷之謀，下慰臣庶之望。

他估計到夏竦可能又會拿今上忌諱的「朋黨」一點做文章狡辯，事先便在章疏中說明：「臣料夏竦知臣上言，必是指臣為矯誣，目臣為朋黨。然竦明有過惡，安得謂之矯誣；臣素無附麗，何以謂之朋黨？竦若猶飾其過，臣請面議其辜，仰祈聖明，俯臨肝膽。」

繼他之後，又有多名言官上疏論夏竦奸邪。正巧那時京師有地震現象，於是今上夜間御便殿，召來翰林學士張方平，對他說：「夏竦奸邪，以致天變如此。請學士為朕草制，將他外放出京。」

張方平大喜，請撰駁辭，欲在制書中直斥夏竦之罪。今上想想，最後嘆道：「還是給他留點面子吧，且以『均勞逸』的理由草制，別提他過錯。」

雖給夏竦留足了面子，但夏竦仍心存僥倖，負罪不去，上疏乞留京師。何郯便又怒了，再次進言：「朝廷進退大臣，恩禮至厚，竦之此拜，已極寵榮，安可更不顧廉恥，冒有陳請？況竦奸邪險詐，久聞天下，陛下特出聖斷，罷免樞要，中外臣子，莫不相慶，固不宜許其自便，留在朝廷。孔子謂遠佞人，蓋佞人在君側，則必為政理之害。其夏竦，伏乞不改前命，仍指揮催促赴任。」

「後來，今上在內東門便殿召見何郯，何郯仍極力爭辯，意態激揚，表示此事毫無商量餘地。」張先生從我手中收回存檔的章疏副本，告訴我：「今上便揶揄他：『古時有碎首諫者，卿亦能做到嗎？』何郯則回答：『古時君不從諫，則臣有碎首；而今陛下受諫如流，臣何敢掠其美譽，而將罪過歸於君父！』」

聽得我不禁笑了。「他這話說得好，既避開碎首威脅，又給了今上接納諫言的臺階。」

張先生亦笑：「不錯，今上聽後欣然納諫，不改前命，堅決將夏竦外放到河南去了。」

有一事，是我近幾日經常思索的，遂此時拿來請教張先生：「先生，今上是否也看出了夏竦陷害中宮的險惡用心，這次外放，表面上看是今上為言者所迫，但其實，是他順勢藉此懲戒夏竦？否則他是可以像堅持留用陳相公那樣，把夏竦留下的。」

張先生沒有明確作答，但說：「你沒聽他說，『夏竦奸邪』嗎？孰是孰非，誰能騙得了誰，不過看他怎樣取捨罷了。」

## 【伍】小宋

端午節前，我尋了機會出宮去找崔白，告訴他秋和之事。這於我而言，是比當年測墨義猶難數倍的任務。起初是我給了他希望，現在又親自告訴他希望的破滅，這令我萬分慚愧。吞吞吐吐地向他簡述了一下事情經過，還未提及今上對秋和青眼有加這一點，而這已讓我很長時間內不敢抬首看他。

「沒關係的。」反倒是崔白和言安慰我：「你一直盡心盡力地幫我，即使事不諧，亦不是你的過錯。是我福淺，原難求董姑娘這樣的如花美眷。」

我唯望時間能讓這段姻緣有再續的可能。「或者，再等等，等官家淡忘閨月之事，皇后或可再請他放董姑娘出宮。」

崔白略一笑，道：「懷吉，如實說，自議婚約以來，我常惴惴不安，但覺喜從天降，又進展得太順利，反而不像我這落魄窮徒一貫的命數呢。何況，她居於深宮，過慣了錦衣玉食、無憂無慮的安穩日子，就如九天仙女一般，日後若嫁了我，只能長年守著一個僅識丹青的呆子，為柴米油鹽犯愁，縱她無怨言，我亦難心安。如今她既獲晉升，想必會有更好的前程，我又何苦拖累她。」

我想說一些勸解的話，但這向來非我所長，思量半晌，只說出一句：「董姑娘並不會那樣想。」

「我知道。」崔白說，目光漫撫面前壁上掛著的一幅遠巒煙水，須臾，徐徐吟道：「劉郎已恨蓬山遠，更隔蓬山幾萬重。」

這是本朝翰林學士宋祁借李商隱的詩，化用在一闋〈鷓鴣天〉裡的詞句。

宋祁字子京，與其兄宋庠同年登科。當年若按禮部所奏，應是宋祁第一，宋庠第三，但章獻太后不欲令弟名列於兄之前，乃擢宋庠為狀元，而置宋祁為第十。如今兄弟兩人同在朝為官，世人呼宋庠「大宋」，而宋祁則為「小宋」。

宋庠明練故實、清約莊重，宋祁文藻勝於其兄，但喜宴遊，好風月，一向倜儻佻達，這闋〈鷓鴣天〉記錄的便是他一次豔遇。

那日宋祁策馬過京中繁臺街，恰逢皇后率眾宮人自相國寺進香歸來。宋祁引馬避於街道一側，繡轂宮車迤邐而過，其中一輛經過他面前時，有內人自車內褰簾，兩痕秋水在他臉上盈盈一轉，笑對同伴說：「那是小宋呀！」

語罷繡簾復又垂下，宮車轆轆，不停歇地往宮城駛去。雖只驚鴻一瞥，宋祁卻已記住那內人豐容玉顏、婉轉清音，歸家後當即提筆，寫下一闋〈鷓鴣天〉：「畫轂雕鞍狹路逢，一聲腸斷繡簾中。身無彩鳳雙飛翼，心有靈犀一點通。金作屋，玉為籠，車如流水馬如龍。劉郎已恨蓬山遠，更隔蓬山幾萬重。」

此詞都下傳唱甚廣，乃至達於禁中。今上聽見，遂問當日那內人乘的是第幾車子，何人呼小宋。最後有內人怯怯地站出來跪下，說以前曾在侍宴時，見官家宣翰林學士進來，左右內臣相顧低語：「這是小宋。」後來在車子中偶然遇見，一時興起，便呼了一聲。

今上隨後召來宋祁，從容語及此事。宋祁惶懼告罪，今上卻笑道：「你詞中但恨蓬山遠，依朕看來，這蓬山離你倒不遠。」旋即把那內人賜給了他。

這事已與「紅葉題詩」的逸事一樣，成為宮城內外爭相傳頌的佳話。宮中的妙齡內人與宮外文臣名士之間，本來便易生一種相互仰慕的微妙關係，而這個故事在其中推波助瀾，也給了他們些許良緣可結的暗示，但是……

「蓬山，並不是離誰都不遠。」結局圓滿的佳話沒有妨礙崔白的判斷，他很清醒地這樣說。

我想他可以隱約感知今上對秋和的情意，從我刻意淡化的隻言片語中。

夏竦雖已離京，諫官王贄卻還在朝中。這年九月，他再向今上提張美人「護駕有功」之事，稱當使張美人進秩，以示今上賞罰分明。

今上自然有此意，怎奈群臣反對，且又須皇后同意，一時難以下旨，沒想到最後竟是皇后鬆口，在重陽節宴集上當眾對今上道：「張美人侍奉官家多年，曾育有三位公主，而位低秩微，多年未遷。今既有功，不妨進秩為妃，以表陛下撫慰嘉獎之意。」

今上默然凝視皇后，而皇后儀態安嫻，目中波瀾不興。眾人屏息靜觀，許久後才聽今上道：「那日賊人作亂，全仗皇后指揮調度護衛，若要嘉獎，理應皇后為先。」

坐在一株白色檀心木香菊之旁，皇后脣角微揚，笑容如那秋花清淡：「承蒙陛下眷顧，臣妾身為國母，名位已隆，無可復加。況陛下以臣妾為妻，臣妾原無以為報，為陛下做的只是分內事，又豈敢邀功請賞。」

於是這年十月，今上進美人張氏為貴妃，並決定擇日為她行冊禮。

受命為張美人寫冊妃誥敕的翰林學士，便是文藻華美的「小宋」宋祁。

此前國朝從未有嬪御進秩為妃時行冊禮之事，慣例是命妃發冊，妃辭則罷冊禮。因冊禮規模盛大，人力、財力皆花費甚巨，國朝嬪御多知韜晦之道，亦不愛藉此招搖，惹宮人及諸臣非議，故均辭而不行。

宋祁可能理所當然地認為這位新晉的貴妃也會這樣想，所以未按行冊禮的程序，先聽閤門宣讀冊妃制詞，受命而寫誥敕，將誥敕送中書，結三省銜，再呈官告院用印，然後才進呈貴妃，而是不待到行冊禮之前聽宣制詞，先就把誥敕寫好，也不送中書，自己徑取官告院印用了，封好後即送交貴妃。

顯然他犯了個錯誤：並不是所有妃子都不想行冊禮。

欲行冊禮的張美人見這重要的誥敕像個土地主新納的小妾一樣，簡簡單單地就從後門隨意送進來了，不由得勃然大怒，把誥敕擲於地上堅決不受，又向今上哭鬧著訴說宋祁怠慢之罪，磨得今上答應，讓宋祁落職知許州。

宋祁落職細節傳出，中外嗟嘆，而美人張氏即在這一片嘆息聲中開始了她越發驕恣的貴妃生涯。

宮中娘子們面對張氏的驟然遷升，自然也是嘖嘖稱奇。大家均猜到她遲早會進秩，但沒想到竟會從四品的美人一下子進至一品貴妃。貴妃為四妃之首，地位僅次於皇后，今上多年以來皆虛四妃位，諸娘子最多只進至二品，現在竟如此擢升張氏，以致許多長年位列張氏之前的嬪御，例如福康公主生母苗淑儀和夭折的皇長子生母俞充儀，名位轉瞬之間倒比她低了。

娘子們不滿之下更關注張貴妃晉位內幕，不久後就有人探聽到，自夏竦離京後，張貴妃與王贄聯絡更為頻密，私下賜給王贄的金幣數以巨萬計。晉位事成，張貴妃得意洋洋，乃至在向人提及王贄時公然說：「那是我家諫官。」這樁賄賂朝中官員的醜聞遍傳六宮，到最後無人不曉，想必也曾反傳入張貴妃耳內，但她並不以為恥，倒是像有意挑釁示威於諸娘子一般，請求今上讓王贄在行冊禮時為她捧冊宣制。

后妃冊禮是應有官員捧冊，今上遂將此事付中書省討論，中書諸官員本不齒王贄，便奏說，按舊儀，捧冊官員職位必在待制以上，王贄並不具備這資格。今上將中書所言轉告張貴妃，張貴妃卻藉機乞求今上升王贄的官，今上竟也同意，把王贄遷為天章閣待制，令其在冊禮上為張貴妃捧冊。

但與此同時，他也升何郯為禮部員外郎兼侍御史知雜事，且在朝堂上對何郯明說原因：「卿不阿權勢，故越次用卿。」

也許是為補償皇后，今上陸續將后族戚里中多人改官遷封，許其厚祿。何郯為此進諫，說朝廷爵賞，本以寵待勞臣，非素有勛績，即須循年考。今無故遷升后族，屬非次改官，恐近戚之家迭相攀緣，人懷異望。

今上回應道：「戚里無勛績，但皇后有德行，這是推恩親族之舉。」遂不改前命。

帝后的關係也是六宮之人關注的焦點。自宮亂之事後，今上與中宮未曾同宿，而在張貴妃冊禮那天，一些小跡象令娘子們對他們的近況有了諸多猜疑。

那日清晨，帝后分別自福寧殿和柔儀殿起身，露面於眾人之前時均眼周青鬱、眼簾微腫，皇后雖以脂粉掩飾過，但仍可看出些異狀。在帝后攜張貴妃過紫宸殿接受群臣表賀時，一則昨夜發生在柔儀殿的事被當作趣聞，開始悄悄在後宮流傳。

據柔儀殿宮人透露，昨夜三更後，今上命內侍往柔儀殿傳宣皇后。當時皇后已睡下，聽說此事，著褙子起身走至寢殿門邊，但不開門，只於門縫中問福寧殿內侍：「官家傳宣有何事？」

內侍回答說：「官家夜半醒來，獨自坐著飲酒，不覺飲盡，便遣臣來，問皇后殿有酒否，可否攜一些過去。」

皇后卻不奉召，但說：「此中便有酒，我亦不敢再拿去給官家。夜已深，奏知官家且歇息去。」

語畢即遣內侍回去，連開門見內侍都不肯。

這事被公主默默聽在耳中，夜間宮眷觀宴於升平樓，公主竟拿來直問父親：「昨夜爹爹想喝酒，該問御膳、司醞的人要，那麼晚了，為何偏偏要傳宣孃孃送去？」

宮人們竊笑，皇后正襟危坐，宛如未聞，而今上面有窘色，低聲咳嗽兩聲，想想才道：「既已夜深，自不便勞動許多人……」

公主追問：「就算不想勞動下人，宮中娘子這樣多，閣中都存了不少酒，爹爹為何又單問不常喝酒的孃孃要？」

今上一時語塞，張貴妃見狀，把話頭接了去：「臣妾娘家又送來一些上好的羊羔酒，下次若官家想飲，只管差人來取便是。」

今上尚未答，公主已先開口，對張貴妃道：「誰不知道張娘子閣中酒多？爹爹不問妳要，自然有他不要的道理。」

張貴妃頓有慍色，似想反脣相譏，但轉眸間見今上正在觀察她反應，遂又按下怒意，強顏笑道：「公主說得是。」

夜宣中宮之事在娘子們看來，是今上欲向皇后示好的訊息，藉酒說話，無非是抹不開那點面子，怎奈皇后並不順勢接受。

「看那眼睛，他們應該都是一夜無眠吧。」俞充儀次日在儀鳳閣中與苗淑儀說：「這情形，竟像小夫妻鬧彆扭，真是何苦呢！」

苗淑儀微笑道：「他們面上一直相敬如賓，但私下這點彆扭，十幾年來一直都有。有時候，連我都看不透。」

公主聞見她們議論，又挨過來想仔細聽，被苗淑儀點了下額頭：「妳這丫頭，上次在晚宴上傻乎乎地亂問妳爹爹什麼，讓他好半天下不了臺！」

公主嘟嘴道：「我才不傻呢！我是看張娘子囂張，才故意那樣說給她聽的。」

## 【陸】滄浪

此後皇后對今上，依然是客氣恭謹、敬而遠之的態度。平日她勤於處理六宮事務，恩威並施，由此宮禁肅然，再無出什麼亂子，唯張貴妃每每有意挑釁，要求搬入更為豪奢的寧華殿。妃妾居處稱「殿」已是僭越，而張貴妃更常越過皇后，自己向兩省六局發號施令，以致寧華殿飲膳用度供給皆逾於中宮。不過皇后處之裕如、無所不容，任張貴妃如何無禮都未有怒意。

直到這年十二月裡，我才又見到皇后有哀戚神色現於眉間，卻不是因張貴妃之事。

那日黃昏，公主照例去柔儀殿做晚間定省，我隨侍同行，入到殿中，見皇后正獨坐著看案上一卷文書，轉首看我們時，目中瑩然，有淚光閃動。

公主吃了一驚，忘了行禮，先就疾步過去關切地問：「孃孃，怎麼了？」

皇后拭了拭淚，然後淺淺一笑，拉公主在身邊坐下，沉默地半擁著她，良久後才道：「孃孃一位好友的夫君上月去世了……她夫君蒙冤而亡，她還年輕，幾個孩子都沒妳大……」

「蒙冤而亡？」公主詫異道：「那孃孃將冤情告訴爹爹，請爹爹為他昭雪呀。」

皇后惻然笑笑，只擁緊公主，並不接話。

許是意識到此中自有為難處，公主雙睫一垂，亦有些黯然。依偎著皇后，轉眸指著案上文書，她又問：「這是她給孃孃的信嗎？字寫得真好看。」

那其實不像一封信，紙張尺寸和字體都比尋常尺牘要大。我隔得遠了，看不清楚具體寫的是什麼，但覺那字橫斜曲直、鉤環盤紆，作的是草書，頗有氣勢。

皇后未以是否作答，但問公主：「妳能認出這是誰的字嗎？」

公主仔細看看，道：「這字寫得像新發的花枝一樣，很是漂亮，可又與爹爹給我看的名家法帖不同……不好猜呢。」

「此人不以翰墨自誇，但世人爭傳其殘章片簡，祕閣所藏反而少了，難怪妳認不出。」皇后和顏對公主說，再一顧我，道：「懷吉，你在書藝局做過事，也過來看看吧。」

我遵命走近，低首一看，見其上寫的是一闋〈水調歌頭〉：「瀟灑太湖岸，淡佇洞庭山。魚龍隱處，煙霧深鎖渺彌間。方念陶朱張翰，忽有扁舟急槳，撇浪載鱸還。落日暴風雨，歸路繞汀灣。丈夫志，當景盛，恥疏閒。壯年何事憔悴，華髮改朱顏。擬借寒潭垂釣，又恐鷗鳥相猜，不肯傍青綸。刺棹穿蘆荻，無語看波瀾。」

這字體是我曾見過的，暗度這詞意，與我猜測的那人境況亦相符。環顧左右，見周圍只有二、三位皇后的親近宮人，遂開口道：「這字如花發上林、月滉淮水，應是出自蘇子美醉筆之下。」

皇后稱是，告訴我：「上月他寫下這闋詞，不久後病逝於蘇州。」

「蘇子美？是他死了？」公主大感意外。

皇后頷首，悵然道：「想想真是令人嘆惋，這世上竟再沒有那怒馬輕裘、漢書佐酒的人了……」

這句話中有一典故。蘇舜欽有詩名，其岳丈杜衍有政聲，當世名卿皆喜與之交遊，並如晉人稱樂廣衛玠那樣，形容這翁婿兩人為「冰清玉潤」，以謂翁婿皆美。據說蘇舜欽年輕時在杜衍家居住，每晚要獨自飲酒一斗，且不須下酒菜。杜衍聽了不信，讓人去看，那人回來說，舜欽是一壁看《漢書》一壁飲酒，看至精采處便擊節讚嘆，自言自語地評論一、兩句，再為此滿飲一杯。杜衍聽了笑道：「有如此下酒物，一斗不足多也。」後來漢書佐飲便成了蘇舜欽一段廣傳於天下的佳話。

蘇舜欽的早逝令公主不解，對皇后道：「我聽爹爹說，那些外放的官兒都過得很逍遙呢，到處遊山玩水，然後題詩撰文，又是《岳陽樓記》又是《醉翁亭記》又是《滄浪亭記》的，弄得天下人都爭相傳誦，把紙價都哄抬起來了……蘇子美不是去蘇州建了座滄浪亭嗎？怎麼這樣早亡？成日與魚鳥共樂，難道還不開心嗎？」

皇后問她：「徽柔，妳知道他修築園林為何以『滄浪』為名嗎？」

公主想了想，最後還是搖頭：「又與哪部典籍裡的詞句有關嗎？」

此刻但聞有人自殿外進來，一邊走，一邊清吟作答：「滄浪之水清兮，可以濯我纓；滄浪之水濁兮，可以濯我足。」

我們回首一看，發現竟是今上，於是皆肅立行禮。

他既吟「滄浪」之句，想必是聽見我們此前對話了的。未經傳報，我們都不知他走近，也不知他聽了多少，我不由得有些擔心，微微轉目看皇后，見她略顯猶豫，但還是沒有把案上那闋詞撤下。

今上逕自走至案邊坐下，拿起蘇舜欽遺詞細看，閱後未顯慍怒之色，但長嘆道：「舜欽歸隱水鄉，希望能像鼓枻漁父那樣豁達，以泉石自適，觴而浩歌，安於衡曠。但此詞又說『丈夫志，當景盛，恥疏閒』，可見終究是放不下。」

皇后立於今上身側，保持著一點兒距離，目光安靜地落於足前地面，應道：「他以滄浪亭向天下人表示自知進退而安於衡曠，沃然有得，笑閔萬古，可最後，卻還是寧以一死露其心聲：安能以皓皓之白，而蒙世俗之塵埃。」

今上有好一陣子的沉默，然後似向對皇后解釋一般，說：「當年雖將他削籍為民，說永不敘復，但後來……我在今年赦宥罪人的郊赦文中加了一條：監主自盜情稍輕者許刑部理雪。怎奈言者反對為其昭雪，說郊赦之敕，先無此項，這是挾情曲庇蘇舜欽，皇帝不能以片言破律……兩月前，我下旨起復舜欽為湖州長史，想先讓他在外做官，慢慢再調回京中，以免臺諫說太多話，未料他如此傲氣，寧死都不赴任。」

公主在一旁聽到這裡，忍不住小聲嘀咕：「在那些山清水秀的地方做官有什麼不好啊，難道非要回到京中和官老頭們吵架才開心嗎？」

我拉了拉她衣袖，暗示在此時說話並不妥，她對我撇撇嘴以表不滿，但倒是不再出聲。

皇后朝今上欠身，溫和應道：「舜欽未必存心不赴任，或是天命如此，莫可奈何。陛下聖明，舜欽泉下有知，亦會上體寬仁，自知感涕。」

今上無語，細閱那闋〈水調歌頭〉，再問皇后：「這是杜夫人呈交給妳的嗎？可還有信件？」

皇后答道：「她託人將這詞交到我弟弟手中，然後我弟媳帶入宮來給我，除此以外並無信件。受託之人也曾問她可還有信函要轉呈於上，她說：『僅以此詞表明心跡足矣。吾夫屈於生，猶可伸於死。』」

今上聽著，目光游移於蘇舜欽筆跡之上，思量許久後，做了個決定：「日後舜欽長子年歲夠了，我會蔭補個官職給他。除了按例撫卹的銀錢，再賜杜夫人一些財帛吧。」

皇后擺首道：「我弟弟曾遣人送錢給她，她謝絕不受，說上呈遺詞不是為乞憐求財，唯望官家肯一顧，對范相公、富彥國、韓稚圭與歐陽永叔等外放文臣多加顧惜，以後安葬子美，若尚能蒙他們賜篇墓誌，她這一生便再無所求。」

今上未置可否，默默捲好遺詞，自己攜了起身而去。

這是我首次見皇后在今上面前論及臣子之事，不免有些為她擔憂。如此公開表露對新政大臣的同情，一向反感後宮涉政的今上看了，不知會做何感想，何況那些大臣皆是他親自下旨貶逐出京的。

但結果大出我意料。

次年改元「皇祐」，今上先於春正月加封在青州救災有功的知青州富弼為禮部侍郎，繼而一併加富弼與知定州韓琦為資政殿大學士，此後又以「推恩執政舊臣」為由，為包括慶曆新政大臣在內的舊年宰執遷官加爵，遷知杭州范仲淹為禮部侍郎，已致仕的杜衍為太子太保。一時物議喧然，臺諫紛紛進言，但今上並不理會，只說這是朝廷寵念舊臣，特與改官，勿以常例視之。

諫官反對的聲音源源不斷地透過朝堂上的內侍傳到禁中，最後連素日不議政事的娘子們都在竊竊私語：「官家要讓那些新派大臣回來嗎？」

這訊息一定又令張貴妃與賈婆婆坐立難安，寧華殿的人再次忙碌起來。而今上與中宮的關係倒如窗外那愈顯明麗的天色一般，漸漸地破冰回暖，除了禮節性的見面，兩人相互探訪的次數也開始逐步增多。

一日我路過內東門小殿，憶起張先生所說的，何郯在此回答今上「碎首進諫」詰問的事，忽然想到，皇后未在今上面前對蘇舜欽遺詞稍加掩飾，可能便是抱有碎首進諫之心吧。幸而她與何郯一樣獲得了完美的結果，所進的諫言委婉而有效，令今上不但「嘉納之」，連帶著對她的態度也比以前好了。

胡思亂想地，又心生一奇怪的念頭：今上對新政大臣的態度，倒與對中宮的情形很有幾分相似呢。

國舅李用和有恙在身，慶曆八年歲末病勢加劇，今上曾親臨其宅第探望，並再為其加官晉爵，但國舅的病仍未痊癒，時好時壞。皇祐元年春，苗淑儀聞說國舅又不大好，遂自己備了一些補品藥物，命我送去。

那日國舅氣色極差，常咳嗽得氣都喘不過來。我見狀不妙，忙回宮請了太醫去給國舅看病。診脈治療期間我一直侍立在側，怕有何不妥，不敢擅離。待國舅病情漸趨穩定，面色好轉時，我才發現時辰不早，已過了禁門關閉時。

無可奈何之下，我只好接受國舅夫人楊氏的建議，在李宅中小憩，等到明晨再歸。

她熱情地為我備好客房，但我毫無心情安睡。這是我自入宮以來首次在外過夜，滿心忐忑，只想早些回去。宮門四更開啟，我剛過三更便已起身，盥洗之後即匆匆趕往宮城。

大內正門宣德樓列有五門，門皆金釘朱漆，壁皆磚石間甃，鐫鏤龍鳳飛雲之狀。每日四更，諸門啟關放百官進入上早朝，京城官員多乘馬而來，故都下有歌謠稱「四更時，朝馬動，朝士至」。

百官進宮城須以官職官階為序。因四更時尚未天亮，宰執以下官員皆用白紙糊燭燈一枚，以長柄揭於馬前，並在燈籠紙上書寫其官位名字。入城前，官員會依順序圍繞聚首於宮門外，馬首前千百燈火閃動如星河，這景象被稱為「火城」。

皇城外還設有一「待漏院」，供早到的親王、駙馬及朝廷重臣休息。這天是朔日，宮中有大朝會，在京官員皆會入宮；但現在，顯然我來得太早，宮門還未開啟，也沒見到火城盛況，待漏院也冷冷清清，唯見宮門前有燈光一點，一位乘白馬的官員正在宣德樓的雕甍畫棟下靜默地等待。

我略微靠近他，見他身披黲墨色涼衫以禦風塵，內穿朱衣朱裳緋羅袍，加白羅方心曲領，佩銀劍銀環，足著白綾襪、皂皮履，是四品官員的朝服裝扮。

他原本側臉朝著宮門，似感覺到我走近，他徐徐轉首，犀角簪導三梁冠下呈現的是一副清俊的容顏。

他並不是很年輕，約有三十多歲，但身姿秀異，勒馬立於曲尺朵樓、朱欄彩檻的背景中，任清幽夜風吹動他的涼衫廣袖，眉間銜一抹鬱色，蕭蕭肅肅，竟有謫仙一般的風致。

我在宮中，常見的是宰執大臣，三品以下官員認識的不多，故不知他是何人，不過既然四目相對，亦未敢忘了禮數，當即朝他長揖為禮。

他淡淡一笑，在馬上欠身還禮，再看我時的目光是溫和的。

此後兩廂無言。還在猜他的身分，卻見他馬首前的白紙燭燈悠悠晃動著開始轉向我這邊，我定睛一看，目瞪口呆。

上面寫著他的官銜和名字——禮部侍郎、知瀛州：王拱辰。

這個名字，如果在五年前說出，聽者多半會問：「是那個十九歲及第的狀元吧？」

但五年後的今天，關於這個名字的詮釋有了變化，眾人——例如我——首先的反應是：「是那個陷害了蘇子美的小人嗎？」

在進奏院事件之前，王拱辰作為寒門士子苦讀詩書而致身清貴的典範，常被人以欣賞與羨慕的口吻提及。他幼年喪父，由寡母辛勞撫養成人，其下還有數名弟妹，家境十分貧寒。好在他敏而好學，天聖八年舉進士，且為第一名，當時他才十九歲，是國朝史上最年輕的狀元。今上欽點他為狀元，他卻在殿上辭而不受，說殿試的題目他不久前做過，考試不是臨場發揮，故不敢以此竊取狀元頭銜。今上聽了，大讚他誠信，堅持以他為狀元，此後多年，對他寵渥有加。

而他的仕途原本一帆風順，幾乎是所有士人夢寐以求的模式：十九歲及第，二十八歲做知制誥，三十歲做翰林學士，這被士人視為最能彰顯文士身分與榮譽的「兩制」官職，他剛至而立之年便已皆得了。三十一歲出任御史臺臺長——御史中丞，如果未有蘇舜欽一案，他應該還會繼續平步青雲。

可惜後來他雖除去了蘇舜欽與一大批當時的館閣俊彥，並致使杜衍罷相，卻也因此為公議所薄，大概今上對其也有了些別的看法，藉故將他外放，出知鄭州，隨後徙澶、瀛、并三州。這幾年來他始終不得還京，今日雖來參加朝會，但官銜未改，應該只是回京述職的。

據說他在貶逐蘇舜欽等館閣名士後，曾喜形於色地說：「吾一舉網盡之矣。」以前但聞其名不見其人，因他所做那事太不光彩，在我想像中，他的外表應該如夏竦那樣，目含酒色與戾氣，乃至如王贄，獐頭鼠目、神情猥瑣。而如今，實在很難把眼前這清雅溫文的士大夫跟那句得意忘形的「一舉網盡」之語聯繫起來。

但這名字還是泯去了適才見他風儀時油然而生的一點兒仰慕之情，我默然退後，遠遠避開，與他分守於宮門兩側，繼續等待。

此後不斷有朝士策馬而來，在依序排列之前，通常會三三兩兩地聚在一起寒暄言笑幾句，唯獨不與王拱辰敘談，連過去向他略表問候的都少。我靜觀許久，才見有人過去笑著與他說了幾句話，著意辨認，發現竟是王贄。

圍聚至宮門前的燭籠越來越多，如螢火飛舞、星河流光。四鼓更聲響，百官都排列好了，幾位宰相執政這才款款引馬而來。待宰執馬至正門前，火城滅燭，禁門開啟，百官以官職高低為序，依次進宮城。

我從旁等待，須百官皆入城後才好過去。無事可做之下，目光還是常停留在王拱辰身上。

終於輪到他啟步，他引馬向前，身後卻有個騎著一匹棗紅色高頭大馬的四品官，疾步過去與他搶行。二馬相撞，王拱辰坐騎一踉蹌，幾乎將他顛落於地。他一拉韁繩，好不容易將馬穩住，但腰間所搢的朝笏卻滑了出來，落於馬下。

我想那四品官應是故意的，因他只微微一回首，笑對王拱辰說：「抱歉。」旋即施施然離去。

王拱辰勒馬停步，沉默地立於原地。周圍的人都在看他，有些一壁側首看，一壁自他身邊經過，有些乾脆停下來，好整以暇地等著看他如何下馬拾笏。無人有助他化解此間尷尬的舉動和言語。

而他只是默然垂目，像是被凍結於馬上一般，良久不動。

我知道對他而言，此刻是否下馬去拾笏皆為難事。有點同情他彼時處境，遂走過去，從他馬下拾起了笏，雙手舉呈給他。

他訝然看我，略微動容，亦以雙手接過，微笑道：「多謝中貴人。」

我含笑以應：「舉手之勞，侍郎不必介意。」

他又微微俯身道：「敢問中貴人尊姓大名？」

我說：「小人賤名，不敢有辱侍郎清聽。」

然後我倒退迴避，請他前行。他亦不再多問，朝我拱手以示道別，在眾人矚目之下，迅速恢復了先前神態，從容策馬入城。任身後一干人等如何竊竊私語，他都未有一次回顧。

## 【柒】連襟

這年春天，儀鳳閣中有位內侍黃門因病遷出，苗淑儀欲讓後省再補一個進來，我想起張承照的囑託，便向她推薦，很快的張承照便從前省調了過來。

有次我向張承照提起王拱辰，問他王拱辰是否回京述職，張承照回答說：

「他在瀛州守邊疆，略有些功勞，所以官家召他回來，加了翰林侍讀學士和龍圖閣學士的官銜。現在還未讓他回瀛州，看這意思，像是欲留他下來做京官，但朝中有不少人反對。」

我一下子想起那日火城中他受百官冷眼的情形，遂問張承照：「當初被他彈劾的那些新派大臣不都還未回京嗎？按理說，朝中應有不少反對新政的人，怎的他們也排擠王拱辰？」

張承照道：「誰讓他跟個牆頭草似的，左右搖擺呢？他年輕時多蒙呂夷簡提攜，原是追隨呂相公的，呂相公罷相後，他又跟後來推行新政的那些大臣多有往來。官家第一次欲任夏竦為樞密使時，他率御史臺與諫官一起拚死進諫。官家聽得心煩，轉身想走，結果被跪在地上的王拱辰一把拉住後裾，死活不讓他走。官家無奈，只好接納他們諫言。」

「所以，雖然王拱辰最後跟新政大臣徹底決裂，狠狠整治了蘇舜欽等人，但夏竦餘黨也不待見他，這樣朝中兩派都得罪了，弄得裡外不是人。他被外放後再回京述職，新黨、舊黨都看他不順眼，一些跟紅頂白的人也跟著起鬨，所以頗受人排擠。」

這裡有個我百思不得其解的問題：「那王拱辰為什麼會與新政大臣徹底決裂？我聽說，他與歐陽修還是連襟，怎麼連這點親戚關係都不顧了，鬧得這樣僵？」

「哈哈，就是這個歐陽修把他逼瘋的！」張承照一向喜歡打聽大臣私事逸聞，聽我提連襟之事，越發來了興致：「王拱辰和歐陽修在各自娶薛家女之前就認識了，兩人以前關係還挺好的，一起去趕考，有飯同食，有衣共穿。歐陽修文才更為出眾，那次科舉，在殿試前的國子補監生、發解、禮部試中皆是第一名，所以很是自信，對狀元頭銜志在必得。」

「殿試以後，歐陽修給自己做了身新衣裳，準備唱名之後穿，結果被同住的王拱辰先拿來穿了。估計他也是無心，還對歐陽修笑著說：『穿了你這衣裳一定能中狀元，且讓我也穿穿吧。』沒想到第二天唱名，得狀元的竟真是穿了新衣的王拱辰而非歐陽修。此後兩人雖說都不再提關於新衣的戲言，但只怕心中都會有些不自在。」

從這些年兩人文章詩詞來看，確是歐陽修遠勝王拱辰，因一場殿試與狀元失之交臂，且之前又有新衣戲言，歐陽修難免會略微介懷吧。

我暗自嘆息，又聽張承照道：「王拱辰向官家坦承此前做過殿試的題目，雖然官家未奪他狀元頭銜，但歐陽修一定更不服氣。而且關於王拱辰之前得到試題的途徑，多年來也有很多說法，其中一種說法，試題是欲拉攏王拱辰的官員透露給他的，例如呂夷簡之類。後來王拱辰確實依附呂夷簡，歐陽修勢必更加鄙夷他。後來范仲淹執政，歐陽修就相與追隨，與王拱辰更加疏遠了。」

想起那層姻親關係，我再問張承照：「他們既都娶了薛奎的女兒，平日過從甚密，縱再有嫌隙，也應該緩和些吧？」

「非也非也，不但沒緩和，還更糟了呢！」張承照連連搖頭，笑道：「歐陽修娶的是薛奎家的四女公子。王拱辰先娶三女公子，未過幾年這位夫人去世，薛家愛惜王拱辰人才，不捨得讓他給別家做女婿，便又把五女公子嫁給他做續弦。歐陽修當時便作了首詩『道賀』：『舊女婿為新女婿，大姨夫作小姨夫。』這詩迅速傳開，弄得天下人都知道王拱辰娶了小姨子。」

「後來有一次，歐陽修去好友劉敞家作客，也邀王拱辰同去。劉敞當著滿座賓客的面講了個笑話：從前有個老學究教小孩兒讀書，讀到《詩經》中『退食自公，委蛇委蛇』這句時，特意告誡學生說：『這裡的蛇要讀姨的音，切記。』次日，這學生在上學路上看乞兒耍蛇，不覺忘了時間，很晚才到學館。老學究追問緣由，學生回答說：『我剛才在路上看到有人弄蛇，便駐足觀看，見他先弄了大蛇，又再弄小蛇，故誤了上學。』」

最後那句話裡的「蛇」張承照均發「姨」音，講到這裡，他自己先就忍不住，直笑彎了腰。

我可以想像王拱辰聽見這笑話時的心情。雖僅有一面之緣，但已可覺察到他生性內向敏感，折腰拾笏之辱他尚且不能接受，又豈能忍受世人拿他閨門之事取笑。

「咦？這事如此可笑，你怎麼沒笑？」張承照詫異地問我。

出於禮貌，我對他笑笑，沒有回答，繼續問他：「歐陽修那時笑了嗎？」

「當然笑了。」張承照說：「滿座賓客都在笑，他哪會不笑！也因這一笑，王拱辰自然對他更有怨氣，說不定，還會覺得是歐陽修故意帶他去讓眾人嘲笑的吧。後來行新政時，歐陽修做諫官，頻頻向官家上疏檢舉朝中小人，乃至抨擊御史臺官員，說臺官『多非其才，無一人可稱者』。既然說無一人稱職，自然也包括當時做御史中丞的王拱辰。這些年來，歐陽修與他那一干才華橫溢的朋友沒少拿王拱辰的文筆說事，明裡暗裡常譏笑他這狀元名不副實，這次歐陽修更公開在章疏裡這樣說，所以王拱辰大怒，橫下心要跟新派大臣們作對。」

「進奏院之事後他笑著說出『一舉網盡』的話，也許是覺得多年的怨氣一下子出盡了，他能不高興嗎？這一網打盡的不僅是支持新政的館閣才俊，也是一直以文字刺激他的歐陽修的朋友們……第二年，歐陽修盜甥一案之前，他便先指示曾經的下屬劉元瑜彈劾歐陽修，說他與館閣之士唱和，陰為朋比。現在想來，外甥女之事，只怕他也曾暗中做過點什麼。」

「那麼蘇子美呢？」我又問他：「雖然他主持進奏院事務時可能有議論侵及御史臺的時候，但似乎並未攻擊過王拱辰本人。如今大家都說王拱辰彈劾蘇舜欽主要是為令杜衍罷相，但若無私怨，王拱辰怎會對今上讓蘇舜欽削籍為民的決定都不滿，堅持請求今上殺了他？」

張承照點頭道：「是呀，我也覺得奇怪呢！其實他們以前私交也不差，也是結識多年的了。當年蘇舜欽進館閣做集賢校理，還是王拱辰附范仲淹議，聯名薦舉的呢……譏諷王拱辰的話，蘇舜欽似乎也沒說過，但王拱辰一定要拿他開刀……」

他想了想，忽然傾身過來略微靠近我，笑道：「有次我因公去翰苑，見學士們正聚坐閒聊，正說到王拱辰害蘇舜欽的事，有位學士說：『他對蘇子美這樣狠，莫不是子美與他有殺父之仇，奪妻之恨？』大家聽了，都哈哈大笑。」

我沒有再接他的話。回憶王拱辰風儀，只覺十分惋惜。外表那麼清雅脫俗的人，竟陷入意氣之爭，放不開那點心胸，終致為公議所薄。面對如今的處境，不知他會否因當初的一念之差而後悔過。

仲春十五日為花朝節。在張貴妃建議下，今上命皇后率眾宮眷赴宜春苑賞花，並請外命婦同往，午間賜宴於苑中。

這日席間，張貴妃對一位默默坐著、神情寂寥的官員夫人尤為關注，特意遣身邊內侍過去問候夫人，宴後賞花，又邀那夫人同行，並親手摘下一枝瑞香花，插在夫人冠子上，和顏悅色地與她交談，和藹友善的神情簡直令那夫人受寵若驚。

張貴妃娘家的幾位誥命夫人常入宮，我是認得的，而今日這位夫人卻很面生。張貴妃少見的待客熱度令我覺得異常，於是讓張承照去打聽那夫人的身分，他很快帶回答案：「那是王拱辰家的薛夫人。」

我明白了張貴妃的用意。

不久後宮中發生的一件事從另一角度證實了我的猜想。

那天公主說想吃青梅果子，而儀鳳閣中已沒有了，張承照遂自己請命前往御膳局取。過了好半晌才回來，呈上青梅後即不住以袖拭眼角。

公主訝異道：「你怎麼掉眼淚了？」

張承照聞言，「撲通」一聲跪倒在公主面前，哭道：「臣沒用，在外受人欺負，給公主丟臉了。」

公主便問他：「誰欺負你了？」

張承照道：「適才臣從御膳局取青梅回來，途經內東門，見前面有幾名小黃門推著個小車堵在門前，走得慢騰騰的。臣擔心公主久等，便好聲好氣地跟他們說：『幾位小哥可否略走快些，或先讓我過去。』誰料他們跟吃了火藥似的，回頭就罵了臣幾句。臣還想跟他們講道理，就說：『我是遵福康公主之命出去辦事的，公主還在等著我覆命，還請小哥通融一下，讓我先過去。』哪知他們竟大聲嚷嚷：『我們可是為張貴妃做事。公主怎麼了？公主能大過貴妃？說起來，貴妃還是公主的娘呢！』」

公主一聽，頓時無名火起：「放肆！他們真敢這麼說？」

張承照啄米似的不住點頭：「是，是，確是這樣說的。臣聽了也生氣，就跟他們理論，說公主連對苗淑儀都只稱姊姊，她張貴妃哪來的福分敢說是公主的娘。他們說不過臣，竟想動手打臣，臣一著急，手擋了一下，不小心把一個車上的箱子碰倒，掉了下來。這時賈婆婆從宮內趕來，正好看見，頓時惡向膽邊生，劈里啪啦批了臣的面頰數十下，說：『這裡面裝的可是連宮裡也沒有的寶貝，砸碎了你十條賤命也賠不起！』」

「啊？她竟敢打你？」公主蹙眉怒道：「這個肥婆子，越來越可惡了。」

「可不是嗎！」張承照聲淚俱下。「臣受點委屈倒沒什麼，只是看他們如此蔑視公主，實在是嚥不下這口氣。他們今日敢打臣，明日還不知會對公主怎樣呢……」

公主受他一激，當即拍案而起，正欲說什麼，我止住她，道：「公主，暫且忍忍，想想官家教妳的話。」

她一愣：「什麼？」

我提醒她：「深呼吸。」

公主不由得失笑，怒意退了些去。

我轉首對張承照道：「他們雖蠻橫，但你也未必無一點兒錯吧？必是你看他們只是小黃門，用喝斥的語氣命他們讓道，才激起他們不滿的。」

張承照有一抹轉瞬即逝的羞赧，然後還想狡辯，我揚手示意他閉嘴，道：「我請求苗娘子調你過來，可不是想讓你為公主惹是生非。後宮與別處不同，一點兒小事，都可能鬧得無法收拾。若你不知收斂，妄圖藉公主聲勢四處招搖，不如從哪裡來回哪裡去吧。」

這是我首次以如此嚴厲的語氣跟他說話。他愣怔了好一會兒，才轉頭看公主，哀求道：「公主……」

公主此刻似乎也明白了，作勢深呼吸，然後笑對張承照道：「爹爹讓我生氣的時候深呼吸，再想一想。現在我想通了，不生氣了。」

張承照頗失望，也不再哭了，看看公主，再轉顧我，忽然又說：「其實，我是想起當年張娘子和賈婆婆陷害你的事，才更嚥不下這口氣。大家都是辛苦為公主做事，憑什麼要被她們打來罵去往死裡整呀！」

公主聽了這話，眼睛又睜大了：「你說什麼？張娘子和賈婆婆陷害過懷吉？」

張承照立即響亮地說是，我想制止他，但公主卻轉而命我住嘴，令張承照說下去，於是他不顧我阻攔，把當年琉璃盞之事一五一十地全告訴了公主。

公主聽後很安靜，沒有明顯的怒氣，垂下眼簾思索片刻，忽然追問張承照今日之事：「賈婆婆說你碰倒的箱子裡裝的是宮裡也沒有的寶貝，你可知道是什麼？」

張承照回答說：「後來她打開查看過，是一個醬紅釉色的大花瓶。」

「醬紅釉色？」公主想想，道：「莫不是定州紅瓷器？聽說定窯瓷器紅色的極少，燒製不易，顏色深淺極難把握，所以很貴重。爹爹不欲宮中用物過奢，已下令不許定州進貢紅瓷器。張娘子這花瓶又是從何而來？」

張承照道：「瞧那架式應是從宮外運來的……也許是她那從伯父張堯佐尋來討好她的吧。」

公主不語，眼眸悠悠轉動著打量四周，須臾，笑著吩咐張承照：「你去後苑給我摘一束梨花，然後再找個白色的粗瓷花瓶插上。」

張承照愣了一下：「用白色的粗瓷花瓶？」

「對。」公主道：「花瓶越難看越好……最好有破損的缺口，如果沒有，你就砸一個出來。」

張承照迅速摘來梨花，但尋那符合公主條件的花瓶倒頗費工時。最後終於跑出去，在一個廚娘的房間裡找到了，砸好公主需要的缺口，歡歡喜喜地插上梨花獻給公主。

公主把這花瓶擺在閣內最顯眼的地方，以致今上一進來時就發現了。

「這梨花開得倒好，只是瓶子不配。」今上說：「花跟瓶子都是白的，但又不是一個色調，花兒雪白，越發顯得瓶子髒，且又有缺口，甚是礙眼。快去換一個吧。」

「女兒哪有可換的花瓶！」公主沒好氣地回答：「爹爹明明有好的定州紅瓷花瓶卻不給我。」

今上奇道：「爹爹哪裡有定州紅瓷花瓶了？福寧殿妳常去，難道曾在那裡看見過嗎？」

「福寧殿是沒有，但寧華殿有呀！」公主拉著父親的袖子嗔道：「爹爹偏心，賜定州紅瓷花瓶給張娘子卻不給女兒，女兒當然只好隨意找個破花瓶來插花了。」

今上眉頭一皺：「寧華殿有定州紅瓷器？」

公主點頭：「是呀，很多人都看見了。」

今上驟然起身，邁步出門。公主追過去，待不見今上身影，即回頭顧我，俏皮地朝我吐了吐舌頭。

翌日，宮中所有人都聽說了今上在張貴妃閣中怒砸定州紅瓷器的消息。據說今上一進寧華殿貴妃閣即四處打量，似在找尋什麼。後來看見張貴妃剛擺出來的紅瓷花瓶，問她此物從何而來，張貴妃回答說是王拱辰所獻，今上大怒，斥她道：「我曾告誡妳勿通臣僚饋送，妳為何不聽！」言罷即提起柱斧將花瓶砸碎。張貴妃嚇得花容失色，跪在地上謝罪，今上便讓她跪著，好半天後才讓她起來。

「爹爹會這樣生氣，我都沒想到。」公主後來對我說：「其實我只是想讓他罵張娘子奢侈，會引來宮中人仿效，不許她用那花瓶，給她添添堵，也給你出出氣。」

我為她拈去附在她眉梢的一點兒飛絮：「公主不必為臣做這些事。琉璃盞之事已經過去很久了，何況當時，也並未對臣造成什麼不良影響。」

公主擺首道：「可是，一想到她那樣欺負你，我就很生氣，比她欺負我時還生氣。」然後，她一握我的手，認真地說：「以後誰再欺負你，一定要讓我知道。我知道你會深呼吸，可是我就是想保護你。」

## 【捌】邸報

三天後，張承照把一份邸報送至我面前，很高興地告訴我：「官家讓王拱辰回瀛州了。」

邸報是由進奏院編輯的新聞文卷，記錄皇帝近期的詔旨、起居，官吏的任免，臣僚的章奏、戰報等，經樞密院審核後，進奏院再傳抄謄寫，報行天下，傳給朝中諸司及各地官員閱覽。

我展開今日這份一看，見上面所列昨日新聞中第一條便是：「禮部侍郎、翰林侍讀學士、龍圖閣學士王拱辰離京，兼高陽關路安撫使，仍知瀛州。」

這倒是在我意料之中。今上既然已知他向張貴妃進獻定州紅瓷器之事，盛怒之下必不會再留他做京官。

真是可惜，他其實並不像個佞臣。我心下感嘆。也許是孤立無援的情況下見張貴妃主動示好，故投桃報李，何況他一定知道此前所為會在中宮心裡留下何等印象，於是以一份厚禮流露他對後宮之主的傾向，怎奈做得太明顯，犯了今上大忌。

邸報所載消息極為簡略，章奏也只取幾句重要的。再往下看，大多是某人罷去，某人遷除，某人入對之類，稍微特別一點兒的，是關於殿試的消息：「上擬於三月乙巳，御崇政殿，試禮部奏名進士。」下面羅列了禮部奏名前十名進士名單。

張承照湊頭過來，一邊瞟邸報，一邊觀察我臉色，須臾，道：「現在的邸報都不好看了，什麼事都用一筆帶過，毫無細節。如果是蘇舜欽提舉進奏院時，寫王拱辰離京這條，一定會在下面敘述今上怒砸定州紅瓷器的事。這禮部奏名的進士，也多半會在每人名字下面附加一、兩句介紹……」

他這話倒沒說錯。當年蘇舜欽主編邸報，對重大事件敘述甚詳細，語言簡潔，但又能講清前因後果，有時甚至於後附以評論，不過也因此被人彈劾，說他妄加議論於邸報內，然後上進呈今上，下傳播四方，既是越次言事，也是企圖為君代言。最後今上命中書門下與樞密院擬定邸報模式，進奏院不得妄改，於是邸報便成了如今這簡單的樣子。而蘇舜欽被構陷到除名勒停，「永不敘復」的地步，其中一部分原因，也是他主持邸報工作，遴選新聞及章奏內容傾向新政一派，從而得罪了不少人。

我擱下報紙，問張承照：「你怎會拿到今日的邸報？」

他笑道：「我今日有事去找在進奏院侍奉的兄弟，見他正在整理邸報，準備發送到諸司。我瞥見上面有王拱辰的消息，想你一定感興趣，就順了一份來。」

我不禁一笑，卻還是沒忘告誡他：「以後別再隨意拿了，我們現在在後宮做事，被人知道我們看邸報可不好。」

他擺手道：「你放心好了，以我的身手怎會被人發現？只要你不說……」

話音未落，卻聞一人陡然推門進來，揚聲笑道：「我可發現了！」

我們都一驚，好在很快發現進來的是公主。

她快步走到我面前，伸手問我要邸報：「給我看看，否則我就告訴別人。」

我只得把報紙給她。她垂目一閱，先就看到王拱辰那條。看完，她有些困惑地問我：「這個王拱辰是不是好人？爹爹跟我說過他請辭狀元之事，直誇他誠信，但他送張娘子那麼貴重的花瓶，又不像是好官幹的事呀……」

世道人心，在她如今那一雙清澈的眼眸裡只有黑白兩色，對朝中士大夫，她也只會用「好官」或「壞官」來加以區分。所以她的問題令我頗為踟躕，一時難以尋到合適的解答方式。

倒是張承照先開了口：「公主，聽說官家這兩日讓妳背誦《岳陽樓記》和《醉翁亭記》？」

「是呀。」公主很苦惱地說：「好難背啊。我背了一天，似乎記住了，但睡了一覺後起來，發現那《岳陽樓記》我腦子裡只得一句『先天下之憂而憂，後天下之樂而樂』。《醉翁亭記》更慘，只記得太守樂來樂去，為什麼樂卻怎麼都想不起來了……爹爹還要我明日背給他聽，怎麼辦？我好想撞牆呀！」

張承照躬身傾聽，不住作同情狀，但隨後說出來的話對公主來說簡直像是威脅：「公主多保重，背書也不能累著，否則明天怎麼繼續背《滄浪亭記》呢？」

公主大驚。「還要背《滄浪亭記》？」

張承照道：「不錯，臣琢磨出官家給公主背誦的文章是怎麼選的了。」

公主忙追問：「那是怎麼選的？」

張承照一指邸報上王拱辰的名字：「這王拱辰害了誰，官家就讓妳背誰的文章。」

公主愕然。張承照又繼續解釋：「當年王拱辰彈劾范仲淹的朋友滕宗諒，說他貪汙公使錢，令他謫守巴陵郡，折騰來折騰去，最後把范仲淹也貶到鄧州去了。第二年滕宗諒修好岳陽樓，便特意請范仲淹寫了《岳陽樓記》。然後王拱辰又指使下屬和朋黨彈劾歐陽修，一次沒參倒，又來第二次，終於把他貶到滁州去了，結果歐陽修在那裡寫下了《醉翁亭記》……所以接下來，官家一定會讓公主背《滄浪亭記》，因為蘇舜欽跑到蘇州去寫這篇文章，也全拜王拱辰所賜。」

公主聽了，一聲嘆息：「這王拱辰真討厭。」

張承照立即點頭應道：「確實討厭。若他沒鼓搗出這麼多事，公主現在哪還需要背這些文章呢？所以公主應該清楚他是好官還是壞官了吧？」

公主笑道：「害我背這麼多文章，當然是壞官了！」

這理由聽得我忍不住笑，但還是向公主說明：「公主，大臣的好壞不能用讓妳背書的多少來區別，人之善惡也不是僅以一、兩事就可以判定的。何況惡人一生中可能會做幾件好事，而好人這輩子也難保不會做出一點兒傷害到別人的糊塗事。」

「王拱辰勤學、誠信，這些都是他的長處，以前曾有一些為人稱道的政績，請辭狀元和引皇帝袍裾進諫甚至已傳為佳話，但後來對新派大臣的攻擊，尤其是進奏院一事他做得過分，既屬朋黨之爭，也是為洩私憤，害了大批館閣名士，現在和將來，都會有很多人因此罵他。」

公主好奇地問我：「時不時地聽人說起進奏院之事，但我一直不知道那究竟是怎麼回事。王拱辰是怎麼害蘇舜欽等人的？」

「臣以前在前省伺候，常聽文臣議論，這事來龍去脈臣很清楚！」張承照不待我回答，即興高采烈地開口對公主道。

公主也就吩咐他：「那你說吧。」

張承照便開始敘述：「當年范相公招引一時才俊之士，聚在館閣……公主知道館閣是做什麼用的嗎？」

公主道：「館閣就是史館、昭文館、集賢院和祕閣，在其中供職的人負責修史、修書和管理書籍文獻等，有時也會向爹爹講解經義。」

「不僅如此。」張承照解釋說：「館閣還兼訓生徒，是朝廷儲材擢用之地。任館職的人，往往幾年後即可致身兩制，做知制誥、中書舍人或翰林學士，再往上升，還有可能入二府，做宰相或樞密使。也正因這樣，要入館閣異常艱難。通常是取進士前五名，放到外地先做幾年官，前三名一任回，四、五名要經兩任，回到京中，經朝廷重臣薦舉，再由皇帝下旨召試，又考一回，過關了才能入館閣任職。」

「當然，除此之外還有歲月酬勞，特恩除職的，但本朝禮眷文士，官家尤其重視科舉，如今非進士出身不能得美職，所以館閣中人也由此分出了等級，進士出身又經召試的自視甚高，往往比那些特恩除職的狂傲放浪。」

公主微笑道：「蘇舜欽那些人，一定是考進去的進士了？」

張承照點頭，繼續說：「對。蘇舜欽原是相門世家子，他的祖父蘇易簡是太宗朝的狀元，官至副相參知政事，父親蘇耆官至工部郎中，而他的外公王旦是真宗朝宰相。他原本因父蔭獲得過一個縣尉的官職，但他不屑為些末微官，辭職而去，參加貢舉，中了進士。後來經范相公薦舉，應召試獲館職，除集賢校理，監進奏院。」

「入館閣後他結交的朋友大多都是像他那樣考進去的有才望之人，這些人都支持范相公國策，雖然皆是君子黨，但素日疏狂慣了，指點江山，睥睨權貴，又常嘲諷御史臺官員不學無術，越發激怒了與范相公、杜相公失和的王拱辰。何況館閣為儲材之地，現今與他作對的士人，很可能是日後的朝廷重臣，所以他一直想把館閣名士貶逐出京，但苦於未覓到對策，直到後來進奏院開秋季賽神會……」

「是每年春、秋兩季京城裡的人開的那種賽神祭祀會嗎？」公主問。

張承照道：「是。都人藉此開宴聚會原是習俗。蘇舜欽那時就按進奏院慣例賣了一批故紙，自己又出了十千錢，準備宴請他那些館閣名士朋友……」

「是只請考進去的那些吧？」公主笑道。

「沒錯。」張承照順勢奉承：「公主真是冰雪聰明，一猜就中！當時有個太子舍人，名叫李定的，也想參加進奏院的賽神會，但被蘇舜欽一口回絕，還笑對他說：『食中無饅羅畢夾，座上安得有國舍虞比？』饅羅畢夾，是蕃人羊彘肉餅；國舍虞臺，指的是國子監博士、太子中舍、虞部、比部員外這些用來蔭補高官子弟的官職。言下之意是，我們宴會只請清流雅士，你這樣像蕃人肉餅那樣上不得檯面的高官子弟就不必參加了。」

公主大笑：「把人比作蕃人肉餅，這讓李定臉往哪兒擱呢……他嚥不下這口氣，一定會報復了。」

張承照拍掌道：「可不是嗎！李定懷恨在心，雖未去參加賽神會，卻在宴席中安插了眼線。那些館閣名士也不謹慎，酒酣之時，史館檢討王洙命人召兩軍女妓雜坐作樂，殿中丞、集賢校理王益柔更即興作了首《傲歌》，詩中有兩句說：『醉臥北極遣帝扶，周公孔子驅為奴。』」

公主聽後頓現怒色，斥道：「想讓皇帝去扶他？這也真不像話！」

張承照旋即自摑一耳光，道：「臣一時不慎，直言轉述，請公主恕罪。」

這一句公主聽了尚且惱怒，今上聞說時的心情可想而知了。我此時欠身，勸公主說：「此乃王益柔少年狂語，原是無心之過。」

好在公主急於聽以後的事，倒沒就此多做計較，擺手說：「算了，反正後來他也吃到了苦頭。承照繼續說吧。」

張承照遵命，又道：「李定的眼線剛聽到這句就出去告訴了他，李定當即去找王拱辰，轉述此事。王拱辰迅速入宮面聖，舉報進奏院之事。官家大怒，立即命皇城司去捕捉宴會上的人。當時汴京街道上都是手持兵器、騎馬疾馳去捕人的內侍，臣民不知道發生了什麼事，滿城喧然，大呼小叫的聲音連宮中都能聽到。」

「全捉到了？」公主睜大眼睛問。

「那當然。」張承照眉飛色舞地說：「那些館閣士人都是書生，哪能反抗！不一會兒就全被抓到牢裡去了。然後王拱辰率御史臺彈劾蘇舜欽監主自盜，王益柔謗訕周孔，王洙等人與妓女雜坐之類，要求官家一一治罪，甚至請官家誅殺蘇舜欽和王益柔。而韓琦力諫，說官家即位以來，未嘗做過誅殺士大夫這樣的事，一旦如此，必將驚駭物聽。」

公主點頭道：「他們雖然是狂妄放肆了點兒，但也不至於要讓他們掉腦袋。」

張承照道：「公主真不愧是皇帝女，與官家想的一樣。後來官家將蘇舜欽除名為民，其餘名士皆貶官外放，館閣頓時為之一空，好長一段時間內要修書、修史、解經都找不到合適的人，邸報也停了許久。因一時找不到那麼多進士中出類拔萃者補入館閣，官家又有意懲才士輕薄之弊，王拱辰之黨遂承意旨，援引了幾個樸純無能之人進去……」

公主忽然雙目一亮，問：「那個楊安國，就是這時候補進去的嗎？」

張承照笑而頷首：「對，對，那個活寶就是這時補入館閣的。」

我一聽楊安國名字，也不禁想笑。這人才疏學淺、言行鄙樸，每次為今上講讀經義，常雜以俚下市廛之語，以致宮內侍臣中官，一見其舉止，已先發笑。一日，他為今上講解「一簞食一瓢飲」，操著滿口鄉音說：「顏回甚窮，家中只有一羅粟米飯，一葫蘆漿水。」

另外一次，楊安國又講《論語》中「自行束脩以上，吾未嘗無誨焉」一句。脩是乾脯，十條為一束。古人相見，必執贄為禮，束脩乃贄之薄者。這句話原是說：「帶著束脩薄禮來求見的，我從沒有不與教誨的」。而楊安國的解釋則是：「官家，昔日孔子教人，也須要錢的。」今上聞言一哂。翌日遍賜講官，其餘眾人皆懇辭不拜，唯楊安國坦然受之。這些事早在宮內傳為笑談，連今上在為公主講解《論語》時也曾含笑提及。

「此中可笑之人不只有楊安國。」張承照又道：「館閣內剩下的彭乘也是個妙人啊！進奏院之事後，翰林學士出了個缺，官家想從館閣文臣中選一個補進去，實在找不到太好的，就挑了年紀最大的彭乘。後來他為官家擬文章誥命，遣詞用句尤為可笑。有次一位守邊關的元帥請求朝覲，官家召來彭乘，跟他說了自己的意思，讓他草詔回覆，後來彭乘在批答之詔中這樣寫：『當俟蕭蕭之候，爰堪靡靡之行。』」

公主大為不解，顰眉問我：「這句話好晦澀，是什麼意思呢？懷吉你能懂嗎？」

我微笑道：「臣也只能猜測。或許他是想說，等天氣涼了便可啟程。」

張承照笑道：「就是這意思。官家的原話是：『等到秋涼時，你就回來吧。』這詔書傳出後，生生笑倒了幾個翰林學士。那彭乘還挺愛用這一句式的呢。後來大臣田況知成都府，那時西蜀正在鬧災荒，田況剛入險峻的劍門關即發倉賑濟，然後上表待罪，彭乘又擬詔批答說：『才度岩岩之險，便興惻惻之情。』又成一時笑料。今年彭乘得病死了，他的同僚王珙為他寫輓辭，還忍不住譏笑了他一下，在輓辭中寫道：『最是蕭蕭句，無人繼後風。』」

公主伏案笑了半晌，才道：「原來這幾年翰林學士中也混有這樣的烏合之眾。追究起來，也是那王拱辰的錯。」

也正因這點，令王拱辰更為天下才子名士所指摘。國朝頗重文章詞學之士，鑒於真宗朝館閣中有不少學識浮淺之人，今上特意指示：「館職當用文學之士名實相稱者居之。」為此提高入館閣的條件，一時所選皆為天下菁英，故本朝人才輩出，許多大臣既有政聲，亦有文名，足以流芳千古，為國名臣。而進奏院之事導致館閣取士原則更改，雖多了純樸持重之人，但殊無靈氣，凡解經，不過釋訓詁而已，更有楊安國、彭乘之徒混跡其中，長此以往，於國於社稷總是不利的。

但這些話我只是在心裡想想，並未跟公主說。她與張承照笑語一陣子，忽然又問：「但那王拱辰為什麼有這麼大的權力，想害誰就害誰呢？」

「因為他那時是御史中丞，就是負責監察百官的呀。」張承照回答：「御史臺的職權是糾察百官、肅正紀綱、規諫皇帝、參議朝政和審理刑獄。朝廷還規定，御史若百日內不指摘時政，即罷為外官。就算王拱辰與別的官兒沒私怨，他也得找人來彈劾，所以沒事千萬別得罪御史……」

「說起百日言事的規矩，朝中還另有個笑話：御史王平上任將滿百日，還未言事。同僚都很驚訝，但想一想，又說：『或許王御史是有待而發，若進言，必是論大事。』有一日，終於聽說他進箚子彈劾了，大夥奔相走告，一起悄悄找來他的箚子拜讀學習，卻見他所彈的竟是御膳中有髮絲之事。他的彈詞還這樣寫：『是何穆若之容，忽睹鬈如之狀。』」

剛一說完，張承照自己先就大笑起來，而公主未完全明白，一邊吃青梅果子一邊轉而問我：「他的彈詞是什麼意思？」

我含笑答：「他是說，皇帝正準備進膳，御容多麼肅穆莊重，不料忽然看見一根頭髮絲在碗碟中安然盤捲著。」

公主當即開口笑，不意被未嚥下的青梅嗆了一下，連連咳嗽。我正欲過去照料，張承照已搶在前頭為她輕拍背部，並端茶送水。

公主喘過氣來，道：「以前館閣中人說臺官不稱職，原來並非無理指責呀！」

張承照應道：「那是！若不是臺官自己確有不足之處，歐陽修與他那些館閣朋友也不至於頻頻拿這點說事。」

公主又笑道：「說起來，雲娘關注的事也跟王御史差不多呢。如果我不好好吃飯，她就會向我孃孃進言彈劾。等下回，我也讓爹爹封她做御史。」

雲娘即她的乳母韓氏。很快聯想到苗淑儀，公主又說：「姊姊也是呀，如果覺得我不聽她的話，就會去向爹爹或孃孃彈劾我……不過她的官兒比雲娘大，就封她做御史中丞吧。」

我聞言低首笑，公主看著我，故作嚴肅狀：「你笑什麼？你也常幹壞事，有時我不想寫字讀書，你也會去告訴我姊姊……可以算是個侍御史知雜事。」

我收斂笑意，朝她畢恭畢敬地躬身，道：「公主，請恕臣直言。臣竊以為，公主遷臣為翰林學士更為妥當。」

「為何？」公主問。

我回答：「因為臣要隨時準備應對公主垂詢，為公主講解經義，更每日值宿，不時受命為公主代擬內制文章詩詞……」

「咚」，一聲輕響，是公主把一枚青梅擲到我兩眉之間。「你又在拿我取笑！」她嗔道，但那一抹佯裝的怒意，很快消失在其後笑靨中。

我撫著眉心只是笑。她凝視我片刻，忽然說：「不過，懷吉，你那麼好學，如果沒有入宮，今年你十八歲，也可以去考狀元了吧？如果舉進士，要做翰林學士真是不難的。」

我笑容消散，心中五味雜陳，不辨悲喜。

公主再展開那張邸報，看著上面的奏名進士名單，又微笑道：「但是如果那樣，我就不會認識你了。或許只能在爹爹御集英殿召見新科進士時，登上太清樓遠遠地看你一眼，在心裡想：『這個狀元郎還挺好看的。』如此而已。」

# 第五章 神仙一曲漁家傲

【壹】狀元

公主設想的這情景，果真發生在三月，當然，那好看的狀元郎並不是我。

崇政殿殿試後數日，今上御集英殿，此次貢舉的最終結果便在那裡唱名宣布。按慣例，彼時後宮女子可以隨皇后登上與集英殿相鄰的太清樓，一睹新科進士風采。

那日太清樓上布彩幕珠簾，皇后御座設於樓東，公主坐在她身邊，宮眷於其後依序列座；唯張貴妃授意親從內侍另設座於太清樓西側，彩幕繡扇，色彩樣式皆與皇后所用的相近。從樓下望去，似兩宮並列。

此次入宮參加唱名儀式的舉子約有四、五百人，分成兩列進來，陸續在集英殿前站定肅立，皆著白色襴衫，青天麗日下，滿目衣冠勝雪。

唱名時辰到，禮樂聲止，舉子與旁觀諸人皆屏息靜氣，等候殿內的今上拆號宣布進士名。

少頃，今上親自宣讀的狀元名字經由六、七衛士齊聲傳臚，響徹大殿內外：「進士第一人——江夏馮京。」

舉子佇列內漾起一陣漣漪般的輕微騷動，之後有一位年輕舉子自內走出，不疾不緩，邁步朝殿中行去，身形秀逸、意態從容。

太清樓上的宮嬪大多按捺不住，紛紛傾身向前探視這新科狀元，無奈隔得略有些遠，他不久後又進到集英殿中，具體眉目宮嬪們不及看清，忍不住相互顧問：「妳看清楚狀元郎的模樣了嗎？」

此刻在皇后身邊侍立的內殿承制裴湘笑道：「這位狀元郎的儀容相貌，可能是國朝有史以來的狀元中最好的。」

裴湘是本朝最有才華的宦者之一。他的養父，真宗朝內侍裴愈善吟詠，有詩名，裴湘本人亦愛讀書，再經裴愈悉心培養，少年時文采已堪比進士，如今在祕閣供職，負責圖書校理，職務幾近文臣。

明道年間，今上御便殿，試進士詩賦，一時興起，遂命一旁伺候的裴湘做試題。裴湘欣然領命，一揮而就。閱讀其詩賦後，今上嗟賞，左右中人亦為之動色。從此後但凡殿試，今上都會命裴湘在側伺候，不時為他查看進士試卷，傳報答題內容。因此新科進士的情況，裴湘也相當了解。

他這句話，激起女子們一片嬉笑驚呼，個個眸色流光，越發好奇了。苗淑儀從小在宮中長大，看過好幾屆的進士，這時開口問裴湘：「比起十九年前的王狀元如何？」

她是指王拱辰，如今距他天聖八年及第時已有十九年。

裴湘答道：「王侍郎那時才十九歲，雖然俊秀，但略顯瘦弱青澀，似一株青竹。現今這位馮狀元比他那時稍長幾歲，丰姿秀美而無清寒氣，立於眾舉子中，如盛開的唐棣般眩目。」

皇后聽了微笑道：「裴承制書畫皆佳，形容起人來也跟作畫似的。」

「臣惶恐……」裴湘含笑欠身。「臣只是如實回答苗娘子問話……馮狀元才學也是極出眾的，在殿試之前的鄉舉、禮部試中皆為第一，加上今日唱名結果，那是真正的三元及第了。」

三元及第的狀元國朝史上原只有四人。聽他這樣說，眾女子對後來的進士唱名也不怎麼關心了，聚過來只管問裴湘狀元之事。籍貫、年齡、出身、殿試的詩賦內容都問過後，有一個大膽的內人脆生生地問了一句：「狀元郎可有家室？」

眾人哄堂大笑，驚得司宮令忙示意：「禁聲！被舉子聽見有失體統。」娘子及內人們勉強抑住笑聲，一壁拿那位提問的內人打趣，一壁又都挑眉勾唇看裴湘，等著聽他回答。

而裴湘的答案沒令她們失望：「馮狀元幾年前曾娶過一位夫人，但夫人早亡，此後便一直未娶。」

「哦……」內人們應道，聽起來像是鬆了口氣。

看得公主不禁笑起來，低聲對我說：「人家是否有家室，與她們又有何關係？她們又不能嫁給他，為何如此關心？」

我笑而不答。素日與內人們相處久了，可以隱約猜到她們的心思。她們固然自知不會與狀元結緣，但面對一個賞心悅目的男子，總是會希望他盡可能地保持單身狀態，以給她們更多憧憬的空間。

進士前五人由今上親自拆號宣布，其後由宦者分批唱名，待唱名至第五甲畢，入殿的舉子執敕黃再拜，殿上傳臚再曰：「賜進士袍、笏。」

賜予進士的綠袍、朝笏積於集英殿外兩廡下。前五人隨狀元先出殿門，在宦者幫助下先加一領淡黃絹衫，再著綠羅公服，繫淡黃帶子，接過白簡朝笏。隨後數百名進士相繼過來，於廊上爭取袍、笏，皆不暇脫白襴，直接加綠袍於其上。亂成一團，全沒了前五人的從容，看得宮嬪們又是一陣笑。

待進士披衫繫帶畢，宦者前引至殿上謝恩。須臾，又見狀元率眾進士出來，由宦者引至太清樓前，向皇后行禮。

那宦者帶他們過來後未做太多指示，我一瞥西側張貴妃那端，有一瞬曾疑心狀元辨不出皇后的位置，因兩側彩幕儀仗差別甚小，不熟悉宮中儀制的人未必能分清。但狀元馮京只是舉目淡看樓上一眼，即轉朝東側，率眾下拜。

苗淑儀大概與我想的一樣，此刻見他辨出皇后方位，即笑道：「這狀元郎倒有眼色。」

裴湘微笑道：「若東西嫡庶之分都不知，那便枉做狀元了。」

皇后含笑示意侍從傳諭免禮，又吩咐取龍鳳團茶餅角子以賜狀元及眾進士，並以七寶茶賜尚在集英殿中的考試官知貢舉、翰林學士趙槩。

進士禮畢，逐一退去，而狀元馮京一直停留於原地，待其餘人等皆散去後才起來，朝皇后再拜，平身後再退幾步，才轉身走。

這期間珠簾後的年輕內人們擠在欄杆處看得雙目含情、兩頰緋紅，見馮京離開都有悵然若失之狀。公主個頭小，此前又多少有些矜持，未擠到前面看，而此刻見狀元要走了才著了急，傾身朝欄杆處，以手中紈扇玉柄挑開珠簾朝馮京望去。

大概太過慌張，她手一顫，紈扇滑落，悠悠墜下，在空中畫了幾個圈，又被風吹向前，落在了馮京的身邊。

馮京止步，回首朝樓上看，追尋紈扇飄落的軌跡。他脣角銜笑，有片刻的靜止，為樓上的人提供了一幅可仔細端詳的如畫景象。

相較十九年前的狀元王拱辰，馮京之美更帶有溫度。前者清冷如從月光中走出，而後者笑容和雅明淨，融有他坦然的自信，一襲淡黃絹衫綠羅衣，被他精緻眉目、翩翩儀度賦予了華麗的質感，可以讓觀者聯想到一些令人愉悅的意象，例如陌上楊柳杏花雨，春風得意馬蹄疾。

扇墜之時，公主稍有一驚，向後縮回手，但終究還是好奇，復又以手撥開兩縷珠鍊，目光輕輕巧巧地落在樓下男子美麗的臉上。

馮京微微仰首，斜睨向太清樓上簾動處，柔和笑容帶一點兒疏懶意味，半瞇著眼睛，不知是在迴避金色日光，還是在享受它的照拂。

四目相觸，公主宛如被灼了一下，立即垂手，讓珠簾蔽住自己適才半露的面容。這倉促舉止又招致宮嬪笑，她竟也沒有如往常那樣辯解反駁。

樓下的馮京笑吟吟地拾起紈扇，低首端詳。一手持扇柄，一手輕撫扇面，像是想抹去他頭上皂紗重戴（註3）與冠纓落在扇面上的影子。

樓上的公主默默地直視前方，晃動著的水晶珠簾應著春陽流光溢彩，在她面上留下一道道暈色陸離的光影，而她的雙頰就在這漫不經心曳動著的光影中一點點紅了起來。

皇后遣了內人下去，向馮京斂衽為禮，請取回紈扇。馮京躬身，雙手舉扇齊眉，將扇子交給內人，然後朝皇后方向再施一禮，徐徐退去。

內人上樓來，把紈扇轉呈公主，公主卻不接，退後一步，道：「外人碰過的，我不要了。」

俞充儀聞言笑道：「哎唷唷，公主何時開始如此在意男女大防了？」眾人隨之大笑。公主又羞又急，低聲道：「懶得理妳們！」旋即一拉我的手。「懷吉，我們走。」牽著我快步下樓避入後苑。

我一壁走一壁留意看她，見她雙目瑩瑩，面上猶帶緋色。

---

註3　用黑色羅帛製成方形而垂簷，因為是在巾上加帽，故稱為「重戴」。宋初御史臺皆重戴，後新科進士亦戴。

這是她首次真正意識到男子之美吧。我悵然想。扇墜之事，若是在唐代，興許倒會成一段佳話——那時的狀元，是可以尚公主的。

轉顧被她牽著的我的手，聯想起那柄因被馮京碰過而被她遺棄的紈扇，一個原本模糊的念頭此刻變得無比清晰：她並不在意與我有肢體接觸，固然是沒把我當外人，但，更重要的是，也沒把我當男人。

我仰面朝著間有植物香氣的三月空氣深呼吸，盡量睜大眼睛，沒讓公主覺出我眼角的潮溼。她對我做出親密舉動，卻讓我如此難受，這是第一次。

唱名儀式結束後，皇帝會照例賜進士酒食，再賜狀元絲鞭、駿馬，然後從金吾司撥七名禁衛、兩節前引，護衛狀元回進士聚集的期集所。是日黃昏，帝后則攜宮眷觀宴於升平樓。

而帝后剛至樓上，尚未開宴，即有內侍進來，向今上稟報狀元遭遇：「官家，適才有東華門外禁衛報告，說狀元才出東華門，便有一群豪門奴僕騎著高頭大馬，團團圍住馮狀元，不由分說，就上前簇擁著狀元，強令改道，也不知把狀元引到哪裡去了。」

今上瞠目：「豈有此理，光天化日的，竟公然在宮門外劫持狀元！可知是哪家奴僕？」

內侍遲疑未答，倒是一旁的張貴妃頗不自在，輕咳一聲，朝今上欠身道：

「官家，先前臣妾伯父曾派人來跟臣妾說，因讚賞馮狀元風采，故想請他去家中一敘。那些奴僕，想必便是他家的。雖然奴僕魯莽了些，但伯父邀請，全出於善意，宴罷必會好好送他回去，請官家勿為狀元擔憂。」

張貴妃說的「伯父」即其從伯父張堯佐，算起來是她父親家族中與她血緣最近之人。這些年張貴妃得寵，屢次為張堯佐討封賞，使其官運亨通，三月中剛拜了權三司使，執掌財政大權，引得朝中官員側目。張堯佐方負宮掖勢，氣焰大熾，如今強邀馮京至其府中，自不會只是簡單的把酒敘談。

今上顯然也明白，略微沉吟，再問張貴妃：「妳那些從妹，有幾個正待字閨中吧？」

張貴妃賠笑道：「官家說得是，還有四個尚未出閣。」

今上淡淡一笑，淺飲杯中酒，不再多說。

張貴妃著意看他神色，試探著請求：「官家，既然狀元宴飲於臣妾伯父家中，可否賜些御酒給他，以示特恩寵異？」

今上瞥她一眼，似笑非笑地說：「亦無不可。」

張貴妃大喜，忙喚內侍精選御酒佳餚，送至張堯佐宅第。

其間眾嬪御默默看著，都不多話，宴罷才聚在一起私聊，很是鄙夷張堯佐行徑，說他定是想仗勢逼婚於馮京，既為女兒謀佳婿，又想拉攏這將來的朝中新貴，令其成為張貴妃羽翼。

公主聽得一、二句，也很擔心，悄悄問我：「馮狀元會答應嗎？」

想起日間馮京參拜中宮的情形，我未多猶豫，給了她一個明確的答案：「不會。」

翌日傳來的消息證明我判斷不差。張堯佐夫人一大早即入宮見張貴妃，據見到她的人說，當時她緊繃著臉，滿面寒霜。

她向張貴妃哭訴的馮京拒婚之事經由寧華殿的宮人迅速流傳開來，去掉張氏粉飾之詞，事情經過應是這樣。

張家奴僕簇擁馮京至張堯佐宅第後，張堯佐與王贄笑臉相迎，邀他入席，再由王贄作媒議婚，欲請馮京娶張堯佐之女。張堯佐甚至還取出以前皇帝所賜的金帶，令人強行束於馮京腰上，說：「聖上亦有指婚之意。」又過片刻，宮中內侍持酒餚來，像是證實了「指婚」一說。

但馮京並未點頭應允，張堯佐等得著急，索性把為女兒準備的奢華奩具一一列出，指給馮京看。馮京笑而不視，解下金帶還給張堯佐，道：「婚姻之事，須承父母之命。如今家慈不在都中，京不敢私訂終身，還望張司使海涵。」

張堯佐說無妨，只須差人去馮京家鄉，請馮母允許便妥，馮京卻笑道：「前日家慈使人傳信，說已為京議妥一門婚事。京不敢有違母親之命，但請張司使令擇高門，莫因京這寒微鄙陋之人誤了女公子好年華。」

張堯佐問馮母所聘是誰家女子，馮京說自己亦未盡知。張堯佐明白是他故意推辭，卻也莫可奈何，最後只得放他回去。

此後幾日，今上很快以一紙詔令表示了對此事的真正態度：以天章閣待制、吏部郎中王贄知洪州。

拒婚之事越發令狀元馮京美譽遠揚，據說連宮外百姓聽聞後都讚嘆不已，許多豪門世家更遣媒人每日在馮京居所前守候求見；而他每次出去，總會被幾個繡球砸中冠服，因此今上不得不增多兵衛為其護衛。

不久後，我與公主在金明池邊目睹了全城追捧狀元郎的盛況。

那日，公主祖姑荊國大長公主在家中沐浴時不慎滑倒，傷及右肱。其子差人來報，今上聽說後即命皇后帶公主與苗淑儀前往太主宅探視，我隨公主同去。

太主賢良和淑，一向待下人寬厚仁慈。見今上派來的內侍責其侍者奉主不周，立即對皇后說：「我已六十二歲了，早衰力弱，本不便行動，不慎滑倒，原非左右之過，請官家與皇后勿責罰他們。」

皇后遂令內侍勿責怪侍者，不再追究其責任。太主喚過公主，問了近況，又溫言囑她將來要善待駙馬及其家人，孝順舅姑，敬愛夫君等。公主一一答應，但神情卻不甚嚴肅，像是不怎麼上心。

離開太主宅回宮，公主與皇后同乘一輛車輿，我乘馬伴行於車輿邊，苗淑儀宮車相隨於後。剛行至金明池，卻見大道前方人頭攢動，熙熙攘攘、車水馬龍，皇后車輿竟被堵住，不得前進。

皇后喚近侍前去打探。須臾，那近侍回來，道：「今日瓊林苑開聞喜宴，宴罷狀元及眾進士出來，在苑外等候的都人一擁而上爭睹其風采，更有不少富家出動擇婿車，所以把整條金明池前道路全塞住了。」

每屆進士唱名後數日，今上都會賜「聞喜宴」於瓊林苑，宴請新科進士，並遣內侍及部分官員作陪。而那日都人亦會聞風而動，守於道上觀看。家中有待嫁女兒的人往往會備車馬過來，見有年輕進士便上前攀談相邀，甚至強拉入車回家議婚，這類車輛便被稱為擇婿車。

往日宮眷出行，必是遊人注目的焦點，尤其是皇后鳳輿，行於道上時，臣民雖恭敬地避於兩側，但都會忍不住抬頭舉目去探看，縱然很難一睹國母容顏，但看清車駕儀仗也是他們很期待的事。可今日景況大異，塞道之人竟不立刻避開，且並不怎麼打量皇后儀仗，而是一個個翹首向車輿前方望去，似有所待。

內侍開道不易，車駕移動困難，時停時行地又磨了一會兒。後來，聞見前方另有喝道聲起，遊人漸漸被屏開，終於讓出條道。而數名快行禁衛迎面走來，手持書有今上欽點狀元詔令的敕黃開道，其後黃幡雜遝，多至數十、百面，各書詩一句於上，迎風招展。掠過如雲簇擁者，但見狀元馮京緩緩策馬而來，依然著黃衫綠袍，頭戴方形垂簷皂紗重戴，左右兩紫絲組為纓，垂結於頷下，襯得他顏如冠玉。

馮京見到皇后鳳輿，立即下馬，步行走近，在輿前鄭重下拜。

兩名隨行內人輕輕撥開鳳輿繡簾，讓隔著一重紗幕的皇后可以看清面前景象。

看了看馮京，再轉顧他身後與他同行的其餘進士，皇后溫和地問他：「狀元郎，你的簪戴宮花呢？」

襆頭簪花謂之簪戴。新科進士聞喜宴上，今上會遣中使賜宮花，令進士簪戴而歸。現在聞喜宴已散，一行綠衣郎皆簪有宮花，唯馮京重戴上空空如也。

馮京低首道：「適才有人自街邊樓上拋些什物下來，碰到臣冠子，把上面所簪的宮花打落了……」

「嗯？」皇后訝異道：「竟有人敢擲物擊打狀元郎？」

這時有名為馮京呵道的內侍上前跪下，含笑向皇后解釋：「娘娘，打中狀元郎冠子的，是後面樓上一位姑娘拋下的繡球。宮花被繡球打落，尚未墜到地上，已被街邊圍觀之人爭搶而去。」

我舉目一望，見街道兩側的樓上確有許多豪家貴邸所設的彩幕，想必那些妙齡女子便隱於其中縱觀狀元馮京，這一日下來，馮京不知要被繡球打中多少回。

「狀元郎好風采。」皇后亦不禁笑，然後吩咐身邊內人，將鳳輿簷下的牡丹花摘一朵下來，給馮京簪上。

皇后出乘所用之輿簷子稍增廣，花樣皆龍，三月中仍按汴京清明、寒食、花朝節風俗，在頂上以楊柳雜花裝簇，四垂遮映。現下所用花朵皆是今日於御苑新摘的，雖經半日，仍很嬌豔。

那垂於簷下的牡丹花是千葉左花，色紫葉密而齊如截，亦稱為「平頭紫」。內人摘了一朵簪於馮京重戴之側，馮京微微一笑，朝皇后再拜謝恩。

皇后含笑命他平身，待他避到一側，即令起駕回宮。繡簾垂下，車輿啟行，而公主卻還悄悄地褰起窗邊簾幕，睜大眼睛看馮京，唇角淺淺地揚起生動的弧度。

似認出了與他有半面之緣的公主，馮京莞爾，向她略略欠身，優雅的風度依舊無懈可擊。

回到宮中，皇后與公主、苗淑儀先去福寧殿，向今上覆命。說完太主之事後，皇后又提及馮京，把萬人爭睹狀元、繡球打落宮花等情景都說了，聽得今上大笑，連連搖頭道：「遊個街都引出這許多事，以後可不能再點這麼俊的秀才做狀元了。」

話雖如此說，但他眼角、唇際皆笑意，像是故意向外人抱怨自己優秀孩子那些不算缺點的缺點，語氣中有出自父母之心的寵溺。

大概是聯想起了駙馬李瑋，苗淑儀狀甚感慨，瞧著今上，半真半假地說：

「官家也覺得馮狀元不錯吧？他若給個唐朝的皇帝遇見了，多半能被封為駙馬呢。」

今上微笑著，也半真半假地回答：「我倒也想封他做駙馬，但哪有第二個女兒？縱有，論搶綠衣郎做女婿的本事，我也比不過京中臣民，尤其是朝中那些老頭兒，實在爭不過他們呀！」

公主一直沉默地聽，並沒有插嘴，或許是源自由馮京喚醒的、少女的羞澀。回到儀鳳閣中後，她安靜地坐在鞦韆上低著頭思量許久，忽然嘆了口氣，問我：「那個李瑋，是不是真的又笨又醜？」

## 【貳】清歌

我沒有直接回答公主的問題，只說：「聽說駙馬近日苦讀詩書，頗有所得。」

這些年來，苗淑儀一直很注意防止公主與李瑋相見，每次李瑋入宮，一定不許公主前往他出現之處。皇祐二年，國舅李用和病卒，今上有意讓公主隨他臨奠於李宅，苗淑儀堅決反對，說公主尚未過門，若先往夫家，恐惹外人非議，最後終於求得今上收回成命，只讓公主穿孝服居喪，意即行服於禁中。

苗淑儀一片苦心，唯願公主不至於太早對那不相宜的駙馬感到失望。到後來，她甚至對閣內宮人下了禁令，不許在公主面前提及駙馬李瑋。

「娘子這又是何苦呢？」韓氏曾勸她說：「現在不讓公主知曉駙馬模樣，將來她下降之時陡然看見，豈不更難受？」

苗淑儀愀然不樂，道：「拖得一日是一日吧。下降之前不知道，還有幾年無心無思的好日子過，若是現在便知，以後公主必定一想起李瑋那樣子就煩悶，小小年紀就愁容慘淡的，我瞧見更不知會多難過。」

我不敢妄做論斷，說苗淑儀這話是否正確，不過每次被公主問到時，我也習慣往好處說，對駙馬短處隻字不提。

馮京中狀元後，援例被外放一年，以將作監丞、通判荊南軍府事。一年的任期，其實是非常短的，這是給予進士第一人的特殊恩遇，對其餘進士是以三年為一任。但這一年對公主來說顯然很漫長，在此期間，她再無窺簾遙望那悅目男子的機會。當然她不會經常流露對馮京的情愫，但有時候，她會長久地凝視珠簾，間或悵然嘆息。

皇祐二年的上元節，宮中有幾條以大臣名字製的燈謎，其中有一句謎面為「行盡天涯遇帝畿」。公主看見，雙目一亮，立即指著說：「是馮京！」話甫出口，她已覺不妥，悄然看我一眼，羞紅了臉。

我取下宮燈上寫著謎題的紙條，交給身邊小黃門，命他去為公主取彩頭，再若無其事地對公主說：「恭喜公主，猜對了。」

她再次見到馮京，是在皇祐三年正旦，朝廷舉行大朝會之時。

那日今上御大慶殿，接見各州進奏官吏及諸國使臣。朝會場面浩大，有著甲冑的四名武士立於殿角，稱「鎮殿將軍」。殿庭列法駕、儀仗，文武百官皆著冠冕朝服立於大殿內外，諸州進奏吏各執方物入獻，而契丹、夏國、高麗、南蕃、回紇、于闐、真臘、大理、大食等國的使臣也會各攜貢品隨班入殿朝賀。

公主以想看看那些「長髯高鼻、奇形怪狀」的外國使臣為由，求得今上允許她躲在御座屏風後窺看朝儀，而我知道她真正的目的是看外任歸來的馮京。

馮京歸來後通過召試入了館閣，如今的官職是直集賢院，品階尚不足以於殿內立班，故公主只能在他隨館閣諸班入殿朝賀時短暫地看他一眼。

緋羅袍、皂縹襈（註4）、白羅方心曲領，馮京的朝服與周圍館閣之士一樣，但在這來朝班廷中，仍耀目如麒麟、鳳凰。

公主沒有失望，回到禁中時仍在微微地笑。

但她的笑容很快地消失在當日禁中晚宴上。

朝賀畢，今上會賜宴於大殿，而皇后會於後苑便殿宴請同日入賀的命婦。開宴前，內外命婦依序相繼出列拜賀皇后，其中有位夫人甚年輕，容止溫雅，看模樣應不會超過二十歲，且是此前未曾入過宮的。皇后初見她時就著意看，宴席之間仍頻頻轉顧，立侍的入內都知張惟吉發現了，便躬身解釋：「那是直集

註4　衣裳邊飾。

賢院馮京的新婚夫人富氏。」

我隨即看公主，見她適才喜悅的神情已被這句話瞬間抹去，臉色漸漸黯淡下來。

皇后聽張惟吉的話後更為留意，讓他把富氏請到御座前，問：「夫人可是富侍郎之女？」

富氏低頭承認是富弼之女，皇后淺笑開來：「難怪我覺夫人面善，原來是像晏夫人。」

富弼的夫人是前宰相晏殊之女，此前曾多次入宮，故皇后有此語，意指富弼妻女容貌相似。

兩側的嬪御聽了都轉首看富氏，笑問她年方幾何，與馮京何時成婚之類，富氏紅著臉一一回答，諸夫人又紛紛向她道賀說恭喜，唯張貴妃在一旁不冷不熱地插了句嘴：「難怪最近沒聽說馮學士再出去幫人相親了，想必是被富氏管住了吧。」

張貴妃暗示的是去年朝中流傳的一則趣事。

直集賢院祖無擇貌醜，年過四十仍未娶妻，後來相中一位姓徐的美麗女子，便遣媒議親，但那徐姑娘堅持要先見祖無擇一面才予以答覆。祖無擇心知徐姑娘見到自己後必不會允婚，遂央求剛入館閣的同僚馮京代他相親。

馮京應他所請，施施然揚鞭躍馬，在徐姑娘家門口掠過，徐姑娘只看了一眼便芳心暗許。祖無擇的媒人指著馮京身影告訴她：「這就是祖學士。」徐姑娘竊喜不已，立即答應了婚事。豈料婚後發現新郎貨不對板，徐姑娘大怒，立即寫了封「休夫書」拋給祖無擇，然後收拾妝奩回娘家去。

張貴妃重提此事，自然語意刻薄，但諸夫人聞後大多都忍不住笑了，窘得富氏深垂首，不知如何是好。俞充儀見狀，悠悠瞥張貴妃一眼，再對富氏笑道：「幫人相親倒沒什麼，只別被人拉去議親便好。」

張貴妃當即面色一沉，銳利目光直刺俞充儀；而俞充儀佯裝未覺，從容不迫地理了理鬢角的花鈿。

皇后此時開口對諸夫人道：「富氏年輕，又是初次入宮，聽不慣妳們這樣的玩笑話，以後可別說了。」

諸夫人欠身稱是。皇后又微笑看富氏：「不過夫人以後也須規勸馮學士，以後切勿再代人相親。雖然他原出於好意，欲為同僚訂良緣，但對人家小娘子而言，此舉是刻意欺騙誤其終身，無異於恃美行凶了。」

恃美行凶？這倒是個別致的說法。我再顧公主，見她怔怔地，大概也在想皇后的話。

富氏欠身答應，皇后讓她入座，繼續觀宴。而公主忽然起身，朝外走去。我如常跟隨，到了殿外，她轉首盯著我，含怒道：「我要去更衣，不許跟著我！」

她已有淚盈眶，泫然欲墜。

我默然止步。她引袖拭淚，迅速跑離我視線。

我回到殿中。這室內依舊是衣香鬢影、歌舞升平，此刻與皇后敘話的是幾位外戚夫人。皇后向李用和夫人楊氏問過了李瑋近況，又轉而問自己弟婦，曹佾夫人張氏：「許久不見兩位哥兒了，他們一向可好？」

張氏微笑應道：「還是如往常一般，胡亂讀幾頁書、射幾支箭罷了，沒什麼出息。託娘娘福，官家皇恩浩蕩，前些天進大哥為供奉官，今日夫君也帶大哥入宮來朝賀謝恩了。」

皇后目露喜色，道：「大哥既也來了，何不讓他到此讓我見上一面？」

張氏道：「臣妾也想讓他來此拜謝娘娘，只是他現在十四歲，半大不小的，亦不好當著諸位夫人之面入見。適才臣妾讓他朝賀儀式結束後先在後苑殿廊下候著，等宴罷，經娘娘宣召再進來。」

皇后笑道：「妳這樣安排自然妥當，只是讓大哥在外枯等，豈不餓壞了他？」隨即轉顧張惟吉，讓他差人送些膳食給曹評。

皇后繼續和言問候戚里及重臣夫人，但我已無心再聽，盯著千支宮燭，默默數著火焰跳動的次數，以此判斷公主離開的時間。

而她一直未歸。終於我放棄等待，喚了兩個小宮女，起身出門去尋找她。宮女尋遍了附近內室，都不見公主在內。我不免憂慮，立即回儀鳳閣尋找，亦不見她身影。當下大急，疾步奔走於大內殿閣間，一心只想尋她回來。

過了許久，直到宮中華燈高懸，山棚光焰輝煌，仍未見公主一絲蹤跡。我最後走到後苑，頹然坐在瑤津池畔，怔忡著凝視山棚燈火映於水中的倒影，不知何去何從。

而此刻，忽見池上清波動，一葉扁舟自荷蓮垂楊處划出，激起的微瀾揉碎了水中華燈金碧光影，輕悠悠地推那小舟游至水中央。

舟上有兩人。舟頭坐著一位少女，處於舟尾的則是名少年。那少年閒把木棹，一壁徐徐撥水，一壁揚聲唱道：「畫鼓聲中昏又曉，時光只解催人老。求得淺歡風日好。齊揭調，神仙一曲漁家傲。」

唱至這裡，他輕俯身，自水中托起一盞宮人所放的蓮花狀小水燈，微笑著遞給面前少女，然後接著上闋唱：「綠水悠悠天杳杳，浮生豈得長年少。莫惜醉來開口笑。須信道，人間萬事何時了。」

月下煙斂澄波渺，那少年獨倚蘭棹，清歌飄渺，十四、五歲光景，卻已是劍眉星目，楚楚風流年少。

而那少女幽幽注視著他，除了接過小水燈之時，一直靜默地坐著，並不說話。當波光燈影晃到她面上時，可見她目下有淚痕閃動。

我悄無聲息地站起，立於堤柳下，等少年把舟划到岸邊，然後向那少女欠身，溫言道：「公主，該回去了。」

公主站起來。那少年敏捷地跳到岸上，把舟繫好，再伸手給公主欲扶她。幾乎與此同時，我亦向公主伸出了手。

她猶豫了一下，最後選擇讓我扶。

待公主上了岸，我朝那少年一揖，道：「多謝曹公子。」

## 【參】燕射

我沒有問公主遇見曹評的細節，她也沒告訴我，回儀鳳閣的途中我們一先一後沉默地走著，彼此離得這麼近，卻又隔得那樣遠，進入閣門前，不曾有半句對話。

我完全可以想到曹評一曲清歌會給她留下怎樣的印象，所以，當聽到她央求今上允許她去南御苑看契丹使者射弓時，我一點兒也不覺奇怪。

每年元旦，契丹使者到闕，朝見畢，翌日詣大相國寺燒香，第三日詣南御苑玉津園射弓，朝廷會選能射武臣伴射，並就彼處賜宴。

因後族曹氏原屬將門，族中子弟皆善騎射，伴射之臣便常從曹氏中選，最近幾年，此任務屢次交給曹佾或其堂弟曹偕。曹評年歲漸長，且又一向精於騎射，遲早是會出任伴射之臣的。

此番公主請往南御苑，應是曹評曾告訴她，初三那日他會隨父同去。

今上禁不住她苦苦哀求，勉強同意，但命她於射弓場旁邊的樓閣上看，不得現身於射弓場內外，以免被外人看見。

玉津園位於南薰門外，建於後周，又經國朝皇帝修繕，而今規模宏大，除了長五百丈、寬三百丈的射弓場外，園內亦設千亭百榭，中有水濱，林木蓊鬱，芳花滿徑，更置有一「養象所」，其中養有數十頭大象及各類珍禽異獸，因此公主平日也愛去觀賞。

燕射那日，公主清晨即往玉津園，早早地登上射弓場邊上樓閣，坐於簾幕後等待。

須臾，契丹使者與大宋伴射之臣相繼入射弓場，領銜伴射的是曹佾，他身後跟著一裹青色頭巾、穿白色青緣窄衣、繫束帶、著烏靴的少年，公主一見即往珠簾前又靠攏了一些——那是曹評。

契丹使者頭頂金冠，後簷尖長，狀如大蓮葉；服紫窄袍，金蹀躞（註5）。曹佾則著樸頭、穿窄衣、著絲鞋，腰繫銀絲束帶。白皙清美的容顏，加以他溫和淡泊的目光，這一身射弓裝束竟被他穿出了文士衣冠的雅致。

少頃，兩列內侍前引，十三團練趙宗實隨後而至，作為今上所遣東道主，登上射弓場主座高臺觀戰。使者與曹佾各自率眾朝高臺行禮，再兩廂對拜後，

註5　衣帶上的飾物。

十三團練命內臣宣今上旨意，賜弓矢、御酒。契丹使者立左足、跪右足，以兩手著右肩拜謝。兩國臣子對飲御酒，禮樂聲起，大宋招箭班十餘人著紫衣、襆頭列於垜子前，行過儀式後分守兩側，靜候使者發矢。

垜子有十座，靶面著紅，均畫一黑色側面虎頭，以虎目為靶心。契丹使者按例是用踏弩射。一位裹無腳小襆頭、穿錦襖子的契丹人先行上前，踏開弩子，舞旋搭箭，自己先瞄準中間靶面，窺得端正了，才過與使者。使者略看了看，便發矢射出，正中靶心。

觀者擊掌道好，然後均轉顧曹佾，等他應對。

本朝伴射是用弓箭。曹佾從容上前，引弓搭箭，幾乎未作停頓，一箭如電閃過，直透虎目。

招箭班齊聲喝彩，圍觀的宋人更是欣喜，連聲道賀，戰鼓狂擂，樂聲大作。契丹使者亦拊掌相讚，曹佾欠身道謝，略無矜色。然後使者笑吟吟地又跟他說了什麼，且手指身後隨從，似有一些建議。隔得遠了，公主聽不見他們對話，很是著急，遂對我說：「懷吉，你下去聽聽他們說什麼，回頭上來告訴我。」

我答應，囑咐隨行的張承照和眾侍女伺候好公主，便下樓前往射弓場。侍走到場邊，已有一名契丹青年自使臣侍從群中走出，身材高大、氣宇軒昂，手挽一輪雕弓，似準備射垜。契丹使者注視曹佾，像是在等他答覆，而曹佾沉吟著，一時未表態。

我問一位旁觀的內臣目前狀況，他回答：「契丹使者說每年射弓模式單一，皆由大使、副使與大宋伴射發矢，幾年來都不過是這幾個熟悉的人，今日不妨改改，聽說大宋少年多有善射者，不如便全換年輕後生來較量切磋。他自選一契丹後族中人，名喚蕭禮，看樣子是個神箭手。換人倒也沒什麼，但他又點名要十三團練應戰……」

十三團練平日喜讀書，偶爾遊戲也不過是弈棋、擊丸之類，並不擅長騎射。契丹使者恐怕亦有耳聞，這樣說，多半是有意為難，存心挑釁。

見曹佾未接受這建議，契丹使者又向高臺上的十三團練施禮，一再邀他下場應戰。而十三團練兩眉微蹙，狀甚不懌，並未答話。場內的蕭禮等得不耐煩，便用契丹語朝自己國人高聲說了一句什麼，周圍契丹人聞之皆笑。宋人相互轉顧，都想知道他說的是什麼，最後是一位大宋通事低聲告訴眾人：「他說十三團練不但不會射弓，連勉強應戰的膽子都沒有。」

話音未落，即聞大宋伴射佇列中有一人朗聲說了幾句話，說的竟也是契丹語。我與眾人一樣，驚訝之餘定睛看，發現說話的是正徐徐步入場內的曹評。

通事大喜，忙給大家翻譯：「曹公子說，十三團練今日是做燕射東道主，穿的是廣袖長袍，不便射弓，而他騎射技藝多蒙十三團練指點，算得上是十三團練的弟子，故想請纓代師應戰。」

契丹使者尚在猶豫，曹評又向他說了些話，通事繼續翻譯：「他說蕭禮是契丹後族中人，而自己是大宋皇后姪子，出面伴射應不至辱沒契丹使者。若一戰告負，再請十三團練更衣應戰，亦未為晚矣。」

話已至此，契丹使者不好拒絕，便頷首答應。曹評上前與蕭檀見禮，請他先射，蕭檀卻道：「你既會騎射，那咱們便各自乘馬射柳吧。」

曹評未有異議，回首吩咐侍從準備場地，並將他的火赤馬牽來。招箭班諸人迅速按規則懸兩行柳枝於場內，樹枝上繫絲帕為識，其下削一小段樹皮，令呈白色，以為靶心。

射柳定勝負，結果分三等：馳馬以無羽橫鏃箭射柳枝，射斷其柳，又以手接住，躍馬馳去者為上；斷而不能接去者次之；若射中而柳枝未斷，與未射中者一樣，皆為負。

曹評依舊請蕭檀先行。蕭檀也不客氣，上馬後引弓瞄準，幾乎在放箭的同時即一夾馬腹，風馳電掣一般向前衝去，在柳枝墜地之前伸手一撈，握於手中，再揚起示眾。

這一連串動作完成得順利流暢，看來就算曹評同樣能做到斷柳接持，也不過是打個平手，故契丹人皆有喜色，宋人表情則略微凝重。

而曹評引馬向前，神態自若地挽弓、瞄準、放箭、躍馬，最後也是穩穩地將柳枝接在手中，看起來與蕭檀動作略相似。

宋人歡聲雷動，紛紛向曹氏父子稱賀。最後契丹使者也過來，乾笑著對曹佾道：「曹公子好身手。這一局是大宋勝了。」

蕭檀頗不服氣，用漢話高聲問：「我們都接住斷柳，只能說打平，怎可說是大宋勝了？」

契丹使者回首，冷冷道：「你沒看見，曹公子引弓時用的是左手嗎？」

蕭檀一愣，仍不肯認輸，嘀咕道：「若是他與別人不同，一向擅用左手呢？」

曹評聞言微微一笑，道：「那我換右手再射一次如何？」

蕭檀一揮手：「罷了罷了，咱們再比試一局。蒙眼射垛，怎樣？」

蒙住雙眼後放箭射垛是一項絕技，非神射手不能為。宋人聽後皆關切地看曹評，而他並不退縮，欣然應戰：「好，那這一局，就比這個。」

這次蕭檀做了充分準備，仔細選好弓箭，走到引弓處，先行瞄準測試，如此三番後再讓人以黑巾蒙住雙眼，緩緩將弓拉滿，一箭射出，果然正中靶心。

彷彿又是契丹占了先機。曹評在給予蕭檀的喝彩聲中緩緩走到引弓處，事關大宋榮辱，旁觀者自然都為他捏了把汗，但他表情平靜，看不出一點兒緊張的意思。

提弓站定，他示意侍者蒙上他雙目，連先瞄準測試的步驟都省了。契丹人一片譁然，越發盯牢他，看他如何發揮。

先微微揚起下頷，任清風拂面，蔽目巾帶的末梢隨著他腦後散髮向後飄動，他秀秀頎頎地立於這萬眾矚目處，沉默著良久不動。似從風聲中聽出了令人愉快的韻律，漸漸地，他脣際逸出了一絲笑意。

當旁觀者尚在困惑地看他笑容之時，他驀然抬手挽弓，瞬間拉滿，以迅雷不及掩耳之勢將箭發出。

出乎所有人意料，那一箭遠離標靶，高高地朝天飛去。

想必那電光石火的一剎那，大家都以為是他失手。但，也只是一剎那而已。很快的，空中傳來一聲飛鳥哀鳴，然後，有什麼東西墜到了射弓場內。

招箭班的侍者迅速跑去，將那物體高高舉起——那是一隻孤雁，被曹評的箭貫穿的空中飛雁。

片刻的沉默之後，場外又鼓樂齊作，一片歡騰。契丹人面上尚存驚悚之色，而宋人拊掌相慶，紛紛聚攏來向曹氏父子道賀。曹評摘下蔽目巾帶，淺笑著對陰沉著臉的蕭樻拱手：「承讓。」

蕭樻一嗤，道：「我們先前說的是射空中的鳥兒嗎？」

「不錯，是犬子壞了規矩。」曹佾此時開口，對契丹人說：「本應射的是垛子靶心，他卻往別處射，既未曾中的，便是輸了。此番射弓，大宋、契丹目前各勝一局，是打了平手。」

十三團練認可了他這說法，客氣地笑讚蕭樻幾句，然後代今上賜了蕭樻及曹評一些珠寶雜綴的鬧裝（註6）、銀鞍馬與金銀器物。蕭欑面色稍霽，亦與曹評一起上前謝恩。

當曹評離場更衣時，玉津園中內臣皆聚至沿途兩側，朝他歡呼稱賀。我從中辨出一個熟悉的女子聲音，循聲望去，竟見公主站在前方人少處，穿著一身小黃門的衣袍，長髮也嚴嚴實實地束在了幞頭裡，看上去就像個面目清秀的小內侍。

我立即快步走到她身邊，輕拉她衣袖。她回頭看我一眼，笑容不減，毫無離開的意思，也沒對我多做表示，依舊轉首去看漸漸朝她走來的曹評。

曹評容貌與其父頗相似，但眉宇間多了幾分少年獨有的勃勃英氣。此刻他含笑前行，舉止疏朗大方，也不失世家公子的端雅氣度，但走至公主身邊時忽然童心乍現，側首向她瞪眼吐舌，扮了個鬼臉。

公主亦不示弱，鼓起兩腮，手指推鼻尖向上，給他瞧了個豬鼻子。

然後兩人相視而笑。其間曹評並未停步，在向公主揚揚眉後，逕自往更衣的殿閣去了。而公主目送他，面上猶帶喜色。

射弓之後，按例於玉津園中賜宴，由十三團練及曹佾等人作陪。公主說午後要去養象所看珍禽異獸，便留於樓臺之上獨自進午膳。御膳局奉上的膳食她

註6　以寶石雜綴而成的帶狀佩飾。

嘗了兩口便說不好，堅持要我親自去廚房吩咐廚子做她愛吃的菜。我只得遵命前往，臨行前看了看她尚穿在身上的小黃門衣袍，一點兒疑惑一閃而過，但終究還是沒問出來，只對她說：「公主，這衣服還是換了吧。」

她頷首答應：「即刻就換……你快去吧。」

我的預感是正確的。當我回來時，公主已不在樓上。

我問閣中侍女，她們吶吶地說，公主帶著張承照出去了，此外不許任何人跟著。

我出去尋找，剛至樓下便見張承照哼著小曲回來。迎面撞見我，他一驚，低頭想溜，被我揚聲喝止。

我問他公主現在何處。大概是我神色、語氣太過嚴厲，他眸光甚至有了驚恐的意味，沒怎麼拖延便供出了公主所在的位置。

「與曹公子在一起？」我問。

他瑟縮著低下頭。我一把推開他，闊步朝他所說之處走去。

## 【肆】紅梅

閔河水岸，梅枝疊影處，少年解下所披的大氅，搭在身邊少女肩上。

「別著涼了。」他微笑說。

他裡面穿的是紅梅色大袖夾袍，有茜色織錦衣緣，轉側間露出領口袖下的一痕白紗中單。原是豔麗的色調，但他容顏光潔明亮，意態爽朗清舉，宛如懷蘊日月之光，與這豔色交相輝映，倒令人全不覺此中有脂粉氣。

少女側首一笑以應，披好那細羽精織的大氅，一身雅素，唯面頰微紅，像是任春風把周圍千瓣紅梅的粉色吹到了臉上。

這是我在玉津園閔河邊找到公主與曹評時看見的景象。

他們背對著我，並肩坐在河堤木道上，面前一脈碧水，身後萬樹紅梅。

紅梅露蕊，原是玉津初春絕景。這種梅花粉色中帶一抹紫意，花繁如杏，香亦類杏，原出自姑蘇，後經晏殊移植至京城，而今都中所有不過二、三處，玉津園內的經南人侍弄，開得最好。今年天氣回暖甚早，元月剛至，河堤兩岸已頗有春意，雲鎖嫩黃煙柳，風拂紅蒂雪梅，加上這一對粉妝玉砌的小兒女置身其間，此景更好似一幅精心描繪的丹青畫卷。

先前的焦慮和一絲莫名的惱怒於此刻悄然淡去，我止步，默然立於他們身後不遠處的樹蔭下，並沒有開言打擾他們。

他們專注於愉快的交流，對我的到來渾然未覺。

曹評大概也是自宴席間溜出來的，攜了一盤食物，此時擱於身畔。他選了一塊燒炙而成的帶骨之肉遞給公主：「公主嘗嘗這個。這是契丹的貔狸肉，京中很少見。」

公主沒有立即接，先低首聞了聞，然後說：「有一點兒羶味。」

「這貔狸是羊乳飼養長大的。」曹評解釋，又勸她：「其實羶味並不重，妳且嘗一口，肉很肥美。」

他把肉塊送至公主嘴邊，公主皺著眉頭咬了一口，咀嚼了幾下便展露笑顏：「是很香呢。」

於是她接過去，很快吃盡骨上的肉。曹評又遞給她一個飯團：「這是御膳局按契丹食譜，用白羊髓和糯米飯做的。」

公主說飯團大了，曹評便掰開與她分食，待公主吃完後，又取了一塊臘肉狀的東西給她：「這是契丹人用海東青捕獵的天鵝製成的臘肉，和貔狸肉一樣，是此次契丹使者帶來進貢的。」

公主又開始品嘗天鵝臘肉。其間曹評倒了一杯羊乳給她，她騰不出手，便只低頭，就著曹評手中杯盞喝了。

她喝完又專心致志地開吃，一副津津有味的模樣。曹評盯著她看了半晌，忽然轉首對著碧水煙波笑開。

公主嚥下口中食物，愕然問：「怎麼了？」

曹評笑道：「前晚我請妳吃點心，妳不肯吃，我還以為妳胃口不好……」

公主羞得耳根都紅了，拋下還剩半塊的天鵝肉，低聲道：「我不吃了。」

「公主別介意，我不是笑妳。」曹評略斂笑意，溫和地向她解釋：「我是看妳愛吃我帶給妳的食物，所以很開心……有時我帶美食給家裡那些侍女，她們明明很喜歡，但當著我的面卻把食量裝得跟貓似的，只肯零零碎碎地咬一點兒、兩點兒，我瞧著討厭。」

他又拈起一塊魚片遞與公主，公主卻還是不肯接，他便把魚片塞進自己嘴裡，嚼了兩下後吞下，又取了些食品大口吃了，再對公主道：「看，我吃的已經比妳多了，若我再笑妳，妳笑回我便是。」

公主聞言笑，這才接過了他再次遞來的魚片。

他們繼續吃契丹美食，且不時說笑，發出的笑聲驚動了棲息於水岸的白鷳素雉，紛紛掉首看他們，然後三三兩兩地展翅飛，這情景令他們覺得有趣，更是歡聲笑語不斷。

我牽了牽脣角，亦想隨他們笑，卻終究未能笑起來。

眼前所見，明明是滿園春景，我卻猶如獨處落木風中，任它吹得心底一片荒蕪。

最後，我還是沒有上前驚動公主，而是默默退至梅林前的小徑上，見有人來，便上去與其閒談，並把他們引開，以使他們不致發現河堤邊坐著的人是曹評與公主。

約莫過了一個時辰，他們才起身離開。我迴避至隱蔽處，目送他們分頭歸去，然後再緩緩走回公主所在的樓閣。

「懷吉，你去哪裡了？」公主一見我即問，怯怯的語氣中有關切，也有點忐忑意味，像是怕我詢問或責備。大概是張承照跟她說過什麼。

如今她彷彿把我當成了監視她的家人。這念頭讓我品出一絲苦澀，但我努力未讓其形之於色。

「臣去園中尋公主，但一直沒找到，走得累了，便在梨花園的亭子中小憩，不覺睡著，適才醒轉，想到公主應該已歸，便立即回來了。」我對她說了一個無惡意的謊言。

「哦。」公主鬆了口氣，隨即吞吞吐吐地說：「我去看大象了……一個人……看完大象又看天竺國的狻猊……還有犀牛……和神羊……」

她似乎並不習慣在我面前說謊，聲音越來越小，臉也難以遏止地紅了。

我朝她微笑，以柔和的表情安慰她：「嗯，臣怎麼沒想到呢？公主本來就說過要去看大象的。」

## 【伍】鞭春

雖然張承照抵死不認帳，但我仍可肯定讓公主穿小黃門的衣服溜出去是他出的主意。

他迅速得到公主信任，靠的就是察言觀色的能力，與慫恿公主隨心而行的話語。我曾私下責備他，語氣不自覺地越來越重，最後聽得他嘆了口氣：「小時候被那些高我一階的內侍黃門罵，我才認識到了什麼叫官大一品壓死人。原以為我們是兄弟，你跟他們不一樣……」

我一怔，漸漸回想起小時我被人欺負時他維護我的事，便沉默下來。

他又提及公主：「公主穿小黃門的衣服出去玩，不過是偶爾為之的小事。且行動謹慎，也無人發覺。就算被人發現了，她又沒跑出宮去，頂多被官家、娘娘說幾句罷了，能惹來多大麻煩？官家那麼疼公主，莫說她只是在宮院裡走走，就算她一時興起，放把火把皇宮燒了，官家也絕對不會真的責罰她……這就叫骨肉至親！張貴妃得寵吧？但行動稍有差池官家都會給她臉色看，讓她下跪謝罪。而公主，你什麼時候見官家當真對她動怒了？公主傷個小指頭都會讓官家心疼半天的呀——」

我不想聽他謬論，打斷他的話：「此事並非像你說的，只是公主在宮裡走走那麼簡單。你讓她喬裝去見外人，若被人——尤其是臺諫——知道，會給她和官家帶來多大麻煩？何況，她是已經訂親的女子……」

「唉，說過多少次了，不是我要她喬裝的。」張承照相當小心地繼續迴避著教唆公主的罪名。「你又不是不知道，公主若想去做什麼，十頭牛也拉不轉。再說了，她只是想在出嫁前多見幾個順眼的人，你又何必總是阻攔呢？想想咱們那位駙馬爺，那可真夠寒磣的，公主嫁過去後鐵定是笑不起來了，何不讓她現在過得開心些呢？」

最後這一句令我良久無語，好半天後才道：「公主太過率真，若與曹公子接觸太多，恐怕以後難以收拾。」

張承照一擺手：「嗨，青天白日的兩個小孩見見面能出什麼大亂子？你還道他們有本事私奔呀？」見我不答，他忽然別有意味地笑了笑，刻意壓低了聲音，躬身側首盯著我，試探著說：「我知道，你服侍公主多年，忽然見她跟別人親近，心裡總會有些不是滋味……」

我霍然而起，緊抿著嘴，冷冷視他。他被嚇得禁聲，低首再不敢看我。既厭惡張承照曖昧的猜測，也憤恨自己竟對這話有如此強烈的反應，我拂袖而去，難以抑制胸中翻湧著的千般情緒，漫無目的地在宮中疾步走，簡直想邁步狂奔。

後來回過神，是因為聽見了公主的聲音。

「懷吉，懷吉，你怎麼在這裡？」

這個問句把我的思緒從混濁狀態沉澱下來。我發現此刻身處福寧殿之前，而公主朝我迎面走來，臉上帶著明淨笑容，不待我回答，便揚手讓我看她握著的一個精緻小匣子：「你猜這是什麼？」

我深吸氣，盡量讓面部不那麼僵硬，再輕聲應道：「看樣子，匣子裡盛的應是塊古墨。」

「沒錯！是爹爹剛才賜我的李墨。」公主笑著靠近我，又道：「伸出手來。」
我不解她何意，但還是依言伸手給她。
她把那塊南唐古墨放在我手心，道：「賞給你了。」
我不免驚異。如此貴重的古墨宮中庫存不多，想必公主也是費盡口舌才能求得今上同意賜給她，而她竟這樣隨隨便便地轉賜給了我。
略一思忖，我猜到此中關節：「公主又是想讓臣做什麼事嗎？」
「絕對不是，我可不是要你為我做任何事！」公主立即否認，但隨後她再一開口，我便知道我所料不差。
「不過，哥哥。」她小心翼翼地微笑著，以商量的語氣跟我說：「我想立春那天去先農壇看鞭春……」
「鞭春」原是古儀，出土牛以送寒氣，以示送寒迎暖，勸耕以兆豐年之意。國朝此儀尤其隆重。立春前一日，開封府會進黃泥塑的春牛及耕夫、犁具等物入禁中，宮內以鼓樂相迎。立春之日，宰執率百官、親王、貴戚入賀，聚於觀稼殿前設的先農壇前，依序各執彩杖，環擊春牛三次，以表勸耕，故名為「鞭春」。
那日有官銜的貴戚亦會參加儀式，公主必定想藉機再見曹評。那是男子聚集的大典，宮眷不能參加，公主這樣說，多半是想求我允許她再次喬裝去看。
她求了我好幾天，信誓旦旦地保證絕對不會被人發現：「因為那天我可以像別的小黃門那樣著彩衣、戴鬼面，有面具遮著臉，誰會知道我是公主呀？」

後來我問她：「公主何必要經臣允許？像上次那樣把臣支開，再悄悄跑出去，臣也是沒法干涉的。」

「嗯……我不會再那樣做了。」她有點靦腆地微低螓首，道：「我怕你會不高興……」

聽見這話那一瞬的感動，成了我答應她的理由。

那天她果然著五彩花衣，戴了個咧嘴大笑的鬼面，裝扮成迎春牛的小黃門去看了鞭春儀式。我可以隨眾一起旁觀，但自始至終，都盡可能地跟隨著她。

不過，她沒有如願見到曹評。在她張望許久後，我過去告訴她剛剛打聽到的消息：「契丹使者今日離京回國，曹公子隨國舅出城相送，不會參加鞭春典禮了。」

雖然隔著面具，我仍能感覺到她深重的失望。

她呆立片刻，低聲說了句：「我沒說要見他。」然後，繼續舉目看眾人擊打春牛。

那泥做的春牛高四尺、身長八尺，象徵四時八節；尾長一尺二寸，象徵十二個月。牛身上還繪有四時八節日期時辰圖紋，旁邊則置耕犁等物。鞭春用的彩杖又稱春杖，以五色彩絲纏成，每個官吏持兩條，依官品順序環擊春牛後再圍聚拜祭焚香，而最後的儀式是擊碎春牛，眾人爭搶春牛土，且以搶得牛頭並載之以歸為大吉，此謂之「搶春」。

而今觀禮者眾，大多又都是位尊年高者，因此後來的搶春一節皆是由年輕官吏及宗室、貴戚子弟參與，年長者僅旁觀而已。

禮至搶春時，春牛壇下已聚滿了躍躍欲試的青年，個個都看著春牛摩拳擦掌，只待司儀發令。就在此刻，有個著紅梅色襴衫的十七、八歲男子忽然發力，從人群後方拚命擠到了壇下第一排。這迅猛動作激發了被擠開者的不滿，皆對他推推擠擠，而他張開兩臂努力招架，毫不退讓，紅著臉、喘著氣，兩眼直愣愣地緊盯牛頭。

我看清他面容後即暗覺不妙——那是駙馬李瑋。許久不見，他模樣並無太大變化，只是高了一些，也略胖一點兒，更顯壯實，在周圍一群宗室貴戚子映襯下，不免透著幾分粗蠻之意。

正想勸公主回去，她卻已留意到李瑋。李瑋那衣袍的顏色簡直令她憤怒：「這麼醜、皮膚這麼黑的人竟也敢穿紅梅色衣服，真是東施效顰！」

我啞然失笑。立春日的儀式與尋常大典不同，氣氛輕鬆，亦不要求所有官吏都穿朝服，年輕的宗室貴戚子是可以隨意選鮮豔的衣裳穿的。李瑋也許只是碰巧選了紅梅色，燕射那日他又不在，倒不一定是為仿效曹評。

但話說回來，他穿上這顏色衣袍的效果實在與曹評相差太遠，公主因此遷怒倒也不難理解。

打量李瑋半晌，公主忽又自言自語地說：「這人還挺面熟的，我是在哪裡見過呢……」

擔心她認出這沒給她留下好印象的「傻兔子」，我當即對她道：「公主，時辰不早，我們回去吧，否則苗娘子又要四處尋妳了。」

而她面具下露出的清亮眼眸此刻正盯著李瑋，帶些探究意味地思索著，她回絕了我的建議：「再等等，我想多看一會兒。」

我只好期望李瑋不會在隨後的活動中暴露身分。

但是，他的表現實在太醒目。春牛砸碎後，待司儀一聲令下，他便朝著春牛頭直衝了過去，左突右擋，擠倒了好幾個人，終於挨到牛頭近處，也顧不得多想便騰身向前，直直地撲了過去，把牛頭壓在身下，環臂緊緊摟住。此後再有人來，無論怎樣生拉硬拽他都絕不鬆手，為保住戰果，任憑別人如何踐踏他衣袖袍裾，亦不願此刻站起。

那牛頭此前已有個身手敏捷者碰到，原是已雙手捧住的，不料被他當面這一撲，那人竟被生生撞開，朝後摔了一跤，站直後一臉怒色，似想開罵。

我細看之下認出，此人是張貴妃的從弟，張堯佐之子張希甫。

李瑋這時抬了抬頭，張希甫發現是他，忽然一哂：「原來是李駙馬。難怪了，既把鑿紙錢的力氣都使出來了，教我們怎麼敢跟你爭呢？」

這句話說得頗分明，壇上眾人聞聲大笑，皆不再與李瑋爭牛頭，各撿了幾片春牛土即紛紛散去。

李瑋見周遭無人，才徐徐站起，猶緊抱著牛頭，惶惶然四顧，像是怕再有人來與他爭奪。

更糟糕的是，他現在的模樣慘不忍睹：紅梅色衣袍被踩得皺皺巴巴，滿是腳印；頭戴的襆頭碰落在地上，早被眾人踩扁；頭髮散亂，臉上多處泥汙，額上有撞破的血痕……

我轉顧公主，不知該怎樣對她說。而她這期間一直靜默地站立著旁觀，像是隆冬冰雕一般，連眼珠都沒轉動過。

須臾，她才緩緩開口：「我想起來了，他是那隻傻兔子。」

我觸觸她的肩，想帶她走：「公主……」

她輕輕掙脫開來，問我：「他就是李瑋？」

我無法再對她隱瞞，終於點了點頭。

她一低首，兩滴淚珠從目中湧出，滑過面具五彩斑斕的笑臉，無聲地墜落於地上。

## 【陸】駙馬

「天下好男兒那麼多，為何爹爹給我選的駙馬卻又呆又傻？」

公主在苗淑儀面前泣不成聲。

苗淑儀一時無措，來不及細問她是怎樣出去看見李瑋的，亦顧不上責罰我等隨從，短暫的愣怔之後即一把摟緊女兒，陪她垂淚，含怨道：「誰讓妳爹爹視妳如珠如寶呢？章懿太后生前，他未曾喚過她一聲母親，知道真相後卻也晚了，天人永隔，他無法再向太后盡孝，只好竭盡所能補償舅家。高官貴爵也封了，金銀珠寶也賞了，猶覺不足，那他所能給的最珍貴的寶貝，也就只有妳了。他要藉妳這天子女兒的下降，令舅家成為天下最富貴的家族。」

「如果我真是個珠寶也就罷了，任他送給誰都無怨言，因為沒有眼睛，也沒有心，分不出美醜，也辨不出賢愚。」公主泣道：「可是誰讓我生為一個有知覺的人……我要去跟爹爹說，我不喜歡那傻兔子李瑋，不要他做駙馬。」

苗淑儀擺首，勸公主：「別去跟妳爹爹爭，沒用的，這事都決定好幾年了，當時都無人能令他改變主意，何況是現在。若妳去向他哭鬧拒婚，他一定會覺得妳是看不起李家，是對章懿太后大不敬。這些天朝中雜事多，妳爹爹本來就心緒欠佳，妳萬萬不可再跟他提這事，徒惹他難過。」

「那就沒辦法了嗎？」公主依偎在母親懷中，不斷湧出的淚令苗淑儀衣襟都溼了一片。「我不想下半輩子每天都看見那張又黑又醜的臉。」

苗淑儀悽然長嘆，一壁以絲巾為公主拭淚一壁柔聲安慰她：「離妳二十歲還有六年呢，且等等看吧，或許這期間發生什麼事，讓妳不必嫁他，也未可知。」

這時提舉官王務滋進來，令她們的話題暫時中斷。

「李都尉差人給公主送來一份禮物。」王務滋欠身稟道。跟在他身後的小黃門高舉一個托盤上前兩步。那托盤上有錦帕蓋著，其中有物體高聳，見那形狀，我隱約猜到了是什麼。

經苗淑儀授意，王務滋掀開錦帕，一個土牛頭呈現於閣中人眼前。

「這是李都尉在今日搶春中奪得的牛頭，特意讓人送入禁中，祝公主平安康寧，永享遐福。」王務滋解釋說。

公主與苗淑儀相顧無言。須臾，公主對王務滋命道：「扔出去。」

王務滋一愣，不知該如何應對。

公主又一字一字加重了語氣：「把這牛頭扔出去。」

王務滋低首稱是，但並未有遵命的舉動。

這時苗淑儀開了口：「李瑋送這個來也是出於好心，公主不喜歡也不必糟蹋，不如轉送給官家，他必定會很樂意收下呢。」

於是這牛頭便被如此處理了。從下次公主見今上時，今上的表情看來，苗淑儀沒猜錯，這禮物確實令他很開心，連讚李瑋有心，公主也懂事，時刻惦記著爹爹。

公主聽了母親的話，暫時沒向今上提起自己對婚事的不滿，卻因此消沉了幾天，全不見此前活潑之態，經常獨坐著發呆，有時還會悄悄抹淚，不知是想起了她厭惡的駙馬，還是註定無緣的曹評。

令她再次展露笑顏的人，竟是張承照。

那日我見公主依舊鬱鬱不樂，便建議她去閣中園圃看新開的百葉緗梅。經我多方勸說，她才懨懨地起身，張承照忙於前引路，與我一起陪她出去。

百葉緗梅亦名黃香梅或千葉香，花朵小而繁密，花心微黃，梅花葉多至二十餘瓣，雖不及紅梅豔美，但別有一種芳香，隨風飄於閣中，沁人心脾。

這香味似乎給了公主一點兒好心情，她立於殿廡下，倚著廊柱，神態恬靜，半垂著眼簾，看園圃中的嘉慶子和韻果兒剪插瓶的花。

她行動無聲，亦未開口。那兩位侍女剪梅枝之餘正閒談得開心，未曾發覺公主到來，兀自聊個不停。

嘉慶子說：「我曾悄悄地跑到大殿外看過李駙馬，說實話，他那模樣真比學士們差遠了，穿上朝服也不像官兒。」

韻果兒道：「他本來就不是官兒呀，他不用像別的官員那樣管事的，只領俸祿就好了。」

嘉慶子困惑地說：「駙馬都尉不是從五品的官嗎？既有個官名，總得管點什麼吧？」

韻果兒笑道：「駙馬都尉本來就是個虛銜，官家不會讓他干涉朝政的，要說管點什麼……那就是管做公主的夫君嘍！」

公主聽到這裡，眸光便黯了。

我輕咳一聲，那兩位侍女回頭看見我們，大驚失色，忙過來向公主請安，一逕低垂著頭，不敢看她。

公主神色冷冷的，並不說話。張承照見狀，上前幾步斥那兩個侍女：「背著公主瞎議論什麼呢？還淨胡說……駙馬都尉哪裡是公主的夫君！」

公主聽他這話，微微轉首看他。「那駙馬都尉是做什麼的？」

張承照向公主躬身，響亮地回答：「回公主話，駙馬都尉中『都尉』的意思其實是『提舉公主宅』，就是幫公主看家護院的，而『駙馬』本義為駕轅之外的馬，現在指幫公主駕車，陪公主出行，或四處奔走為公主跑腿的人。總之，駙馬都尉就是服侍公主的品階稍微高一點兒的家臣，任由公主驅使，招之即來，揮之即去。」

聽得嘉慶子和韻果兒忍俊不禁，悄悄引袖遮著嘴笑，而公主似乎對這解釋很滿意，亦隨之笑了笑。

張承照見公主如此反應，越發來勁，又道：「公主下降絕非民間女子出嫁。民女出嫁要拜見舅姑，日後更要小心侍奉舅姑，須比對自己父母還要孝順，說不定，還要受兄嫂和小叔子、小姑子的氣。但公主下降可不是給駙馬家做媳婦。何謂『下降』？就是說公主像九天仙女一樣，降臨凡間，被駙馬家請回去供奉。」

「公主進了駙馬家門，他們全家的輩分都要降一等，公主不必事駙馬的父母如舅姑，只當他們是兄嫂就行了，也不必拜他們，反倒是公主在畫堂上垂簾坐，讓舅姑在簾外拜見。那些哥哥、嫂子和小叔子、小姑子更別提了，就等於是公主的姪兒、姪女，他們來向公主請安時，公主若高興，就賞他們個笑臉；若是不高興，都不必拿正眼瞧他們的……」

我蹙眉瞪了張承照一眼，示意他閉嘴，他這才住口不說了。而公主倒聽得頗有興致，追問道：「真是這樣嗎？怎麼爹爹都沒跟我提過？」

張承照道：「千真萬確，國朝儀制就是這樣規定的，『尚主之家，例降昭穆一等以為恭』。官家沒跟公主說，大概是覺得還沒到時候吧……反正還有好幾年，早著呢！」

聽了張承照這番話後，公主的心情漸漸好起來，似乎又把與駙馬的婚約拋到了腦後，繼續享受她婚前愉快的少女時光。

我想她自己其實也明白駙馬都尉的涵義並不是公主、家臣，她現在的年齡也令她有了探究婚姻奧祕的興趣，我甚至在經過她窗前時聽見過她與侍女認真地討論嬪御「侍寢」與得寵之間的關係；但如今，她顯然很願意躲在張承照對駙馬的貶義詮釋之後，刻意忽視將來李瑋會扮演的真正角色。畢竟，接受一個不喜歡的人做「提舉公主宅」，要比接受他做自己的丈夫容易得多。

## 【柒】蜀錦

這年上元節，今上率后妃公主駕臨宣德樓觀燈。與往年一樣，依然是樓上龍燈鳳燭，樓下火樹銀花，但當張貴妃現身於御座之側時，她那一襲錦衣，竟使這些原本堪與月爭光的華燈黯然失色。

張貴妃著大袖長裙，絳羅生色領，加霞帔，懸玉墜子，這些都與往日常服並無異處，不同的是她外面所披的褙子。那褙子是以一種罕見的紋錦裁成，柔和垂順，頗有質感，紫紅底色，其上有用金線織成的燈籠紋樣，中間雜以蓮花圖案。整幅紋錦色彩絢麗，在燈光映照下粲然奪目，令人不可逼視。

國朝崇尚儉素，真宗曾下詔禁止以織金、金線撚絲裝著衣服，並不得以金為飾。如今這禁令雖有鬆動，但就算在宮中，以金線織錦裁衣者仍很稀少。眾嬪御一向關注彼此服飾，今見張貴妃如此盛裝，越發好奇。許多年輕娘子皆過來細看，口中不住讚嘆，甚至以手去撫摸，目露豔羨神色。

苗淑儀與俞充儀雖未上前打量，卻也頻頻側首去看，後來俞充儀忍不住問同來的秋和：「張娘子的褙子用的是什麼衣料？那紋樣瞧著倒新鮮。」

秋和答說：「看樣子像是蜀地的燈籠錦……秋和也只是聽楚尚服說起過，一直無緣見真品，不知有無猜錯。」

張貴妃從旁聽見，頗有自矜之色，對秋和道：「董司飾果然有見識，這正是燈籠錦。」

秋和淺笑著朝她略略欠身，並不答話。

今上原本只是默然看著，聽張貴妃說出這話才問她：「燈籠錦並非宮中之物，妳從何處得來？」

張貴妃轉身向他，旋即低眉順目地輕聲回答：「這是文彥博知成都時讓人織的，後來回京，他夫人便送了一些給臣妾。」

兩年前，災異數見，河決民流，宰相陳執中遭諫官彈劾，說他無所建明，只知寄望於卜相術士，陳執中遂以足疾為藉口辭職罷相，出知陳州。而現在做宰相的是「大宋」宋庠和曾平叛有功的文彥博。

文彥博與張貴妃之父是故友，這在宮中盡人皆知。張貴妃父親張堯封曾經是文彥博之父文洎的門客，張貴妃這些年致力於拉攏朝臣，欲得士大夫相助，遂藉這層關係與文彥博論世交，認文彥博為伯父，並常與其夫人聯絡，透露朝中資訊給她，以助文彥博晉升。

文彥博知成都後回朝，不久後拜參知政事。後來彌勒教徒王則在貝州起兵造反，今上因貝州臨近京城而深感憂慮，某日曾在宮裡對后妃說：「朝中執政大臣，無一人站出來為國家分憂，日日上殿面君，卻都沒有滅賊平叛之意。」張貴妃立即差賈婆婆出宮去把這話告訴了文彥博。文彥博次日上殿即請命前往貝州破敵，今上龍顏大悅，任命他為統軍，率重兵圍攻王則。後來果然擒敵平亂，今上便論功行賞，拜文彥博為相。

「妳跟文家倒真像一家人，有什麼好處都不忘給對方留著。」今上似笑非笑地對張貴妃說。

張貴妃倒不緊張，微笑應道：「文相公雖與臣妾父親有舊，但既為國重臣，臣妾安能差遣得動他？臣妾所有，皆屬陛下。文相公讓夫人送此禮，明裡是給臣妾裁衣，實則是自置蜀地方物以奉陛下，以表忠君之心。說起來，臣妾獲贈燈籠錦，全拜陛下所賜。臣妾感激涕零，無以為報，唯有再拜謝過。」

她語罷即朝今上盈盈下拜。今上亦端然受了，再扶她平身，對她笑了笑，和言叮囑：「這衣裳雖好看，但織金鏤花，太過奢侈。穿過今日，以後就別再穿了。」

張貴妃連聲答應，再瞧瞧周圍那些本等著看她被今上斥責的嬪御，眼波一轉，甚是得意。

雖今上命她以後不得再穿燈籠錦衣，但這並未影響到她現在展示新衣的心情。此後她不斷輕移蓮步，在宣德樓上走來走去，如此片刻，忽又停在苗淑儀身邊，側首端詳苗淑儀長裙，徐徐道：「苗娘子這裙子上的花朵兒倒很別致。」

那裙子上繡的是數朵千葉蓮。苗淑儀明白她意思，遂笑而應道：「妾不知貴妃今日穿的褙子上有蓮花紋樣，擇衣不慎，有所僭越，望貴妃恕罪。妾日後出門之前必會打聽清楚，不會再犯這樣的錯誤。」

張貴妃佯笑道：「我只是讚苗娘子這花樣好，並無他意，苗娘子別誤會了。」她一壁說著一壁又緩步走開，移至一側人少處，倚著欄杆悠悠看樓下山棚彩燈、五夜車塵。

顯然適才她對苗淑儀的示威引起了公主的不滿。公主側目瞪張貴妃半晌，然後喚過張承照，命他俯首，在他耳邊說了幾句話。張承照聽得捂嘴一樂，隨即點頭，輕手輕腳地後退著下了樓。

我低聲問公主讓他去做什麼，公主說：「我有些冷，讓他去取披風來。」當然，這絕非真話，她雙眸裡有藏不住的笑意。但我沒追問，何況，很快的，我看見了答案。

幾枚名為「火蜻蜓」的煙花從宣德樓下倏地飛起，接連撲向張貴妃駐足的角落。驚得張貴妃尖叫著後退躲避，但還是有兩枚火星濺到了她身上。結果是那蠶絲金線織就的燈籠錦上被烙出了兩個破洞，在褙子肩上，相當醒目。

這期間公主表現得很無辜，甚至在張貴妃躲避火蜻蜓時亦隨她驚呼，自己也抱頭掩面跑來跑去作迴避狀，連連叫：「啊，啊，好害怕！」

最後，當她看見張貴妃捂著心口，盯著燈籠錦上的破洞，一副驚魂未定的模樣時，她停下來，轉身背對著眾人，將額頭抵在我胸前，無聲地笑彎了腰。

【捌】仙韶

三月間，宮外傳來太主荊國大長公主病危的消息。

太主是太宗皇帝第八女，也是真宗兄弟姊妹中唯一在世者，一向為今上所敬愛。她雖貴為皇女，但賢淑恭儉如《列女傳》中人物，下降駙馬李遵勖後孝順舅姑、尊重夫君，且善待駙馬姬妾，視庶子一如己出。

後來駙馬李遵勖與太主乳母私通，事發後有言官建議嚴懲駙馬，乃至取其性命。真宗猶豫，便先把太主召來，試探著說：「我有一事想跟妳說，但又擔心……」話尚未說完，太主已驚覺，立即問：「李遵勖沒事吧？」一壁說著，一壁淚流滿面，哭倒在地上。真宗因此饒恕了李遵勖，只降他為均州團練副使。

李遵勖病卒後，太主從此不御華服、簪花飾，平日著意撫育駙馬諸子，常誡他們以忠義自守，因此，從皇帝至滿朝士大夫，無不盛讚其賢德。今上更每以她為例，教導公主守法度、戒驕矜，將來宜克盡婦道、愛重夫君，以為天下女子典範。

這次剛一聽說她病況，今上即遣勾當御藥院張茂則帶太醫前往太主宅診視，自皇后、貴妃、公主以下，皆至其宅第候問，進拜用家人禮，皇后親自奉藥茗以進太主，態度恭謹宛若太主子婦。

太醫回奏說太主病勢不妙，今上當即車駕臨幸太主宅。此時太主病重，已不能視物，今上大悲，含淚上前親舐太主雙目，左右人等見狀皆掩淚感泣。

今上後來轉顧太主子孫，問他們有何願望，意在為其加官晉爵，太主卻在病榻上告誡其子：「豈可藉母親之病而向官家邀賞？」今上又賜白金三千兩，太主亦堅辭不受。

回宮之後，今上下令募天下良醫，承諾若能治癒太主即授以官。並賜太主宅御書金字：「大悲千手眼菩薩。」又命公主手抄經書百卷為太主祈福……但這些舉措都未能延續太主生命。數日後，太主薨，今上親臨其宅第哭奠，輟視朝五日，追封太主為齊國大長公主，謚號議定為「獻穆」。

為表哀思，今上甚至還下詔命乾元節罷樂，宰臣皆反對，說聖誕罷樂大不吉，今上才不再堅持。

因太主薨逝，四月中的乾元節也不像往年那樣熱鬧，雖然禮儀程式一樣不差，但今上神色蕭索，其餘人亦不好如以往那般喜氣洋洋、笑逐顏開。

皇帝誕節，按例是宰相率文武百僚列班於紫宸殿下，拜舞稱賀，然後宰相捧觴入殿敬賀皇帝萬壽。禮畢，皇帝賜百官茶湯，隨後移駕入禁中，那時皇后已率眾命婦於福寧殿內外恭候。待皇帝入殿，命婦拜而稱賀，宰相夫人亦有捧觴入殿向皇帝賀壽之殊榮，且要以紅羅銷金須帕繫皇帝臂上，以表祝福。此後宰相夫人再拜退出，燕坐於殿廊之左，隨即樂聲起，開御筵。

這日行捧觴之禮的宰相夫人是文彥博夫人。捧觴祝酒之後，有內臣奉上紅羅銷金須帕，文夫人接過，依儀繫於今上臂上。待她繫好後，今上向她提了一個她始料未及的問題：「這羅帕，可是燈籠錦裁的？」

文夫人先是一愣，旋即面紅耳赤，欠身道：「臣妾惶恐……」

今上微微一笑，和顏道：「無妨，夫人請入席。」

文夫人拜謝，低首退去。

此後開宴，每行一盞酒皆有笙琶歌舞及雜劇曲子助興，但今上看得意興闌珊，側首對皇后道：「獻穆公主仙逝未久，再聽這些教坊舞曲，總覺得過於喧囂。」

皇后建議說：「或暫停合奏，單命一、兩人吹奏簫笛，如此，既有樂聲，亦不至於太喧囂。」

「簫笛……」今上沉吟，似想起了什麼，他開始展顏淺笑。「記得有一年乾元節，曹郎亦曾在殿上以龍笛吹奏〈清平樂〉，杜姑娘以箜篌相和。笛聲清越悠揚如竹下風，箜篌空靈清冷如冰川水，兩種樂聲時分時合，配合默契，甚是悅耳，真有餘音繞梁之感。」

皇后亦微笑道：「那時臣妾弟弟還只是個十幾歲的少年，現在已不便上殿為陛下演奏。何況，此間亦再難覓杜姑娘……」

今上頷首，悵然道：「是啊，如今想來，唯可感嘆此曲只應天下有了。」

一旁侍立的入內都知張惟吉聽見，含笑輕聲道：「曹郎雖不便再上殿，但他家大公子如今年紀也不大，剛滿十四而已，若於殿上演奏，或許亦不致太失禮……元旦宴集中，皇后命臣送膳食給在外等候的曹公子，臣在後苑找到他時，見他正坐在一塊山石上吹笛，那笛聲聽上去倒比教坊樂工吹奏得清靈呢。」

公主照例坐在帝后近處，一聽提到曹評，她雙眸便如春陽映照下的碧湖水，光采熠熠，顧盼生輝。此刻越發關注今上表情，她一瞬不瞬地盯著他，等待他反應。

今上對這建議也有幾分興趣，遂問皇后：「評哥今日入宮了嗎？」

皇后答道：「來了，現隨他父親燕坐於紫宸殿下。」

今上即命立於他身側的任守忠差人去請曹評，想了想，又問張惟吉：「教坊中的女子，誰的箜篌彈得最好？」

張惟吉道：「仙韶副使盧穎娘的箜篌曲尚可一聽。」

於是今上命人於殿中設箜篌，宣盧穎娘入內，稍後與曹評合奏。

須臾，有內臣將教坊箜篌移至大殿一隅。那箜篌高三尺許，形如半邊木梳，黑漆鏤花金裝畫為飾，張二十五弦，下有臺座。

盧穎娘與曹評先後入殿，朝帝后施禮，領命奏〈清平樂〉後，兩人退至一旁，低聲議妥樂章配合細節，然後各自歸位。盧穎娘跪於箜篌之後，低首斂眉，交手準備擘弦，而曹評接過御賜的橫八孔龍笛，一手持了微笑著立於殿中，未先吹奏，靜待箜篌聲起。

靜默片刻後，盧穎娘十指一旋，一串如美玉相擊、雪山流泉的樂音隨即響起，〈清平樂〉這支被教坊笙琶奏過多次的曲子，此時經箜篌演繹，聽來格外清婉出塵，恍若雲外天聲。

曹評待她奏完一段，才從容引笛至脣邊。箜篌聲暫停，另一脈宛如被清風拂起的悅耳旋律隨之嫋嫋浮升於大殿空中，像金獸口中逸出的淡淡一縷凌水香，那樂音彷彿帶著清晨花木味，寧和舒緩地漫蔓延伸，迂迴舞動著，著意聆聽之下，會覺得心思亦隨之飄浮在雲端。

一疊奏罷，兩人開始合奏，箜篌、笛聲交織迭現，似芙蓉泣露、香蘭迎風，聽者皆屏息靜聽，時而如觸和風細雨，時而若沐冷月幽光。

而且，不僅樂音動人，奏樂的這兩人也是極美的。曹評風儀自不必多言，那盧穎娘也只十六、七光景，身姿窈窕，青山遠黛，眉目含情。曹評按笛間隙屢次轉而顧她，而她也幾番偷眼看曹評，與其目光相觸，便有緋色上臉。

不過這情景令公主蹙然不樂，到最後索性轉首不再看曹評，低目抿脣，頗有幾分怒意。

一曲奏畢，今上笑讚：「評哥小小年紀，竟把你父親的絕技都學了大半。與穎娘這一曲奏得不錯，有些空山凝雲的意思。」

殿中眾嬪御皆隨之稱讚，唯公主一言不發。其間曹評多次看她，像是等待她示意，但她始終冷面端坐著，目視前方，倔強地不肯再看他一眼。

此後一連數日，都不見她再提曹評或與其相關的事，直到有一天，她信步走到瑤津池邊，惘然舉目看遠處煙柳，半晌後，忽然轉身對我說：「我想學箜篌。」

# 孤城閉 上

作　　者／米蘭 Lady
發 行 人／黃鎮隆
總 經 理／陳君平
經　　理／洪琇菁
總 編 輯／呂尚燁
執行編輯／陳昭燕
美術監製／沙雲佩
美術編輯／李政儀
國際版權／黃令歡、梁名儀
企劃宣傳／邱小祐、劉宜蓉
文字校對／朱瑩倫
內文排版／謝青秀

國家圖書館出版品預行編目資料

孤城閉（上）/ 米蘭 Lady 作 . -- 初版 . -- 臺北市：尖端，2020.03
冊；　公分

ISBN 978-957-10-8696-5（上冊：平裝）

857.7　　108011806

出版／城邦文化事業股份有限公司　尖端出版
台北市 104 中山區民生東路二段 141 號 10 樓
電話：（02）2500-7600　傳真：（02）2500-2683
讀者服務信箱：7novels@mail2.spp.com.tw
發行／英屬蓋曼群島商家庭傳媒股份有限公司城邦分公司　尖端出版
台北市 104 中山區民生東路二段 141 號 10 樓
電話：（02）2500-7600　傳真：（02）2500-1979
劃撥專線：（03）312-4212
戶名：英屬蓋曼群島商家庭傳媒（股）公司城邦分公司
劃撥帳號：50003021
※ 劃撥金額未滿 500 元，請加付掛號郵資 50 元
法律顧問／王子文律師　元禾法律事務所　台北市羅斯福路三段 37 號 15 樓

台灣地區總經銷／中彰投以北（含宜花東）　楨彥有限公司
電話：（02）8919-3369　　傳真：（02）8914-5524
雲嘉以南　威信圖書有限公司
（嘉義公司）電話：0800-028-028　　傳真：（05）233-3863
（高雄公司）電話：0800-028-028　　傳真：（07）373-0087
馬新地區總經銷／城邦（馬新）出版集團 Cite（M）Sdn Bhd
電話：603-9057-8822　　傳真：603-9057-6622
E-mail：cite@cite.com.my
香港地區總經銷／城邦（香港）出版集團 Cite（H.K.）Publishing Group Limited
電話：852-2508-6231　　傳真：852-2578-9337
E-mail：hkcite@biznetvigator.com

版　次／2020 年 3 月 1 版 1 刷　Printed in Taiwan
2021 年 5 月 1 版 2 刷